D1728686

ДЕТЕКТИВ

Андрей Анисимов

Близнецы

ПРОЦЕНТЫ КРОВЬЮ

ИЗДАТЕЛЬСТВО
Астрель
Москва
2005

УДК 821.161.1-312.4
ББК 84(2Рос=Рус)6-44
А67

Компьютерный дизайн
Ж. А. Якушевой

Подписано в печать 24.01.2005.
Формат 84×108/32. Усл. печ. л. 20,16.
Гарнитура «Журнальная». Печать офсетная.
Доп. тираж 10000 экз. Заказ № 118.

Общероссийский классификатор продукции
ОК-005-93, том 2; 953000 — книги, брошюры

Санитарно-эпидемиологическое заключение
№ 77.99.02.953.Д.000577.02.04 от 03.02.2004 г.

Анисимов, А. Ю.

А67   Близнецы. Проценты кровью : роман / Андрей Анисимов. — М.: АСТ: Астрель, 2005. — 381, [3] с.

ISBN 5-17-026755-X (ООО «Издательство АСТ»)
ISBN 5-271-10464-8 (ООО «Издательство Астрель»)

Новая книга Андрея Анисимова является продолжением остросюжетного романа «Близнецы. Восточное наследство».

Бывший сотрудник МВД Петр Ерожин женится на любимой девушке и получает лицензию на право открыть частное сыскное бюро. События развиваются стремительно и неожиданно. Из охотника, идущего по следу преступника, сыщик, обвиненный в изнасиловании и шантаже, сам едва не становится дичью. Мало того, его молодая красавица жена подвергается смертельному риску, а взрослому сыну грозит тюрьма. Знал ли следователь Ерожин, поступая когда-то против совести, что готовит ловушку для себя и своих близких? Выйдет ли он победителем в схватке с бандитом, озверевшим от желания отомстить?

УДК 821.161.1-312.4
ББК 84(2Рос=Рус)6-44

Часть первая

ЧЕРНЫЙ ИНТЕЛЛЕКТ УБИЙЦЫ

1

Старшему лейтенанту Крутикову не везло с девушками. Сергей не был уродом. Сетовать на свой рост он тоже права не́ имел. Метр семьдесят девять для баскетбола маловато, а для жизни вполне подходяще. Крутиков не понимал, почему девушки, встретившись с ним несколько раз, вместо того чтобы влюбиться в бравого стража порядка, сникали и под разными предлогами от дальнейших свиданий уклонялись. И это при том дефиците непьющих женихов, что наблюдался в городе! Крутиков почти не выпивал, не курил и не страдал тайными пристрастиями к наркотикам или азартным играм. Однокомнатная квартирка лейтенанта вполне годилась для начала строительства семейного гнезда. Но до последнего времени тридцатидвухлетний Сергей Крутиков постоянной подругой обзавестись не сумел. Причина неудач молодого человека на личном фронте заключалась в его занудливом романтизме. Только в классических романах с запыленных полок представительницы прекрасного пола тают, когда им долго рассказывают о работе или читают стихи. В жизни девицы стараются от зануд уберечься. Слушать длинные, полные скучных профессиональных подробностей истории о поимке уголовного элемента, которые любил рассказывать Крутиков, было и впрямь нестерпимо скучно. Еще старший лейтенант обожал читать стихи своего великого тезки. Крутиков знал наизусть почти все произведения Сергея Есенина и читал их громко, монотонно, а главное — долго. Остановить милиционера, когда он принимался за декламацию, можно было только грубостью.

Татьяна Назарова появилась в Новгороде месяц назад. Девушка окончила в Питере юридический факультет и была прислана на стажировку под крыло криминалиста Суворова.

Теперь это был не тот хилый прихрамывающий очкарик Витя Суворов, который работал в команде следователя Петра Ерожина. За годы Виктор Иннокентьевич заматерел, став хорошо известным в своей области профессионалом. Его статьи и книги изучали студенты юридических вузов. Начинать осваивать профессию рядом с опытным криминалистом считалось за честь. Таня глядела на мэтра широко раскрытыми глазами и старалась во всем ему подражать.

Старший лейтенант Крутиков в первый же рабочий день Назаровой предложил проводить ее до дома. Таня знакомыми в городе обзавестись не успела и с благодарностью приняла предложение внимательного коллеги. Погода стояла на редкость славная, что и полагалось в пору бабьего лета. Только в последние годы осень редко баловала новгородцев. Как поговаривал майор Сиротин, следователь, заменивший уехавшего в столицу Петра Григорьевича Ерожина, «каковы бабы, таково и лето». Сережа и Таня брели по залитому закатным солнцем городу. Крутиков по обыкновению принялся за свои притчи. Но девушка, вместо того чтобы бороться с зевотой, незаметно направила рассказчика на интересующую ее тему. Интересовали младшего лейтенанта Назарову дела, связанные с ее наставником. Суворов принимал участие почти во всех заметных происшествиях, поэтому поддерживать беседу Крутикову труда не составляло. Не замечая времени, они перешли мост Александра Невского, дошагали до поворота на Большую Московскую, в конце которой в двухэтажном домике много лет проживала троюродная тетка Тани Анна Степановна Пильщук. Девушка не очень вникала, откуда и по какой линии тянулась родственная связь. Младший лейтенант имела право на общежитие. Но ее родителям было приятнее осознавать, что дочь под родственным присмотром. Таня не возражала: оказаться совсем одной в чужом городе боязно. Тем более что пожилая дама приняла петербургскую племянницу очень радушно и в категорической форме запретила говорить об общежитии.

За месяц проводы девушки превратились для Крутикова в желанную традицию. Если работа не позволяла этого, Сергей страдал. Таня все больше нравилась старшему лейтенанту. Сегодня наступил маленький юбилей их дружбы. Месяц не слишком большой срок, но Сережа получил зарплату, и это был прекрасный предлог, чтобы пригласить девушку в кафе. В центре возле кремля подобные заведения держали космические цены, поэтому они зашли в небольшое кафе под названием «Русич» невдалеке от дома Таниной тетки. Здесь было меньше показухи и относительно дешево. Бабье лето давно закончилось. С реки дул резкий ветер, низкие тучи неслись почти над головой, и даже когда в их разрывы вываливался красный солнечный шар, теплее не становилось. Молодые люди замерзли и нагуляли аппетит, поэтому по две порции пельменей на нос им не показались чрезмерными. В небольшом зале умещались семь столиков. Из них три пустовали. Таня и Сергей устроились в углу под телевизором. На экране болталась потертая копия американского боевика, который смотрела сама буфетчица. Дородная блондинка за стойкой, подпирая ладонями полные щеки, внимательно следила за сюжетом, нехотя отвлекаясь на просьбы клиентов. В центре зала беседовали две дамы. Пили дамы водку, обильно закусывали и громко обсуждали недавнюю поездку в Москву. Крутикову посетительницы были знакомы по местному рынку. Они держали там павильончик, и интересы их сводились к ценам и качеству товара. Специализировались бизнесменши на торговле женским бельем, и потому слова «трусики», «бюстгальтеры» и «ночнушки» произносились ими часто. В противоположном от Сережи и Тани углу сидели двое мужчин. Один сидел к залу спиной, отвернув лицо к стене, жадно и сосредоточенно ел. Другой тянул пиво, слезливо улыбался и что-то говорил не то соседу, не то самому себе. Крутиков подошел к буфету и заказал по бокалу вина и шоколадку для Тани. Буфетная блондинка, недовольная, что ее оторвали от экрана, остановила пультом кадр боевика и удалилась за новой бутылкой. Пока она отсутствовала, Сергей оглядел посетителей углового столика с профессиональным интересом. Любителя пива Крутиков хорошо знал. Это был безобидный алкоголик Виткин, давно пропивший все свое имущество, в том числе и маленькую комнатенку в заводском бараке. Его сосед, отвернувший лицо к стене, привлек внимание старшего лейтенанта. Милицейское чутье подсказывало Сергею, что перед ним клиент родного ведомства. Крутиков бессознательно потрогал табельное оружие. Если бы не Таня, он наверняка подошел бы к угловому столику и попросил мужчину предъявить документы. Но блондинка выплыла из подсобки, и Крутиков с вином и плиткой шоколада вернулся за свой столик. Таня, как ребенок, обрадовалась гостинцу, и Сергей, глядя в ее сияющие глаза, о подозрительном посетителе забыл.

— За что мы собрались пить? — улыбнулась девушка, поднимая бокал.

— За нас! — торжественно сообщил молодой человек. — За прекрасную пару — младшего лейтенанта Назарову и старшего лейтенанта Крутикова.

Таня сделала глоток и покраснела. Крутиков, не заметив смущения подруги, приосанился и, подготовив лицо к декламации, прочитал первую строчку любимого стихотворения:

Заметался пожар голубой,
Позабылись родимые дали,
В первый раз я запел про любовь,
В первый раз отрекаюсь скандалить...

— Иди в задницу! Бензоколонку я тебе не отдам, — грозно заявил с экрана герой боевика.

Глаза Тани округлились. Она посмотрела на экран, потом на своего кавалера и вдруг расхохоталась. Теперь уже покраснел Крутиков.

— Прости, — вытирая глаза от слез, попросила Назарова. — Уж очень смешно получилось.

Буфетчица выключила видеомагнитофон и снова удалилась в подсобку. В возникшей тишине резко зазвучал голос одной из торговых дам:

— Большие размеры и нулевки сразу разбирают. Зависают средние.

— Такие уж наши русские бабы. Или много, или ничего, — согласилась с коллегой вторая бизнесменша.

— О чем они? — не поняла Таня.

— О частях женского туалета. На нашем вещевом рынке торгуют, — пояснил Сергей.

Таня снова готова была прыснуть, но передумала:

— Ты хотел прочесть стихотворение? Читай.

— В другой раз, — ответил Крутиков и неожиданно выпалил: — Выходи за меня замуж.

Таня, чтобы скрыть растерянность, достала из сумки маленькое зеркальце и уставилась в него:

— Ой, от смеха тушь потекла. Я на минутку.

Девушка встала и направилась к раздевалке, справа от которой имелась дверь с надписью «Ж».

Оставшись в одиночестве, Сергей машинально глянул в противоположный угол. Алкаш Виткин спал, уронив голову на стол. Руки его свисали по швам, едва не касаясь пальцами пола. Подозрительный сосед алкоголика исчез. По еле заметным признакам, понятным лишь профессионалу, старший лейтенант сделал вывод, что сидевший за столом тип не так давно сменил телогрейку на пальто. Зеков Крутиков чуял за версту и большинство местных уголовников знал. Но угрюмого посетителя кафе припомнить не мог.

Таня вернулась за стол. Выражение ее лица изменилось. Девушка внимательно посмотрела на Сергея и сказала:

— Давай отложим этот разговор еще на один месяц.

— А что изменится за месяц? — спросил Крутиков.

— Я тебя лучше узнаю, — ответила Назарова.

На улице давно стемнело. Буфетная блондинка уже несколько раз с заискивающей улыбкой поглядывала на их столик. Портить отношения с блюстителем порядка резона не было, но и работать всю ночь барменша не желала. Торговые дамы закончили обсуждение своего ремесла и, восстановив слой съеденной губной помады, ретировались. Остался один похрапывающий Виткин. Его буфетчица растолкает перед уходом. Алкоголик при кафе существовал в качестве бесплатного подсобного рабочего. И хоть молодым людям вовсе не хотелось расставаться, они поднялись и, поблагодарив белокурую любительницу боевиков, покинули тепло приютившего их кафе «Русич». На

11

улице Таня сама взяла Крутикова под руку, и Сергей почувствовал, что девушка по-особенному нежно прижалась к нему.

— Что за мужчина остался спать в углу? — спросила Таня, когда они медленно двинулись в сторону тетушкиного дома.

— Бомж Виткин. Не судим. Пятьдесят второго года рождения, — доложил Крутиков. — Жалко мне таких. Нет у нашего правительства программ для оступившихся, — задумчиво произнесла Таня.

— Алкашей, — уточнил старший лейтенант.

До двухэтажного домика тетки Пильщук оставалось метров двести. Как ни старались молодые люди замедлить движение, чтобы оттянуть момент разлуки, через пять минут оказались возле облезлых деревянных дверей. Таня тихо сказала Сереже:

— Спасибо, — и, приподнявшись на цыпочки, быстро чмокнула его в губы.

Крутиков остолбенел, и, пока он приходил в чувство и думал как надо реагировать, Таня, постукивая каблуками форменных казенных башмаков, исчезла во мраке подъезда. Она знала, что ее престарелая родственница за вечерний чай одна не сядет. Но племяннице очень не хотелось сегодня выслушивать бесконечные истории из жизни незнакомой родни.

Близкие Анны Степановны сразу после войны с немцами переехали из северной столицы в Новгород, с тех пор с ленинградской родней почти не общались и многого друг о друге не знали. Заполучив петербургскую племянницу, Анна Степановна старалась пробел в данном вопросе заполнить.

Поднявшись на второй этаж, Таня позвонила в дверь. Ключи от квартиры тетка ей вручила сразу, но пока девушка ими не пользовалась. После повторного звонка Таня все же извлекла ключи из сумки и, несколько раз поменяв местами, справилась и с верхним, и с нижним замком.

— Анна Степановна! — позвала она и, не получив ответа, прошлась по квартире.

На кухонном столе, рядом с чистой тарелочкой и синей кобальтовой чашечкой, лежала записка. Четким и прямым почерком тетка сообщала, что внезапно заболела ее одинокая подруга, и Анна Степановна посчитала своим долгом отбыть к ней для ухода. Вернуться тетушка надеялась на следующий день. Дальше шли подробные наставления, когда, чем и как племянница должна питаться. Таня улыбнулась и подошла к окну. Внизу под фонарем стоял Крутиков. Он еще не опомнился от прощального поцелуя и, задрав стриженую голову, пытался вычислить окно своей приятельницы. Форменную кепку молодой человек держал в руках, и порывы ветра смешно топорщили его челку. Сердце девушки густо наполнилось сострадательным чувством. Она попробовала опустить щеколду, но не смогла. Тогда Таня подвинула к окну табуретку и, встав на нее, распахнула форточку:

— Сережа, поднимайся на второй этаж, напою чаем.

Сергей не сразу понял, откуда его зовут, а когда увидел, расцвел такой счастливой улыбкой, что Таня едва не прослезилась. Пока Крутиков неловко топтался в прихожей, расшнуровывая и снимая ботинки, девушка вернулась на кухню и принялась хозяйничать. Принимать гостя в доме тетки ей пришлось впервые, и Таня немного волновалась. Крутиков явился в носках и, пристроившись на табурет, радостно наблюдал за хлопотами молодой хозяйки. Оттого, что они оказались одни в квартире, оба немного смущались, и, чтобы нарушить затянувшуюся паузу, Таня предложила:

— Почитай Есенина. Теперь никто не помешает.

— «Заметался пожар голубой...» — начал Крутиков и вдруг осекся. — Не могу.

— Забыл? — спросила Назарова и подошла к Сергею.

Крутиков неловко и стремительно обнял девушку за талию и прижался головой к ее животу. Таня стояла, опустив руки, не отталкивая и не отвечая на его порыв. Потом она подняла ладонями голову молодого человека и, посмотрев ему в глаза, тихо сказала:

— Пойдем ко мне.

Сергей поднялся и послушно пошел следом. Ее маленькая комнатка с узенькой тахтой и двустворчатым шкафом находилась сразу за прихожей.

— Подожди, я сейчас, — попросила Таня и, оставив Крутикова, вышла. Когда она вернулась в легком халатике, Сергей так и стоял, не меняя позы. — Раздевайся, дурачок, — улыбнулась девушка и, разобрав постель, юркнула под одеяло.

Сергей снял табельный пистолет, что торчал у него под мышкой, и долго не мог сообразить, куда его пристроить.

— Повесь на стул, — шепнула Таня. Крутиков, словно робот, исполнил приказание. — Теперь брюки, — услышал Сергей и долго старался осво-

14

бодить из пряжки ремень. Оставшись в рубахе и трусах, он подошел к тахте и как завороженный смотрел на девушку.

Она приподнялась — одеяло раскрыло розовую девичью грудь с маленькими коралловыми сосками — и немного подвинулась, давая ему место.

Старенькие ходики малиново отбили на кухне три раза. Таня лежала, устроившись головой на груди Сережи, и невидящими глазами смотрела в потолок.

— Мне надо до пяти сдать смену, — сказал Крутиков и долго и нежно поцеловал девушку в губы.

— Так ты предаешься любви на посту? — улыбнулась она, поглаживая лицо и плечи Сергея.

— Я договорился с ребятами, но пистолет надо сдать в срок, — ответил Крутиков, млея под ее пальцами...

Одевался Сергей по-военному быстро. Очень не хотелось уходить, и он решил не размазывать прощание надолго.

— До завтра, — шепнул он, когда Таня, набросив халатик, открыла перед ним дверь, и уже с лестницы крикнул: — Может, не будем ждать месяц до свадьбы? Я так долго не выдержу...

Оставшиеся полночи Таня уснуть не могла. Предложение делают не каждый день, и Назарова разволновалась. Крутиков ей нравился. Таню поражало, как можно в милиции, где грязь и порок прикасаются к тебе каждый день, сохранить романтику и чистоту. Сергей даже не лез целоваться. Сегодня она сама все сделала. Но с другой стороны, выйти замуж и остаться в провинциальном городе? Разве об этом мечтала на выпускном вечере у разводных мостов юная медалистка? Выпускные экзамены Татьяна Назарова сдала на отлично. Они тогда всем классом расселись на граните набережной. Каждый выкрикивал свою мечту-желание, и туманное небо белых питерских ночей обещало, что все эти желания исполнятся. Таня тогда мечтала стать артисткой. Она бы поступила в театральный, но папа сказал: «Актриса — это не профессия. Станешь девой по вызову, дожидаться звонка режиссера». Таня подумала и пошла в юридический. Через два года она не мыслила себе другой специальности. Криминалистика захватила ее целиком. Но замужество в областном центре? Девушка вспомнила, как Сергей не смог читать Есенина, и улыбнулась. Она знала, что замуж за Сережу выйдет, потому что теперь ни о ком другом думать уже не могла. Младший лейтенат Назарова лежала на тахте, обхватив руками подушку, и повторяла в памяти каждый миг прошедшего свидания. Чаем она гостя так и не напоила. Между порывами яростного желания они, обнявшись, говорили шепотом друг другу нежные слова. Сережа попросил на память ее фото. Тане пришлось встать и, порывшись в чемодане, найти карточку. Она не успела вложить фото в карман его кителя, как Крутиков подхватил ее и увлек на тахту. Грудь Тани немного ныла от его рук, но эта боль наполняла все ее существо невероятной нежностью. Наконец девушка закрыла глаза и уснула. На губах спящей застыла чуть заметная улыбка.

2

К зиме северные небеса светлеют поздно. Пенсионер Васильев по обыкновению вставал задолго до рассвета и начинал свой день с выноса помойки. Его раздражали переполненные баки возле дома, и он старался свалить семейные отходы до прибытия мусорной машины. Это утро ничем не отличалось от других. Перед тем как совершить ритуал, Васильев глянул на градусник в кухонном окне и, отметив, что заморозков ночью не было, все же накинул на плечи полушубок. На лестничной площадке внизу вывернули лампочки. Понося зловредных воришек, пожилой человек осторожно спустился по лестнице. Обычно после освещенного подъезда он первые мгновения ничего не видел на темной улице. В этот раз наоборот, свет фонаря над подворотней показался ему слишком ярким. Высыпав содержимое ведра, пенсионер уже было повернул к дому, но что-то остановило старика. Он вгляделся в тень за мусорным баком и, заметив торчащие ноги, подошел поближе. Васильев не ошибся. За баком лежал человек, одетый в милицейскую форму. Пенсионер вздохнул, перекрестился, хотя продолжал состоять в партии коммунистов, и опустил порожнее ведро на землю. В этот момент ему показалось, что от баков в сторону кустов сирени метнулась тень. Васильев оставил ведро и, неловко притаптывая, побежал к своему подъезду. Добравшись до второго этажа, задохнулся и прижал ладонь к груди. Сердце старика колотилось, как у воробья, которого взяли в руки. Васильев на секунду замер у телефона, подождал, пока дыхание восстановится, и принялся накручивать диск. Пальцы дрожали, и до дежурного он дозвонился не сразу. Затем долго и бестолково объяснял о находке. Лишь адрес назвал четко. В своем доме Васильев прожил всю сознательную жизнь, потому адрес мог сообщить и во сне.

Наряд, прибывший через семь минут после звонка пенсионера, обнаружил тело старшего лейтенанта Крутикова. В кармане его форменного кителя документов и денег не оказалось. Исчез и табельный пистолет. Осталась лишь фотография строгой девушки в форме младшего лейтенанта милиции.

———————

3

Деревенька Кресты затерялась на самой границе Новгородской и Ленинградской областей. Пять километров проселка выводили на бетонку Новгород-Луга. Легковому транспорту проселок давался три месяца зимы, при условии, что тракторист Гена не ударялся в запой и снег убирал. В летние месяцы по засушливой погоде тоже можно было рискнуть. Но, не дай бог, один серьезный дождик — и путь назад отрезан. А после затяжных дождей не всякий грузовик имел шанс доползти до Крестов. Несмотря на трудности с дорогой, летом деревня оживала. Среднее и младшее поколение местных жителей, важно величавшее себя дачниками, проводило летний отпуск на исторической родине. Зимой семь домов из десяти глядели на еловый лес накрест заколоченными ставнями и промерзали насквозь. Три избы обогревались и зимой. Из труб тек уютный беловатый дымок, возле крылечек стояли метлы и лопаты, а в сенях — валенки с калошами и коромысла. Зимнее население деревни состояло всего из трех душ: двух христианских, одной мусульманской. По душе на дом. Случайно жилые избы разбежались по деревне симметрично. Одна в центре, две по краям. Справа, в крайней избе, прижился мусульманин Халит.

Он прибился на постой к вдове — лесничихе. Старуха вскоре померла, а Халит прижился. В самой середке Крестов обитала девяностолетняя девушка Агриппина. Последние два года престарелая девушка болела, и без помощи мусульманина ей бы пришлось совсем худо. Она верила, что Халита ей послал сам Господь в благодарность за сохраненную девственность. Мусульманин носил ей воду из колодца, колол дрова и привозил из редких поездок в город сахарок и пару батонов. Белый хлеб в деревне звали булкой и употребляли на десерт. Зимой Халит расчищал крыльцо, дорожку от снежных завалов и почти ежедневно заходил проведать хозяйку. Разговоров они не вели — старуха давно оглохла, — но с самоваром самостоятельно управлялась, поэтому они молча сидели за столом и пили чай. Летом к Агриппине наезжала родня. Она давно путала внуков с правнуками, поскольку все они были двоюродными, а своих детей «девушка» Агриппина завести не могла. Сестра ее давно отошла в мир иной, за ней последовали и два младших брата. Все они оставили потомство, и теперь разобраться в многочисленных родственных образованиях стало бы затруднительно и для более молодого и прыткого ума, нежели ум девяностолетней Агриппины. По приезде городских родственников Халит получал моральный отпуск, который использовал для сбора лекарственных трав, заготовки грибов и ягод. Мусульманин кормился лесом. Документов Халит не сберег и никаких пособий или пенсий не получал. Бежавшему от войны старику титул беженца не выдали, а обивать пороги чиновных кабинетов он не умел.

В Крестах Халит никому не мешал. Охотников на избу лесничихи не нашлось, и мусульманин жил спокойно, без унижений и попреков. Чего нельзя сказать о городе, куда он поначалу приехал. Обижали часто, и очень хотелось Халиту напомнить русским, как его мать и еще множество таких матерей кормили беженцев из России в немецкую войну. Правда, звались они тогда не беженцами, а эвакуированными. Да трудное слово «эвакуация» теперь мало кто помнил...

В крайней избе слева жила Дарья Ивановна Никитина. Из постоянных жителей она была самая молодая. Ей по весне стукнуло пятьдесят пять. Она легко справлялась со своим нехитрым хозяйством, состоящим из пяти кур, петуха Петьки и дворового пса Доши. На лето к Дарье Ивановне приезжала внучка Валечка. Девушка закончила предпоследний класс и проводила у бабушки летние каникулы. А долгими зимними вечерами Дарья Ивановна вязала женские рейтузы. Делала она это весьма профессионально и вывозила свою продукцию на городской рынок, где рейтузы шли нарасхват. Вязание давало ей крепкую добавку к мизерной пенсии. Дарья Ивановна смолоду ушла в город домработницей и на казенной службе никогда не числилась. Про Никитину говорили, что она дочку прижила от заезжего солдатика. Перед демобилизацией тот якобы обещал девушке жениться, да уехал домой и позабыл. На самом деле все было не так, но правду о дочери пожилая женщина скрывала.

Девочку она вырастила одна, хотя иногда тайный отец помогал деньгами. Но делал он это сугубо по собственному желанию и настроению. При получении паспорта дочка взяла материнскую фамилию. Школу Верочка Никитина закончила деревенскую и в ленинградский вуз по конкурсу не прошла. Выучилась на водителя трамвая и устроилась в трамвайный парк. Повторяя судьбу матери, без мужа родила дочь Валю. От парка, перед самым развалом державы, ей выдали маленькую квартирку в полуподвале старого дома, где они вдвоем с дочерью и жили до сих пор. Дарья Ивановна только один раз гостила у дочери в Дровяном переулке. Теснота и полумрак после деревенской воли пожилую женщину угнетали. Она неделю промаялась и уехала.

В этом году Валя задержалась в деревне. Школа, где училась внучка, с весны встала на капитальный ремонт. Строители обещали успеть к началу учебного года, но первого сентября выяснилось, что трубы завезли бракованные, а замена их — дело долгое: средства, выделенные городской властью на ремонт, были израсходованы, а новых взять негде. Начало учебного года в связи с этим откладывалось на неопределенный срок. Валя осталась у бабушки.

Дарья Ивановна вслух не говорила, но в душе нечистых на руку строителей благодарила. О том чтобы прожить с внучкой до ноября, пожилая женщина не могла и мечтать. В конце августа основная часть дачников уехала в город. В Крестах остались лишь пенсионеры Воробьевы. Неутомимые супруги с рассвета до сумерек пропадали в лесах, добывая последние грибы и клюкву. Дарья Ивановна знала, что чета пенсионеров живет бездетно, и удивлялась, зачем им столько запасов? Торговать пенсионеры не ходили, а сами такое количество съесть не могли. В конце сентября уехали и они, и, кроме Валечки, никого из городских не осталось.

Дарья Ивановна опасалась: без молодежи внучка заскучает. Но выручил мусульманин Халит. Он еще прошлым летом приметил Валю и одаривал девушку лесными гостинцами. То принесет банку лесного меда, то щучку из реки, то кружку малины. В сентябре, когда деревня опустела, Халит стал брать Валю в лес за орехами. Орехи внучка Дарьи Ивановны очень любила, но они созревали позже, чем начинаются школьные занятия. В этом году Валя орехов дождалась. Халит за три года жизни в Крестах так изучил окрестности, что знал грибные и ягодные места лучше местных. Знал он и все большие орешники на много километров вокруг.

— Вот тебе и басурманин! — часто говорила Дарья Ивановна. — Золотого сердца человек! Другим христианам у него бы поучиться...

Телевизоров в деревне не водилось, но из радиопередач Никитина знала о войне на Кавказе и пеняла Халиту:

— Вон, что твои одноверцы удумали — кровь лить.

Халит качал головой и уходил. Но один раз оглянулся и сказал:

— Христа продали и Аллаха продали. Золото Бога не знает...

Осень катила быстро. Теплые солнечные дни сменились на пасмурные и дождливые. Темень наступала рано. В среду после полудня повалил снег. И хотя он сразу стаял, Дарья Ивановна поняла, что осень заканчивается. Последние два дня у женщины лежал груз на сердце. На вопросы внучки она отговаривалась старостью: к погоде кости ломит, меняется погода, вот и организму тяжело. Но погода была ни при чем. Никитину одолевали дурные предчувствия. На улицу она выходить почти перестала. После завтрака усаживалась под образа и молча вздыхала. Валя кормила кур и пса Дошу. Кобель, чуя настроение хозяйки, тоже ходил, поджав хвост, а ночами выл. К обеду неожиданно распогодилось. Облака расступились, и выглянуло солнце. Дарья Ивановна немного повеселела и вышла подышать во двор. Но любоваться лазурью неба долго не пришлось. Внезапно налетел ветер. Его шквальные порывы сорвали последние листья с красной рябины, погнали рябь по дорожным лужам и задрали хвосты у перепуганных кур. Доша залез в свою будку и грустным собачьим глазом следил за разгулявшейся стихией. Дарья Ивановна с внучкой вернулись в избу и проверили, хорошо ли закрыты окна. Ветер нагнал низкие свинцовые облака и внезапно стих. К сумеркам зарядил нудный мелкий дождик. В довершение всего погас свет и смолкло радио. Дарья Ивановна зажгла керосиновую лампу, и внучка пристроилась читать. Спать пошли рано. Валя ночевала на сеновале, куда из сеней вела деревянная лесенка.

— Не замерзнешь на чердаке? — спросила Дарья Ивановна. — Пора в дом перебираться.

Но спать в доме Валя не хотела. Никитина посветила девушке в сенях и, когда та поднялась, вернулась в горницу. Кровать с никелированными шишечками Дарья Ивановна стелила обстоятельно: сбивала перину, поправляла подушки, равномерно распределяла стеганое одеяло в недрах крахмального пододеяльника. Закончив с постелью, кряхтя, разулась и улеглась. Монотонный шелест дождя усыплял, и Дарья Ивановна закрыла глаза. Но тут забрехал Доша.

Дворняга Никитиной осталась единственной собакой в деревне. Летом дачники привозили городских. Это были породистые набалованные животные. Хозяева держали их для форса и возились так, как в деревне не возятся с детьми: стригли, купали с шампунями, кормили заграничными кормами. Водили этих собак на поводке, и о том, чтобы сажать их на цепь, не могло быть и речи. Сторожить двор такие собаки не умели. Дарья Ивановна много лет прожила в городе и на всевозможных домашних животных нагляделась, но относилась к ним по-деревенски пренебрежительно. Скотину надо держать для дела, считала Никитина, и убеждений своих никогда не меняла.

Доша продолжал брехать. Лай его становился все напористей и злее. «Небось зверь какой из леса», — подумала хозяйка, но, услышав глухой мужской голос, грязно ругавший собаку, вздрогнула и тяжело поднялась с перины. Пошарила в темноте ладонью по крышке комода. Знала, что положила спички туда, но от волнения нащупать не могла. Наконец схватила коробку, дрожащими руками раздвинула коробок. Первая спичка сломалась, вторая пошипела и зажглась. Дарья Ивановна наладила керосиновую лампу и хотела идти на крыльцо, но не успела. В окно постучали. Она поднесла лампу к стеклу и отшатнулась. Небритое мужское лицо с расплющенным на стекле носом выглядело жутко. Но больше всего испугали женщину глаза. Это были темные недобрые глаза желтоватого цвета. «Волк!» — обожгла страшная мысль.

— Даша, это я. Не узнаешь?

Голос за стеклом Никитиной показался знакомым.

— Эдик! — крикнула она и побежала открывать.

С трудом отогнав разъяренного пса, Дарья Ивановна впустила нежданного гостя. В избу вошел высокий темный мужчина. Волосы на его голове от дождя слиплись, с них капала вода. Грязные стоптанные туфли с комьями налипшей глины оставляли жирные следы на половицах и тканой дорожке. Пиджак вошедшего, потертый и грязный, промок насквозь, брюки на коленях имели заплаты, а одна брючина, разорванная сбоку, открывала кровоточащую рану.

— Эдик! Тебя и не узнать! Откуда ты?! — всплеснула руками Дарья Ивановна, чуть не выронив лампу.

— Из тюрьмы. Ты одна? — спросил Эдик, настороженно оглядывая горницу.

— Внучка на мосту спит, — ответила женщина и, заметив рану на ноге гостя, бросилась к комоду. — Кровь-то откуда? Господи! Кто ж тебя так?

— Твоя зверюга. Убью падлу, — ответил Эдик,

ставя раненую ногу на табурет. Дарья Ивановна разрезала брючину и, покропив рану тройным одеколоном, принялась бинтовать. — Жжет, сука, — сморщился Эдик, — не можешь побыстрее?

— Потерпи, родненький. Надо прожечь, а то столбняка бы не случилось, — уговаривала Никитина, заканчивая возню с бинтом.

Не переставая причитать и охать, Дарья Ивановна открыла фанерный сундук, извлекла из него старенькие шаровары дочери, свитер собственной вязки, шерстяные носки и со словами: «С тебя вода, как с утопленника», — подала все это Эдику. Эдик сорвал с тела промокшую одежду и, нисколько не стесняясь хозяйки, остался в чем мать родила. Дарья Ивановна взглянула на спину гостя и запричитала еще громче. Его спина в синяках и кровоподтеках и впрямь вызывала сострадание. Хозяйка хотела забрать груду мокрой одежды, но Эдик рявкнул на нее, полез в карман изодранных брюк и достал оттуда что-то завернутое в тряпицу.

— Теперь забирай, — пробурчал он, облачаясь в сухую одежду из сундука.

Хозяйка растопила плиту и пристроила на нее две кастрюли и сковороду. Скоро в горнице послышалось бульканье, шкварчение и вкусно запахло. Ел Эдик долго и жадно. Женщина уселась напротив, сложила на столе руки и молча наблюдала, как гость насыщается.

Эдика Дарья Ивановна знала с трех лет. Когда она впервые увидела мальчика, тот походил на херувимчика из рождественской сказки. Одет ребенок был в матросочку с бантиком. Вьющиеся кудри до плеч, курносый носик и розовые щечки умилили молодую домработницу до слез. Сама Дарья Ивановна только два года назад стала матерью, и материнская нежность еще переполняла ее сердце. В семью Кадковых она попала случайно. Никитина нанялась к жене полковника в тот же дом, где проживал Михаил Алексеевич Кадков с супругой. Не успела Дарья Ивановна прослужить у полковника и трех дней, как хозяину пришел приказ о переводе. Семьи приятельствовали, и Дарья Ивановна по рекомендации перешла к Кадковым. Елена Платоновна, супруга Кадкова, в своей квартире молоденькую прислугу селить остереглась. Никитиной сняли комнатенку в подвале поблизости, и она стала приходящей домработницей.

— Еще жратва есть? — поинтересовался Эдик.

Очнувшись от воспоминаний, Дарья Ивановна выскоблила на тарелку остатки содержимого из сковороды и кастрюль и подвинула гостю. Кадков принялся за добавку с прежней сноровкой.

Тогда, в Новгороде, Дарья Ивановна сперва удивилась: зачем бездетной семье прислуга? Но вскоре все поняла. Елена Платоновна родилась и выросла в Ленинграде, где родители ее отчаянно баловали. Там же она и познакомилась с Михаилом Алексеевичем. Выйдя замуж, молодая женщина не только обеда, но и чая приготовить не умела. Мадам Кадкова вела активный светский образ жизни, часто уезжала в Ленинград, где не пропускала ни одной значительной премьеры, и домом вовсе не занималась. Михаил Алексеевич Кадков тогда только начинал делать карьеру в облпотребсоюзе, куда был распределен после института, и работал от зари до зари. Обедал молодой хозяин в ресторанах, но холодильник в квартире всегда был забит деликатесами. Во времена тотального дефицита это вызывало уважение и зависть окружающих.

Разлад в семье начался из-за случайной беременности Елены Платоновны. Супруга Кадкова категорически не желала детей и панически боялась оказаться в интересном положении. Забеременев, она принялась устраивать мужу постоянные скандалы. Кадкова винила его в любовной неосторожности, пренебрежительном отношении к ее здоровью и в прочих проявлениях эгоизма, дикарства и бескультурья. Через месяц она уехала в Ленинград делать аборт. Врачи, обнаружив у Елены Платоновны проблемы с ее женским здоровьем, делать аборт отказались. Женщина осталась у родителей в Ленинграде, где и родила сына. До трех лет мальчика воспитывала бабушка.

— Клади спать, — потребовал Эдик, насытившись.

Дарья Ивановна постелила гостю на диване под ходиками. Эдик завалился, не раздеваясь, и уснул, не успев коснуться головой подушки. Спал он тяжело. Часто бормотал бессвязные предложения, иногда грязно ругался. «Досталось парню», — покачала головой Дарья Ивановна и, загасив лампу, улеглась на свою кровать. Уснуть не могла. Прошлое восстанавливалось в памяти, будто все случилось вчера. Она даже слышала, как хлопнула дверью Елена Платоновна, уходя с чемоданом из новгородской квартиры.

Дарья Ивановна попала к Кадковым накануне

всех этих событий. Когда супруга уехала в Ленинград, Михаил Алексеевич домработницу не рассчитал. Она прибиралась, кормила хозяина завтраками — обедал и ужинал он вне дома — и следила за его одеждой. Кадков все чаще присутствовал на собраниях с городским начальством и требовал каждый день свежую сорочку. Через десять дней после демарша Елены Платоновны молодая прислуга стелила хозяину на ночь постельное белье. Девушка торопилась, чтобы успеть в гости. Владелица подвальной квартиры, где Никитина снимала комнатенку, затеяла праздник по случаю приезда на побывку своего сына. Парень служил на границе, и за усердие был отпущен в краткосрочный отпуск. Хозяйка решила, что скромная деревенская девушка может стать уважительной невесткой. Из этих соображений она и пригласила Дарью. Молодая домработница тоже была не прочь познакомиться с бравым солдатиком и потому спешила. Торопливо проталкивая толстое стеганое одеяло в крахмальный пододеяльник, девушка ощутила на своей груди две крепкие мужские пятерни. Она вскрикнула и оглянулась. Таким своего хозяина раньше Никитина не видела. Всегда важный и деловой работник промкооперации сейчас смотрел на нее глазами голодного кобеля. Нельзя сказать, чтобы Дарья Ивановна испытывала к хозяину женскую неприязнь. Ей нравилась его солидность и обходительность. Михаил Алексеевич был недурен собой, всегда прекрасно одевался и пользовался дорогим парфюмом. Но для Дарьи Ивановны Кадков был человеком из другого мира. Теперь, когда они в квартире вдвоем, а она почти лежала в постели, девушку обуял страх. Дарья пыталась вырваться, но кричать стеснялась. Хозяин сорвал с нее кофту и повалил на недостеленную кровать. Они долго и молча возились, каждый добиваясь своего. Кадков стягивал с Дарьи чулки. В те времена колготки в России считались чудом. Женщины ходили в чулках, которые требовали дополнительной части туалета. Эта часть именовалась поясом. К нему резинками цеплялись чулки. На Дарье были надеты не капроновые, а простые матерчатые, коричневые чулки. Девушка, закусив губы, старалась их не отдавать, вцепившись в материю двумя руками. Воспользовавшись этим, Кадков быстрым и точным движением сорвал с нее голубые трикотажные трусы, и путь к цели был свободен.

— Зачем вы так, Михаил Алексеевич? — спросила Дарья, когда хозяин удовлетворенно отвалился на подушку.

— Это сложный вопрос, Дарья, — ухмыльнулся Кадков.

Дарья заплакала. Кадков снисходительно обнял свою прислугу, принялся успокаивать и раздел до конца. Осмотрев ладную фигурку домработницы, ее налитую, по деревенски надежную грудь, готовую выкормить с десяток малышей, и крепкие бедра, он подумал, что хоть ножки немного коротковаты, в остальном девчонка недурна. На вечеринку Дарья не пошла. Ночевать она осталась с хозяином. Через девять месяцев родилась дочка Верочка. Бравый пограничник в тот вечер так и не увидел предполагаемую невесту, но стал поводом для легенды о происхождении Веры.

31

Дарья Ивановна растила ребенка, продолжая работать у Кадкова. К ее обязанностям прибавилась еще одна — скрашивать одиночество хозяина. Михаил Алексеевич насчет их связи никаких суждений не высказывал. Разводиться он не собирался и каждые десять дней посылал Елене Платоновне в Ленинград безответные письма. Через три года, прослышав, что супруг выходит в большие начальники, мадам Кадкова сменила гнев на милость и вернулась к мужу с трехлетним Эдиком. Материнство характер Елены Платоновны не изменило. Воспитание сына Михаилу Алексеевичу пришлось всецело доверить своей домработнице. Скоро Эдик стал называть няню мамой Дашей.

Деревенская женщина относилась к ребенку хозяев как к барчуку. Она любовалась мальчиком и, как могла, баловала его. Когда Эдик подрос, Кадков компенсировал отцовское невнимание щедрой выдачей карманных денег. Парень рано пристрастился к выпивке и сексу. Ему нравилось щеголять финансовой мощью перед сверстниками. Учиться Эдику стало скучно. Его несколько раз выгоняли из школы, но Кадков старший начальственным звонком сына восстанавливал. К двадцати трем годам Эдик превратился в хлыща и пьяницу и даже не закончил десятилетку. Единственно, что он делал виртуозно, так это водил машину. К совершеннолетию отец подарил ему первую модель «Жигулей».

Женские проблемы Елены Платоновны с возрастом переросли в злокачественную опухоль. Операцию сделали слишком поздно, и Михаил

Алексеевич овдовел. Эдик к тому времени получил в подарок от отца однокомнатную квартиру в кооперативном доме и жил отдельно. После смерти жены Кадков к Дарье Ивановне не подходил, хотя подсознательно женщина этого ждала.

Воспоминания прервал Доша. Пес завыл под окном. «Больно часто он в последние дни воет», — подумала Дарья Ивановна, ворочаясь в постели. Она закрыла глаза и попыталась уснуть.

Да, после похорон Елены Платоновны она втайне надеялась. Ведь Верочка его дочь. Неужели Кадков не испытывает ни к ней, ни к девочке никаких чувств? Дарья Ивановна не могла знать, что с возрастом для своего хозяина она потеряла всякую привлекательность. Михаил Алексеевич развлекался с эстрадными дивами и манекенщицами, а отцовские чувства выражал исключительно через кошелек. Эдик постоянно клянчил у отца. Про дочку Веру Кадков иногда вспоминал сам и, подозвав Дарью Ивановну, всовывал ей в руку две-три сотни. Казалось, что теперь ничего не мешало сделать их положение открытым и официальным. А начальнику потребсоюза и в голову не приходило жениться на деревенской бабе. Он оказал ей мужское внимание, когда его прислуга была по-девичьи свежа и соблазнительна.

Однажды Михаил Алексеевич уехал в Москву на совещание. Три дня хозяин пробыл в столице и вернулся с Соней Грыжиной. Генеральская дочь сразу прибрала хозяйство к рукам. Дарья Ивановна три дня поплакала, затем собрала вещи и уехала с дочкой в деревню. Родители ее умерли, но дом в Крестах сохранился. Дочка выросла, перебралась в Ленинград и приезжала только в отпуск. До школы внучка жила в деревне с бабушкой. А теперь стала большая и гостила во время каникул.

Эдик перевернулся и, выругавшись, захрапел. Дарья Ивановна посмотрела туда, где спал гость, и тяжело вздохнула. О несчастье с парнем Никитина услышала от людей, но что ее воспитанник убил отца — не верила. Она считала Эдика чуть ли ни своим сыном и жалела. Мальчик, не зная родительской ласки, кроме легких денег, превратился в набалованного эгоиста, но не в отцеубийцу. Дарья могла предположить, что Эдик убил кого-нибудь в пьяной драке. Он часто задирался и приходил с синяками, но поднять руку на отца?! В это Дарья Ивановна поверить не могла. И вот Эдик здесь. После тюрьмы его трудно узнать. Черты те же. Глаза изменились.

В сарае закукарекал Петька. «Скоро утро», — решила Дарья Ивановна, и, словно провалившись в яму, уснула. Разбудил ее душераздирающий крик внучки. Сломя голову, метнулась в сени. Девичий крик доносился с чердака. Дарья Ивановна схватила вилы и грузно поднялась по деревянной лесенке. Электричество ночью дали, и она включила тусклую лампочку, болтавшуюся на проводе. Перед ней в руках полуголого Эдика билась внучка. Ее питомец, рыча как зверь, мял девушку, пытаясь раздвинуть сжатые ноги. Дарья заголосила дурным голосом и ударила насильника плашмя по голове вилами. Эдик вскочил и двинул женщине кулаком в лицо. Дарья Ивановна лишилась чувств. Очнулась от боли. Глаз заплыл, и нестерпимо ныла голова. Дарья Ивановна со стоном приподнялась. Внучка лежала без движения с обнаженной грудью и широко раздвинутыми ногами. На ляжках девушки подсыхали разводы крови. Дарья Ивановна наклонилась к внучке и приблизила лицо к ее губам. Слабое дыхание говорило о признаках жизни. Бабушка припала к Валиной груди, стала лихорадочно прикрывать ее разорванной одеждой. Девушка застонала и открыла глаза.

— Что со мной? — спросила она еле слышно.

Дарья Ивановна прижала внучку к себе и запричитала над ней, поглаживая девушку по голове.

— Не уберегла я тебя, дура старая. От зверя не уберегла! — Видно, Валя все вспомнила. Глаза ее покраснели и из них потекли слезы. — Поплачь, дитятко, поплачь. Будет легче, — успокаивала Дарья Ивановна внучку и плакала сама.

— Кто он, бабушка? — спросила Валя сквозь слезы.

— Зверь он. Теперь верю, что отца родного убил. Раз дитя не пожалел, значит, мог и отца, — ответила Никитина.

Они затаились, обнявшись на сеновале, и боялись спуститься в дом. Наконец Дарья Ивановна решилась.

— Пойдем, милая. Пока еще я тут хозяйка. Может, он и ушел уже...

Дарья Ивановна открыла дверь в горницу и увидела Эдика. Тот спокойно сидел за столом и протирал тряпкой какие-то железки.

— Ирод, что ты наделал?! — истошно закричала она. Страх ушел. Остались обида и гнев.

Эдик молча поколдовал с железками, и они в его руках превратились в вороненый пистолет. Направив дуло в сердце няни, Эдик заявил:

— Будешь орать — пристрелю. Девка мне твоя кстати. Спать хочу с ней. Я теперь пока не наверстаю, ни одну телку не пропущу. Знаешь что такое десять лет без бабы?! Станете кочевряжиться, пристрелю обеих.

Валя, стоявшая в дверях и слышавшая слова насильника, бросилась во двор, но ее ноги подкосила слабость от перенесенного. Валя упала. К ней подбежал Доша и стал лизать лицо. Эдик вышел на крыльцо и приказал:

— Иди в дом и не дури.

Валя не двигалась. Эдик спустился с крыльца, схватил Валю за руку и втащил в избу.

— Пора обедать, — рявкнул он.

Заплаканные женщины, боясь встретиться глазами друг с другом, принялись медленно накрывать на стол. — Пошевеливайтесь. Спать будете ночью, — сказал Эдик и грязно выругался.

Дарья Ивановна и Валя сидели в углу на скамейке и молча ждали, пока Эдик покончит с едой. После чая он потянулся и заявил более миролюбивым тоном:

— Девчонка пусть и не думает убегать. В Питере отыщу и пристрелю вместе с Веркой. Не погляжу, что папашка у нас общий...

Днем Эдик потребовал горячей воды и долго возился с одеждой. Заставил няню заштопать и отгладить порванные собакой брюки. Потом натопил баню и заорал:

— Валька, иди сюда. Спину потрешь...

— Я тебе сама потру, — быстро предложила Дарья Ивановна.

— Ты, старая кошелка, заткнись. Может, у меня не только спина чешется. Давай сюда девку! — крикнул Эдик, высунув голову из приоткрытой двери в баню.

— Вали нет, — ответила женщина и скрылась в избе.

Эдик, голый, с пистолетом в руке, ворвался в горницу и, не увидев девушки, навел пистолет на няню:

— Ведьма, куда девку дела?!

— Ты меня не пугай. Я тебя не боюсь. А куда пошла внучка — не знаю. Она мне не докладывала, — спокойно ответила Никитина и отвернулась.

Эдик напялил на себя телогрейку и полуголый выскочил на улицу. Размахивая пистолетом и дергая двери запертых и заколоченных изб, он добежал до жилища престарелой Агриппины. Ворвавшись к старухе и расшвыривая корзины с луком, старые тряпки и табуреты, Эдик оглядел горницу, сени и сарай. Не обнаружив Валю и перепугав до смерти древнюю хозяйку, побежал дальше. Последний дом встретил его запертой калиткой. Эдик попытался сорвать замок, но грянул выстрел. Он посмотрел на крыльцо и увидел пожилого азиата с двустволкой в руке.

— Отдай девку! Застрелю! — потребовал Эдик, но, заметив наведенный на свою грудь ствол, осекся.

— Уходи, ты плохой человек. Обидел ребенка. Халит убил бы тебя, но русские и так называют всех мусульман убийцами. Уходи и знай: придешь еще — умрешь.

— Отдай девку по-хорошему, — злобно заорал Эдик.

Ружье продолжало целить в грудь пришельца. Поняв, что еще шаг — и азиат выстрелит, Кадков повернулся и побрел назад. Он бы с удовольствием продырявил азиата, но на таком расстоянии мог промазать, а тот из ружья бил метко. Эдик это понял, получив порцию дроби возле ног.

Снова пригрозив няне тем, что застрелит в Питере и дочку, и внучку, если те посмеют заявить в милицию, бывший воспитанник Дарьи Ивановны попарился в бане в одиночестве и улегся спать. Заснул он быстро, но, как и в прошлую ночь, во сне бормотал и ругался. Один раз вскочил и, выхватив из-под подушки пистолет, стал озираться по сторонам, как затравленный волк. Дарья Ивановна всю ночь глаз не сомкнула.

Утром Эдик, начищенный и наглаженный, выпил три сырых яйца и ушел. Никитина долго не верила, что ее муки закончились. Зная, что Халит девочку в обиду не даст, за внучку больше не волновалась. Но тревога не уходила. Давила и угнетала тишина. «Где собака?» — подумала хозяйка. Пока Эдик был здесь, пес лаял и злобно рычал. А теперь его не слышно. Женщина вышла во двор и позвала: «Доша! Доша!» Но Доша не откликнулся. Тогда Никитина медленно побрела вокруг избы. Обезглавленный труп собаки лежал за баней. Голову Доши и окровавленный топор Дарья Ивановна обнаружила в огороде.

— Зверь, — прошептала она и заплакала.

4

Петр Ерожин возвращался из Бреста. Спидометр показывал сто сорок, но скорости не чувствовалось. Мягкая подвеска «Сааба» гасила выбоины и неровности трассы. До Москвы оставалось триста семьдесят километров. Ерожин спешил. Сегодня провожали на пенсию генерала Грыжина, и Петр Григорьевич не хотел сильно запаздывать. Пока по свободному Минскому шоссе удавалось гнать вовсю. Но Ерожин знал, что последние километры перед столицей не разгонишься. В воскресенье вечером москвичи возвращались с дач, и машин, ближе к Кольцевой, скапливалось много. Правда, дачный сезон давно закончился и часовых пробок быть не должно, но задержки надо учитывать.

Погода стояла сухая и солнечная. Ерожин радовался, что низкое осеннее солнце лупит в спину. Хуже было тем, кто ехал назад к Западу. Листья уже облетели, и пейзаж за стеклом выглядел демисезонно. Если не знать, что на дворе осень, картинку за окном можно было принять и за раннюю весну.

Мелодично брякнул мобильный телефон. Трубка лежала на свободном сиденье рядом, и Петр Григорьевич легко справился одной рукой.

— Ты где? — донесся из трубки голос Нади.

— Пилю, моя дорогая девочка, — улыбнулся Ерожин.

— Долго еще? — в интонации Нади слышалось детское нетерпение.

— Часа четыре, моя хорошая. Если ничего не случится... — ответил Петр Григорьевич и добавил: — Есть шоферская примета: точного времени прибытия говорить нельзя.

— И не говори, только приезжай поскорее. Я тебе уже и рубашку нагладила, и ботинки начистила.

— Спасибо. Постараюсь побыстрее, — пообещал он и хотел прощаться, но Надя заволновалась: — Только не гони. Осторожно езжай. Лучше я подожду подольше...

Отключив телефон и вернув трубку на сиденье, Петр Григорьевич подумал, что никогда он так не рвался домой. И никогда раньше его так не раздражали командировки и все то, что отнимает возможность видеть Надю. А в последнее время мотаться пришлось много. Так уж жизнь повернулась. Ерожин сбросил скорость. Перед поворотом на городок Гагарин дозорный пост автоинспекции, и дежурный сотрудник не упустит случай содрать за превышение скорости с владельца крутой иномарки. Снова звякнул мобильный.

— Петька, где тебя черти носят? — раздался в трубке бас генерала.

— Еду, Иван Григорьевич. Уже недалеко, в Московскую область вошел.

— У тебя там задница еще с сиденьем не срослась? — поинтересовался Грыжин и, не дожидаясь ответа, загоготал. Ерожин понял, что бутылкой любимого армянского коньяка в запасах генерала стало меньше.

— Ладно, Петька, отгуляем, заделаем с тобой фирму. Хватит тебе не своим делом заниматься, бизнесмен хренов, — продолжая гоготать, сказал генерал на прощание.

Знак объезда Ерожин увидел издали. Дорогу ремонтировали, и машины пустили по параллельной грунтовке. Пришлось ползти на второй передаче. Шикарный «Сааб» для наших грунтовых дорог не спроектирован. Петр Григорьевич усмехнулся и подумал, что на своей «девятке» он бы и тут мог выжать километров семьдесят, а иностранная цаца, пожалуй, развалится, и на ремонт потом потратишь столько же, сколько стоит родная «девятка». Наконец объезд кончился, и «Сааб», вырулив на асфальт, рванул сразу за сотню.

— Да, братец, на цивильной дороге ты хорош, — вслух похвалил машину водитель.

Населенных пунктов вдоль трассы не наблюдалось, и Петр Григорьевич поднажал. Стрелка спидометра поползла к ста восьмидесяти. Ерожин вспомнил определение Грыжина, связанное с его теперешней деятельностью. «У Ивана Григорьевича не заржавеет. Быстро словцо найдет, если и грубоватое, то точное», — подумал он. А бизнесом подполковник занялся не по своей воле.

По бокам дороги потянулись озимые. Они напомнили Ерожину поля гольф-клуба в подмосковном Нахабино. Сколько времени прошло с тех пор? Всего месяца четыре, а кажется — вечность. И сколько всего произошло. Ерожин представил себе Надю в своей квартирке, и ему стало необыкновенно хорошо внутри. А тогда он думал, что ее теряет. Сильно изменил жизнь отставного подполковника Ерожина выстрел из английского пистолета. Снова запел телефон. Звонил секретарь Севы Кроткина Рудик. Теперь это был его, Ерожина, секретарь. Без Рудика с фондом подполковник бы не справился.

— Петр Григорьевич, у вас завтра в десять совещание. Шведы уже приехали. А в двенадцать обед с представителем австрийской фармацевтической компании. Помните, тот, что мы отложили из-за вашей поездки?

— Хорошо. Только мы за два часа можем не успеть разделаться со шведами, — ответил Ерожин и наморщил лоб. Он силился припомнить вопросы, которые предстояло решить со шведскими партнерами, и боялся соглашаться на следующую встречу.

— Петр Григорьевич, у австрийцев в пятнадцать ноль-ноль самолет. Перенести встречу с ними на более позднее время я не смог.

— Хорошо, Рудик. Постараемся уложиться. Но в четыре у меня совещание в аксеновской фирме. На завтра больше встреч не назначай, — попросил Ерожин.

Озимые давно закончились, но мысли о гольфклубе продолжали вертеться в голове. Тело убитой Фатимы быстро вывезли, и семейство Аксенова в тот день ничего не узнало. Но Петр Ерожин понимал, что от разговора не уйти. Многое для непосвященных в это запутанное дело казалось неправдоподобным. Сыщику предстояло объяснить, что Фатима со своими сообщниками, наркологом Гариком и его сестрой — парикмахершей, накачали Веру наркотиками, перекрасили ее в черный цвет и усадили на ташкентский рейс. Сама же Фатима под видом Веры вернулась в

Нахабино. Ее и застрелил Ерожин на площадке гольф-клуба. Но самое трудное, что предстояло подполковнику, — это открыть Аксеновым правду: Фатима — их родная дочь, подмененная в родильном доме на Надю. Настоящие родители Нади — Вахид и Райхон.

Разговор состоялся после того, как Веру вернули из Ташкента. Узбекский замминистра поверил Ерожину не сразу. Пришлось сличать отпечатки пальцев Фатимы, снятые с бутылки в ее ферганской квартире, с отпечатками Веры. Естественно, они не сошлись. Но главным и бесспорным доказательством в деле Фатимы оставался пистолет Макарова. Насыров еще раз поздравил Ерожина, и старшую дочку Аксенова отвез к самолету лично. Вера прилетела бледная. Узнав, что муж ранен и ему сделали операцию, совсем сникла. Марфа Ильинична пыталась кормить внучку бульонами и кулебяками, но та от еды отказалась и потребовала, чтобы ее немедленно доставили к мужу в больницу.

На второй день после возвращения Веры Аксеновы собрались в своей квартире на Фрунзенской набережной.

Ерожин, вспоминая, как он мучился перед этой встречей, чуть не влетел в притормозивший грузовик. Выругав свое шоферское поведение, Петр Григорьевич поехал осторожнее. После Одинцова скорость пришлось сбавить до шестидесяти. Машины инспекции стали попадаться чаще. Они прятались за поворотами и дорожными строениями. Движение при подъезде к столице, как и предполагал Ерожин, стало интенсивным. Петр Григорьевич пристроился за зеленым джипом и больше не обгонял. В районе Переделкино позвонили из Минска. Фуры с оборудованием на территорию предприятия пришли, и директор завода благодарил за это «директора» фонда Петра Григорьевича Ерожина. В Бресте разобраться с затерянным грузом оказалось не так просто. Ерожин понимал, что таможня хочет «на лапу». Но давать взятку Петр Григорьевич не собирался. Он быстро разузнал, что бумаги таможни оформляет липовая фирма, созданная самой таможней для вымогательств. Прижав местное начальство и продемонстрировав свое удостоверение подполковника милиции, Петр Григорьевич через полчаса получил все данные о своих грузовиках. Через два часа машины вышли в Минск. И вот теперь ему звонили, что они на месте. Этой поездкой Ерожин сэкономил для фонда изрядную сумму. Если бы оборудование еще задержалось, пришлось бы платить заводу неустойку. Вины отправителя там не было. Шведы груз выслали точно в срок. Вина ложилась на посредника, а фонд им и являлся.

Наконец и Кольцевая автострада. На ней разрешено жать сотню. Ерожин одно деление прибавил. «За превышение в десять километров не остановят, стыдно», — считал подполковник, ставя себя на место дорожной инспекции, и постоянно этим соображением пользовался. Но радоваться было рано. Перед Киевским шоссе на Кольцевой транспорт сбился в затор. Машины не стояли и не ехали, то в одном ряду происходило некоторое продвижение, то в другом. Ерожин попытался выбрать ряд, но выбирать было не из чего. Водитель, продвинувшись на двадцать метров вперед, вставал, и его обгоняли из другого ряда. Ерожин решил не суетиться. На трассе он выиграл минут сорок, а теперь их потеряет... Петр взял телефон и позвонил домой.

— Девочка моя, я в Москве. Торчу в пробке на Кольцевой. Скоро буду.

— Ой, как хорошо, — обрадовалась Надя.

— Что хорошего может быть в пробке? — удивился Ерожин.

— Хорошо, что ты в Москве, глупенький. Я очень не люблю, когда ты далеко. А сейчас мы рядышком, — засмеялась жена.

Именно из-за Нади он тогда боялся начинать разговор в квартире на Фрунзенской набережной. Конечно, им владели чувства эгоиста. Правда о Фатиме больнее всего могла ударить по супруге Аксенова, Лене. Ерожин застрелил ее дочку. Но из всех членов семьи, ставшей для подполковника близкой, Надя была ближе всех. Петр Григорьевич осознавал, что его рассказ сильно подействует, но что произойдет столько событий, он предвидеть не мог. Елена Николаевна замкнулась и ушла в себя. Она не плакала, не жаловалась, а как-то сжалась и перестала говорить. Если к ней обращались, она пыталась отвечать односложными словами. Марфа Ильинична, проникнувшись к невестке за дни их «заточения» в нахабинском доме удивительной симпатией, старалась Лену поддержать, доказывая, что рыжая Фатима — совершенно чужой и вредный для их семьи человек, убила жениха Любы, ранила мужа Веры.

— По крови она моя родная дочь. Если бы она росла с нами, я уверена, что преступницей никогда бы не стала, — ответила Елена Николаевна и больше на эту тему говорить не желала.

Люба сразу уехала в вологодскую деревню к

родителям убитого Фони, чтобы там переварить и осмыслить выпавшее на семью горе. Аксенов-старший ушел в длительный запой. Надя, выслушав рассказ Ерожина, сделалась бледная как мел:

— Я заняла чужое место в жизни, — тихо проговорила она и исчезла.

Девушка имела отдельное жилье. Это была квартирка ее подруги. Подруга работала в институте иностранных языков, и ей удобнее было жить поблизости, у родителей на Гоголевском бульваре. Надя получила ключи и оплачивала коммунальные расходы. Адреса и телефона у Ерожина не имелось. Не то чтобы Надя их скрывала, просто в те дни было не до того. Когда отсутствие девушки стало слишком долгим, Ерожин заехал к Аксеновым и попытался узнать Надин адрес. Но Вера дежурила в больнице возле Севы, Люба уехала в вологодскую деревню, а Елена Николаевна помочь не смогла. Она попыталась полистать свои записные книжки, но безрезультатно. Ерожин поехал в ЦКБ. Отыскал там Веру и получил телефон Нади. Адрес Вера не знала. Телефон не отвечал. Тогда Ерожин по номеру, через друзей с Петровки, нашел и адрес. Квартира оказалась на Речном вокзале. Петр Григорьевич несколько раз и в разное время приезжал туда, но ему не открывали, и признаков жизни за железной дверью он не слышал. Ерожин отыскал подругу Нади и вместе с ней поехал на Речной. Квартира оказалась пуста. Оглядев ее, Петр Григорьевич понял, что девушка туда в ближайшие дни не заходила. Тогда он решил заехать еще раз к Аксеновым. Для розыска невесты нужно было найти хоть какой-нибудь след. Петр Григорьевич надеялся отыскать ее записную книжку или письма друзей с обратным адресом. Но в доме Аксеновых его ждало неожиданное известие. Марфа Ильинична общалась с Надей несколько дней назад. Бабушка имела с внучкой телефонный разговор, но старая генеральша о нем забыла. Надя просила не волноваться за нее. Сообщила, что прекрасно проводит время, отдыхая у своих друзей. Ничего больше Марфа Ильинична сообщить не могла. Адрес друзей Надя не назвала.

Двадцать пять дней подполковник редко выходил из дома. Водки он не пил, нормально не ел, а сидел в кресле возле телевизора и смотрел все подряд, не понимая, что происходит на экране. Лицо Ерожина поросло щетиной и стало землистого цвета, глаза потухли. Прошло около месяца с момента исчезновения девушки.

Когда Надя, загорелая и отдохнувшая, позвонила в его дверь и Ерожин открыл, она его не узнала. Вглядываясь в изможденного старика, девушка решила, что не туда попала. Раньше она у Петра Григорьевича никогда не была, а адрес списала у афганца Батко, охранника отцовской фирмы.

— Я, наверное, ошиблась, — нерешительно проговорила Надя и хотела повернуть обратно, но вдруг заметила на поросшем седой щетиной лице сияющие ерожинские глаза.

Где пропадала Надя эти долгие дни, она не говорила, а он не спрашивал. Петр Григорьевич вспомнил их совместную ночь и грустно улыбнулся. Он вел себя как ребенок, прижимался к Наде до рассвета, словно боясь, что она исчезнет. С того дня они жили вместе. Ерожин начал есть за троих, сбрил щетину и через неделю вернул свою обычную форму, только в его белобрысом бобрике внимательный глаз мог заметить легкую седину.

Затор никак не рассасывался. Петр Григорьевич вглядывался вперед и скоро увидел причину задержки — искореженный «Москвич» и перевернутый «Мерседес». Кто-то из новых богатеньких, у которых шоферское мастерство заменяет наглость, пошел на обгон и не справился со скоростью. Сотрудники дорожной инспекции делали свои замеры. Рядом стоял реанимобиль, и свободным оставался лишь один ряд. В этот ряд, словно селедки в сеть, мешая друг другу, тыкались машины. Миновав затор, Ерожин с облегчением вздохнул и нажал на газ. Вдавив затылок водителя в подголовник и обгоняя отечественную автотехнику, «Сааб» полетел по освободившейся трассе.

Первые две недели они с Надей жили как в раю. Обедали в кафе и ресторанах. Посетили балет. Катались по загородным усадьбам и музеям — счастливые оттого, что любят, и оттого, что вместе. Первой опомнилась Надя: надо навестить Севу. Они позвонили Вере на мобильный телефон. Вера звонку обрадовалась и попросила их приехать в больницу. Возле главного входа в ЦКБ она их встретила и провела к Кроткину. Сева занимал отдельную палату с ванной и телевизором. Но комфорт здоровью не помогал. Первая операция прошла неудачно, и теперь врачи пытались исправить свою оплошность. Сева мог лечиться за границей, но транспортировать его не решились. Пуля что-то зацепила в брюшной полости. Кроткин похудел и выглядел очень слабым. Вера подвинула кресла поближе к постели, и Ерожин с Надей уселись возле больного.

Ерожин вспомнил, как его потряс голос Севы. Кроткин говорил сиплым шепотом. После долгих фраз ему требовался отдых.

— Я хочу предложить тебе, Петр, работу. Без меня и Михеева фонд разваливается. Сейчас он в критической стадии. Бери руководство на себя.

— Я понятия не имею, как руководить фондами, — честно признался Ерожин.

— Мой Рудик тебе все объяснит. Можешь приезжать ко мне за советом, — медленно проговорил Сева, помолчал, отдыхая, жестом подозвал Веру и что-то тихо шепнул ей на ухо.

Вера взяла Надю за руку:

— Оставим их, пусть пошепчутся.

Когда женщины вышли, Сева достал из-под подушки электронную записную книжку и протянул Ерожину:

— Здесь все счета в швейцарских и американских банках и коды к ним. Есть еще только один дубль, и он тут, — Сева указал пальцем на свою голову и откинулся на подушку.

Так Ерожин принял руководство.

Свернув с Кольцевой на Варшавское шоссе, Петр Григорьевич через пять минут подкатил к своей башне в Чертаново. Лифт почему-то не работал. Он, словно мальчик, взбежал на шестой этаж и позвонил. Дверь распахнулась так, будто Надя давно держала ее за ручку. Ерожин ступил на порог и тут же оказался в объятьях. Надя прыгнула на него и повисла на плечах. Ерожин ногой захлопнул дверь и понес Надю в комнату.

— У тебя не очень много времени, — сказала она, стягивая с него рубаху.

———————

5

Зоя Куропаткина шла домой походкой деловой и торопливой. Такой походкой после трудового дня спешит любящая жена и мать, чтобы успеть с ужином до прихода ненаглядного супруга и обожаемых деток. Еще неделю назад Зойка домой не рвалась. В тот четверг Куропаткина возвращалась с работы, позевывая и зыркая по сторонам, в надежде встретить кого-нибудь из знакомых гуляк. В руках она несла два пакета и сумку. В пакетах лежали полуфабрикаты. Десяток отбивных она предусмотрительно уперла из холодильника в подсобке. Чеченец Ходжаев, хозяин кафе «Русич», платил Зинаиде Куропаткиной сто долларов в месяц, и она считала своим долгом добрать с кавказца продуктом еще столько же. В пятницу за стойкой работала сменщица, и Зоя могла отдохнуть. Отдых на голодный желудок и без компании дородная блондинка считала пропащим временем. Гостей Зойка тогда не ждала, а спать в одиночестве очень не любила. Дело было вовсе не в том, что Куропаткина страдала избыточным темпераментом. Если бы она могла смотреть на свою физиологическую природу с объективной непосредственностью, то давно призналась бы себе, что мужик в кобелином смысле ей вовсе не обязателен. Куропаткина по устройству организма была дама спокойная. Для того чтобы пробудить ее женскую суть, требовался тонкий и долгий подход. Но кавалеры Куропаткиной, в большинстве своем люди пьющие и не слишком эротически рафинированные, занимались с ней сексом торопливо и считали само наличие собственной потенции фактором похвальным и абсолютно достаточным. Спала с мужиками Зойка от желания избежать одиночества. Оставаться наедине с собственной персоной для нее было самым большим наказанием. Постоянного спутника женщина не имела, но желающих погреться у ее огонька хватало. Наличие спиртного и закуски в сочетании с объемными прелестями хозяйки делали светлицу Куропаткиной местом для гуляющего мужчины весьма привлекательным. Но в тот четверг охотников разделить с Зоей постель и шницель не намечалось. Раньше мог без предупреждения нагрянуть хозяин-чеченец. Но Ходжаев еще летом спутался с актрисочкой из городского театра. Та крутила ревнивым кавказцем как хотела, и чеченец боялся отойти от предмета своих чувств даже на вечер. Куропаткина измену пережила без трагедии. Ходжаев и раньше не был ей верен, а теперь его новая привязанность давала барменше моральное право переть из кафе больше прежнего.

Оглядевшись по сторонам и не приметив ни одного потенциального компаньона на вечер, Зойка решительно вошла под арку. Жила Куропаткина на первом этаже и вход в свое жилище имела не из общего парадного, а прямо из подворотни. Она поставила пакеты с ворованным провиантом на порог и уже открыла сумочку, чтобы извлечь ключи, как кто-то набросился на нее сзади, прижал к двери и приставил к горлу леденящую душу сталь ножа.

— Пикнешь — прирежу, — услышала Зоя злой шепот и увидела рядом со своим лицом два темных бешеных глаза с желтоватым отливом.

Эти глаза она помнила много лет. Таких бешеных и шальных глаз больше Зоя не встречала. Их обладатель был одним из тех немногих мужчин, с которыми она в постели могла испытать нечто вроде удовлетворения.

— Кадик... — прошептала Куропаткина, и ее синие зрачки расширились и потемнели.

— Молчи, сука, и открывай, — приказал Эдик.

Зоя от волнения долго шарила в сумке. Наконец нащупала связку ключей, но не удержала и выронила в грязь у порога. Кадков поднял ключи, дождался, пока Зоя отопрет, и впихнул ее в прихожую.

— Свет не зажигай, — сквозь зубы процедил Эдик и запер дверь.

— Кадик, ты откуда? — спросила Зоя дрожащим голосом.

— Оттуда. Живешь одна или хахаля завела? — поинтересовался Кадков, стягивая с себя драную телогрейку.

— В каком смысле одна? — не поняла Куропаткина.

— В прямом, дура, — рявкнул Эдик. — В квартире одна проживаешь?

— Как всегда, Кадичка, — ответила Куропаткина, понемногу успокаиваясь.

— Ждешь кого? Или сегодня без х... решила обойтись? — продолжал допрашивать гость.

— Никого не жду. Давай свет зажжем. В темноте я тебя боюсь, — не без игривости в тоне сообщила Зоя.

— Целочка нашлась, — съязвил Кадков. — Без света обойдемся. Свечка есть?

Зоя, спотыкаясь в темноте, отправилась в туалет, открыла там стенной шкаф и на ощупь отыскала свечу.

— Нашла. Только спички в темноте не взять, — пробормотала Куропаткина, спотыкаясь и громыхая в потемках.

— Иди сюда, — прошипел Кадков и, пошарив в кармане брюк, извлек коробку со спичками.

Запалив свечку и пристроив ее на пол, гость огляделся и, заметив незастеленную широкую тахту, зыркнул жадным глазом на хозяйку:

— Жирная ты стала, как корова. Небось каждая сиська по пуду.

— Немного прибавила. Возраст, Кадичка. Ты меня сколько лет не видел? — спросила Зоя и кокетливо повела плечом.

Кадков ничего не ответил и начал молча раздеваться. Куропаткина стояла и смотрела, как гость сбрасывает с себя драную водолазку с грязными подтеками на груди, развязывает веревку, заменяющую ему ремень, словно змей из чешуи, выскальзывает из линялых и вытянутых на коленях брюк. Она вспоминала холеного и избалованного парня, а видела худого и корявого зверя. В тот четверг она вполне поняла, что значит отдаваться мужчине, который десять лет был лишен общения с противоположным полом. Кадков рвал на ней одежду, мял ее мощную грудь, таскал за волосы и ревел, словно раненый хищник. Сначала Зоя терпела, понимая, что если откажет, ее могут убить. Но постепенно дикая жадность любовника и женская память о прошлых встречах пробудили в ней женщину, и она начала отвечать на страсть Эдика. Мягкая, розовая и большая, Зоя вдруг ожила, и они сплелись, сцепились в жутком животном танце. Он брал то, чего был лишен в годы нар и лагерей, когда каждую ночь снилось обнаженное женское тело, и этот изнуряющий сон не отпускал и днем. Когда в разговорах и повадках таких же озабоченных и голодных самцов все время выплывало и тянуло навязчивое желание взять, прикоснуться, схватить или хотя бы вспомнить недоступную женскую плоть. И так изо дня в день, из месяца в месяц, из года в год — бесконечные десять лет. Все это теперь он наверстывал, сжимая мягкое и теплое тело. Когда Зое показалось, что Эдик уснул, она собрала его грязную одежду и хотела вынести ее на помойку.

— Ты куда? — зарычал Эдик.

— Мы завтра тебе получше подыщем, а эти тряпки я, Кадик, выброшу, — ласково объяснила буфетчица.

— Заверни и спрячь, они еще сгодятся, — гаркнул Кадков и, отвалившись к стене, захрапел.

На следующий день — в пятницу — они из дома не выходили. Кадков много ел и снова набрасывался на Зою. Уже не столь жадно, но упорно, деловито и настойчиво. До вечера Эдик с Куропаткиной почти не говорил. Ближе к ночи потребовал выпивки. Зоя извлекла из буфета бутылку коньяка и несколько шоколадок. Кадков не стал дожидаться, когда она достанет из серванта фужеры, а вырвал из рук Зои бутылку и начал пить из горла. Он залпом высосал треть бутылки, поставил остаток на пол и сказал:

— Мне нужны шмотки, ствол и немного капусты.

— Где ж я тебе возьму ствол? — удивилась женщина.

Достать одежду и деньги, еще куда ни шло... Но добыть оружие Куропаткиной было негде. Зоя знала нескольких уголовников в городе, могла она попробовать обратиться и к своему хозяину-чеченцу. Но тогда пришлось бы объясняться.

— Тряпки я тебе куплю в секонд-хенде. Лишних денег у меня нет, — пожаловалась Зоя, — а ствол, извини, Кадик, не по моей части.

— Бабки будут. Я тебе их полные трусы насыплю. Но до бабок надо добраться. Если Сонька раньше меня не добралась. А добралась — придется вернуть. Кадков со всеми, кто его засадил, разберется и свое возвратит.

Эдик замолчал, взял с пола бутылку, сделал большой глоток, поставил ее обратно и спросил:

— Знаешь, кто живет в бывшей квартире папаши?

— Какие-то шишки из областной думы, — ответила Зоя, и ей очень захотелось спросить Эдика об отце. Тогда весь город только и говорил об убийстве начальника потребсоюза, но Куропаткина промолчала. Эдик сам понял ее любопытство и отрезал:

— Дура, меня подставили.

В субботу Зоя работала в баре, а в воскресенье обошла магазины с гуманитарными тряпками и принесла Эдику брюки, куртку и длинное пальто. В понедельник Кадков, одетый в ее покупки, явился в кафе и там пообедал, прикупив от щедрот бутылку пива алкашу Виткину. Эдик хотел просидеть до закрытия, но в «Русич» зашел старший лейтенант милиции со своей подругой, и Кадков исчез. В этот вечер Эдик к Зое не вернулся, хотя Куропаткина выдала ему ключи. А на другой день она узнала, что старший лейтенант Крутиков, который сидел с девушкой в ее баре, убит. В бар заходил следователь Сиротин и спрашивал о Крутикове. Зоя рассказала о том, что милиционер у нее ужинал с девушкой. Но ничего подозрительного Куропаткина не заметила. Всю ночь Зоя не сомкнула глаз. Ей стало страшно. Но она все равно ждала Кадкова. Ждала до самого утра. Кадков не пришел и во вторник. Ночью Куропаткина несколько раз просыпалась. Ей чудилось, что кто-то стучит в окно. Но это был ветер. В среду Куропаткина сидела за стойкой. К концу работы, часов в одиннадцать, Зоя почувствовала, что Эдик вернулся.

Она поспешила домой, предварительно уперев из подсобки десять шницелей и курицу гриль. Кадков ждал Зою, не зажигая света. Она бабьим нутром почуяла, что в доме мужик, и, войдя в темную переднюю, позвала:

— Кадик, ты здесь?

— Чего орешь? Не в лесу, — ответил Эдик. — Запри дверь и можешь зажигать свет. — Он лежал на тахте, не раздеваясь. Грязные, в налипшей глине ботинки валялись посреди комнаты. Зоя сняла пальто и понесла пакеты на кухню. Затем вернулась и, присев на краешек тахты и настороженно глядя в лицо Кадкова, спросила:

— Лейтенанта ты...?

— Не твое дело, дура, — зло ответил Кадков и уставился в потолок. — Ты же ствол не нашла... Дай лучше пожрать.

Ночью Эдик до Зои не дотронулся. Он лежал с открытыми глазами. Зойка боялась уснуть. Сегодня это был совсем другой мужчина, холодный и пренебрежительный. Таким он казался и десять лет назад. Зойка была моложе, она и тогда отличалась некоторой полнотой, но то была полнота свежей пышечки. Эдик один раз привел ее к себе в холостяцкую квартиру, налил бокал шампанского и после этого лениво и нехотя раздел. Молодой, красивый и набалованный мужик произвел на влюбчивую девицу неотразимое впечатление. Но Кадков поддерживал с ней вялую связь в основном для интереса. То приходил клянчить денег, то требовал, чтобы она прихватила веселую подругу для приятеля. Потом его посадили.

Утром, с аппетитом уплетая киевскую котлету, Эдик внимательно оглядел Зою своими темными глазами с желтым отливом и сказал:

— Я у тебя поживу несколько дней, но если хоть одна б... узнает — тебе хана. У меня в городе долги остались, отдам, и больше ты меня не увидишь. За постой расплачусь по полной программе. Но ты должна кое-что для меня разузнать. — Эдик наклонился к уху Зои: — Адрес следователя, что вел мое дело. Адрес судьи, что меня судила. Должность и место работы деятелей, что прихватили папашкину квартиру. И хорошего ветеринара, который умеет быстро усыплять собачек. Поняла?

Зоя все поняла. Она с ужасом смотрела на своего сожителя и чувствовала, что влипла.

———

6

Генерал Грыжин решил отмечать свой уход на пенсию по-домашнему. Иван Григорьевич мог собрать не меньше сотни приятелей и сослуживцев, но решил ограничиться семейным кругом и провести торжество в собственной квартире. Днем в своем рабочем кабинете генерал устроил для коллег по министерству небольшой банкет: ящик армянского коньяка «Ани» и ящик мандаринов.

Все это секретарь Грыжина, Куликов, разложил в вазы и выставил на стол. Подчиненные замминистра с удовольствием выпили с начальником на прощание и, сказав Грыжину много слов, хороших и уважительных, преподнесли Ивану Григорьевичу для его дачи огромный медный самовар тульского завода с именной гравировкой на сверкающем боку. В конце рабочего дня в кабинет заглянул министр и, чокнувшись со своим уходящим замом, подмигнул:

— Загляни ко мне, перед тем как отвалишь.

Пока грузили подарок и цветы от разных отделов в казенную «Ауди», Грыжин зашел к теперь уже бывшему шефу.

— Зачем звал, товарищ министр? — спросил он для порядка. Иван Григорьевич прекрасно знал, зачем идет в высокий кабинет.

— Вот тебе мой презент. Все, что просил. Только запомни, Ваня, если мне что понадобится, пускай твой Шерлок свои дела в задницу засунет и меня без очереди...

С этими словами министр открыл дубовый шкаф и извлек оттуда папку натуральной кожи с тисненым гербом державы. Иван Григорьевич принял ее из рук министра, открыл, удовлетворенно хмыкнул:

— Порядок, генерал. Будешь первым клиентом.

— Надеюсь, не понадобится, — вздохнул министр и, разлив по полстакана французского коньяка, протянул один Грыжину.

Мужчины чокнулись, выпили, обнялись, и Иван Григорьевич с папкой под мышкой покинул шефа. Последний раз его доставлял домой водитель министерства. С завтрашнего дня генерал Грыжин — персональный пенсионер. В кармане генеральского кителя, надетого по столь торжественному случаю, Иван Григорьевич вез десять тысяч долларов, неофициальное выходное пособие, и новенькое пенсионное удостоверение. Деловые знакомые, в благодарность за оказанные некогда услуги, предлагали накрыть стол в любом ресторане. Но Грыжин не захотел.

— На хрена мне эта помпа! Сегодня выпью в семейном кругу, завтра попарюсь в баньке и съезжу на недельку с Галиной Игнатьевной на нашу дачу. Вот и весь праздник. Побуду как порядочный с супружницей, — подумал Грыжин.

Сын Николай с невесткой Машей ждали. Дочь Соня со своим артистом, как всегда, запаздывала. Еще Иван Григорьевич пригласил Аксенова с женой, да особенно не надеялся. До него дошли слухи — тезка запил и никуда не выходит.

Галина Игнатьевна редко видела мужа при параде и теперь, пока сын помогал водителю вносить в дом цветы и подарки, с гордостью оглядывала мощную фигуру супруга в орденах и нашивках:

— А ты у меня, Ванька, еще хоть куда. Гляди, молодуху не заведи. Отравлю ее, тебя и себя. Нет, пожалуй, только ее и тебя... Может, только ее. Тебя как-то жалко. Привыкла за тридцать лет.

— Ерожин не звонил? — поинтересовался Грыжин, не обращая внимания на «жуткие» угрозы миниатюрной жены.

— Звонил. Сказал, что уже дома. И что они с Надей выезжают. Сколько лет его Надьке? Не пятнадцать, надеюсь? Говорили, что молода для твоего Ерожина аксеновская дочка. Вот и запил твой друг с горя. — Сказав все это, Галина Игнатьевна, не дожидаясь ответа, засеменила на кухню.

Грыжин снял китель, повесил его в гардероб и, усевшись в кресло, крикнул:

— Варька! Варька, оглохла, что ли, старая?!

Варвара Федотовна, вечная работница Грыжина, давно превратившаяся в члена семьи, вышла из кухни и, вытирая руки о передник, грозно спросила:

— Чего тебе? Сам старый хрыч. А я, может, еще и замуж пойду. Надоели вы мне...

Николай с водителем внесли кипу гвоздик и огромный короб с самоваром.

— Господи! Куды ж его девать?! — запричитала Варвара Федотовна, всплеснув руками. —

Проходу в квартиру не осталось. Ты бы деньгами просил, Григорич. Ну, куды нам эдокий кипятильник? У нас, чай, не вокзал!

— Здесь ни к месту, на даче сгодится, — сказал Грыжин и круговым движением провел ладонью по животу. — Ты, Варька, лучше лимончик нарежь, принеси мне стаканчик моего любимого.

— В столовую иди. Там стол накрыт. Вот только Сони нет, — ответила старая работница и, прихватив охапку гвоздик, отправилась на кухню резать лимон.

В дверь позвонили. «Сонька», — подумал Грыжин и, легко подняв с кресла свое грузное тело, пошел открывать. В дверях стояли Аксеновы. Лена держала в руках коробку с подарком, Иван Вячеславович — букет точно таких же гвоздик, что генерал привез из министерства.

— Ну, молодец! — расцвел Грыжин, принимая дары. — Небось Лену благодарить надо, что уважили старика?

— Нет, Иван Григорьевич, не угадал. Муж сам себя с утра набривал, намывал, все опоздать боялся, — ответила Елена Николаевна, пока Грыжин снимал с нее одной рукой пальто, а другой удерживал гвоздики.

Галина Игнатьевна успела переодеться в платье зеленого бархата, став похожей на маленькую экзотическую птичку, и вышла к гостям.

— Пришел мой голубчик, Аксенов. А говорят, ты пьешь мертвую, — заявила она тонким голосом, приподнимаясь на цыпочки и целуя Елену Николаевну.

Иван Вячеславович заметно смутился. На его

бледном припухшем лице появился нездоровый румянец.

— Да ты не обижайся, мы же люди свои, — заметив смущение Ивана Вячеславовича, защебетала Галина Игнатьевна и повела гостей в комнаты. — Давайте начинать.

— Я без Петьки за стол не сяду, — твердо сказал генерал и, завернув на кухню, отправил в рот рюмку любимого коньяка, пососал приготовленный Варварой Федотовной лимон и вернулся к гостям.

Через десять минут явился Ерожин с Надей. Грыжин сам снял с молодой женщины кожаное пальто и, оглядев ее с ног до головы, проворчал:

— Хороша ты, краля, да тоща. Говорил я твоему, кормить надо. А он советом старого друга пренебрег.

Надя натянуто улыбалась сомнительному комплименту генерала. Она ждала встречи с Еленой Николаевной и Иваном Вячеславовичем. После того как Надя узнала, что Аксеновы ее приемные родители, она не могла заставить себя прийти на Фрунзенскую набережную. Девушке казалось, что там на нее станут смотреть по-другому. Надя не догадывалась, что и отец, и мать пришли на вечеринку к Грыжину, надеясь встретить там дочку.

Аксеновы беседовали с Галиной Игнатьевной и Николаем Грыжиными в гостиной. Елена Николаевна, услыхав голос Ерожина, вздрогнула и медленно направилась в прихожую. Надя причесывалась и увидела маму в зеркальном отражении. Она повернулась и опустила расческу. Елена Николаевна остановилась. Так они и застыли. Первой не выдержала Надя. С криком: «Мамочка!» — она бросилась вперед. Елена Николаевна только успела развести для объятия руки. Мать и дочь прижались друг к другу. Грыжин с Ерожиным переглянулись и вышли из прихожей, чтобы не мешать встрече.

Наконец уселись за стол.

— Соньку ждать не будем. Она со своим артистом может и к ночи заявиться, — сказал генерал супруге и, оглядев стол хозяйским оком, насупился:

— Варьку не вижу.

— Варя на кухне, гуся стережет, — ответила маленькая генеральша, ревниво покосившись на пустой стул возле мужа.

Ревновала она Грыжина к Варваре Федотовне не как к женщине. Старая прислуга с этой точки зрения Галину Игнатьевну не тревожила. Просто уж очень многое связывало генерала с домработницей, потому что они были выходцами из одной деревни.

— Чего гуся стеречь? Теперь не убежит, — изрек Иван Григорьевич и гаркнул на всю квартиру: — Варька, за стол!

Когда Варвара Федотовна послушно заняла свое место, Грыжин поднял стакан: — Пока мы не на поминках, а только на проводах, давайте чокнемся и махнем по первой. Служил я, как мог. Дерьма людям не делал, пора и честь знать.

Ерожину очень хотелось сесть рядом с Надей, но она так трогательно попросилась побыть с родителями, что он улыбнулся и сел напротив.

Когда закускам и тостам за столом потеряли счет, Грыжин встал:

— Айда, мужики, ко мне в кабинет, перекурим.

— Ты же пять лет не куришь? — удивилась Галина Игнатьевна.

— Сегодня я и пью, и курю, и... — Грыжин поглядел на Надю и решил не продолжать.

Мужчины направились в кабинет. Иван Григорьевич, перед тем как занять свой бескрайний письменный стол, открыл книжный шкаф, отодвинул том Толстого «Война и мир» и, просунув в освободившееся пространство могучую ладонь, достал бутылку любимого «Ани».

— Вы, Иван Григорьевич, как разведчик. Везде тайники. Есть ли на свете такое место, где генерал Грыжин не хранил бы свой армянский коньяк? — развеселился Ерожин, наблюдая, как ловко генерал разливает янтарную жидкость по квадратным стаканчикам.

— Мы, Петька, сейчас махнем на брудершафт. Хватит мне «выкать». Я больше не министр, и ты теперь мой начальник, — хитро подмигнув собравшимся, сообщил Иван Григорьевич.

— Я с удовольствием. Только насчет начальника не понял, — признался Петр Ерожин.

Генерал обнял его, и они, перекрестив стаканы, выпили до дна. Сын Грыжина и Аксенов поддержали друзей, но Иван Вячеславович только пригубил. Он весь вечер почти не прикасался к спиртному. Все присутствующие это отметили и тактично воздержание Аксенова не комментировали.

— Не понял насчет начальника? Это ничего, — крякнул генерал, расцеловавшись с Ерожиным и понюхав рукав рубахи вместо закуски. — Сейчас поймешь. — Грыжин выдвинул ящик своего стола и торжественно извлек из него кожаную папку с гербом России. Открыл и поманил пальцем Ерожина: — Сам будешь читать, или мне зачесть официально?

— Как хочешь, Иван Григорьевич, — переход на «ты» произошел в сознании Ерожина без неловкости. Про себя он давно называл генерала батькой.

— Я бы зачел, да очки в кителе остались. Не думайте, Грыжин не пьян, глаза подводят.

Особенность оставаться трезвым вне зависимости от количества злополучного «Ани», выпитого генералом, все знали. Петр Григорьевич взял папку и быстро пробежался по тексту. Перед ним лежала лицензия на право открыть частное сыскное бюро. Ерожин с удивлением прочитал свою фамилию, имя и отчество.

— Ну теперь понял? Не забудь, обещал должность консультанта, — пробасил генерал на вопросительный взгляд Ерожина.

— Значит, это серьезно? — тихо сказал Петр Григорьевич.

— Серьезно, подполковник. Генерал Грыжин слов на ветер не бросает. Я, Петька, да и всем вам скажу, еще бы годков пять поработал. Но там, наверху, такое пошло... Когда наш министр обороны пообещал чеченцев в один день усмирить, тут я уж и совсем понял: надо линять. Вот теперь пойду к Ерожину в помощники. Читайте бумагу, здесь все свои. Петька за годы мне как сын стал. Колька фамилию мою носит. А ты, Аксенов, Еро-

65

жину за тестя. Выходит, в моем кабинете собралась семейная команда. Секретов нет.

Аксенов и Николай Грыжин прочитали лицензию и пожали Ерожину руки. Грыжин снова разлил коньяк. Аксенов взял свой стакан. Все поняли, что Иван Вячеславович хочет что-то сказать.

Он оглядел присутствующих и тихо начал:

— Дела запустил. Зарплату сотрудники не получают. Извини меня, Петр Григорьевич, и тебе за два месяца задолжал. Горе меня качнуло, но не сломало. Все думают, что я из-за дочки. Признаюсь вам, причина сложнее. Не тяну я фирму. Молодые шустрят. Времена изменились, и моего ума мало. Вот и запил. — Аксенов замолчал и залпом осушил свой стакан.

— Ммм-да, — промычал Грыжин. — Выходит, и ты на пенсию запросился.

— Рано мне. Еще семь лет осталось. И как на пенсию дом содержать? — вздохнул Аксенов и полез в карман за «Ротмансом».

— Возьмите меня замом, — предложил Николай Грыжин.

— Аксенов, а что, попробуй. Он уже не пацан. Глядишь, и поможет, — поддержал генерал сына.

Аксенов улыбнулся:

— С радостью. Про твоего Николая наслышан. А предложить ему в голову не пришло.

— Тогда, мужики, по рукам и к столу. Бабы одни скучают. — Грыжин посмотрел на оставшуюся часть коньяка, упрятал бутылку назад в тайник и, прикрыв ее томиком Толстого, распахнул дверь кабинета.

Дочь Соня со своим артистом до отца в тот вечер так и не добрались. Одевая Надю в прихожей, Ерожин отметил, что Елена Николаевна Аксенова умоляюще на него поглядывает. Смысл ее взгляда подполковник понял, когда Надя, счастливая и разрумянившаяся, шепнула:

— Петя, давай сегодня у родителей переночуем. Мама тебя просит, и папа тоже.

Они ехали по ночной Москве. Ерожин сидел возле Петровича, а сзади, тихо рассказывая семейные новости, обнимали дочку супруги Аксеновы.

Ночевать на Фрунзенской набережной Петру Григорьевичу раньше не доводилось. Он смотрел в окно и улыбался. Чувство большой семьи, членом которой он стал, наполняло его душу новым незнакомым ощущением. В руках Ерожина лежала кожаная папка с гербом России, в которой хранилась лицензия на его дальнейшую жизнь.

———————

7

Новгород спал. Редкие окна домов светились в этот ранний час. На опустевших улицах кошки чувствовали себя по-хозяйски спокойно и, задрав хвосты, важно переходили мостовую. До позднего осеннего рассвета оставалось часов пять. В тишине центральных кварталов издалека послышался шум мощных двигателей, и колонна из трех автомобилей с большой скоростью промчалась мимо кремля, свернула за гостиницу «Интурист» и, не выключая дальнего света фар, влетела во двор шестиэтажного дома. Этот дом, выстроенный полвека назад в стиле добротной сталинской архитектуры для местного начальства, отличался от основного послевоенного жилого фонда многоэтажностью. Автомобили, не глуша моторов, замерли возле подъезда, и из них никто не выходил.

В головном джипе сидели трое. Молодой бизнесмен Подколезный, он же и водитель, рядом заммэра Больников. Сзади развалился и потягивал из фляги смесь собственного изготовления уголовный авторитет по прозвищу Храп. В пятидверной «Ниве», уткнувшейся в задний бампер джипа, находились двое стражей порядка города: бессменный начальник областного Управления внутренних дел полковник Семягин и руководитель налоговой полиции Сметанин. «Нива» принадлежала главному сборщику налогов, он и восседал за рулем. В замыкающем «Лендровере» громко играла музыка, от которой морщился директор плодоовощной базы Гольштейн, дремал, невзирая на шум, проректор педагогического института Осьмеркин, и покачивался на водительском сиденье в такт ритму молодой любитель музыки сын Осьмеркина Виталий.

Все мужчины, за исключением Гольштейна, оделись в камуфляжные костюмы и имели при себе дорогие охотничьи ружья, убранные до времени в чехлы и футляры. Гольштейн шутил, что должен же быть в городе хоть один еврей-охотник и, видимо, для того, чтобы все же отличаться от товарищей, напялил на себя два шерстяных спортивных костюма и телогрейку сверху.

Прошло несколько минут. Бизнесмен Подколезный покосился на электронный светящийся прибор, пунктирно отсчитывающий время на панели его джипа. Прибор показывал четыре ноль три. Это было на три минуты больше назначенного. Ровно в четыре утра из дома, возле которого не выключая свет и не глуша двигатели, замер автокортеж, к ним обещал присоединиться депутат областной думы Звягинцев. Вчера в пятницу на вечернем заседании решался вопрос о приватизации немалого участка леса, ранее принадлежавшего лесхозу. Нудная и не очень вразумительная, а главное, долгая речь Звягинцева подействовала, и вопрос о лесе был решен в пользу бизнесмена Подколезного. Депутаты не любили под выходные слишком задерживаться и проголосовали быстро. Молодой бизнесмен, кроме патронов, пороха и других необходимых для охоты причиндалов, вез в своей сумке две тысячи долларов в качестве гонорара для депутата.

Прошло еще пять минут. В «Лендровере» открылась задняя дверь, и директор плодоовощной базы бочком выбрался на свежий воздух и, пританцовывая, подошел к пятидверной «Ниве».

— А что, если наш дорогой народный избранник проспал? — спросил он у Семягина и, не получив вразумительного ответа, засеменил к джипу. Там он свой вопрос повторил дословно, прибавив готовность лично подняться и пробудить депутата.

— Не мельтеши, — приспустив кнопкой окно джипа, изрек Храп и вернул стекло на место.

— Понял, — кивнул Гольштейн и вприпрыжку вернулся в «Лендровер».

Прошло еще несколько минут.

— Почему стоим? — поинтересовался проректор Осьмеркин, прерывая дрему.

— Звягинцев дрыхнет, — ответил сын, на секунду приглушив грохот музыки.

Наконец не выдержал начальник областного управления. Полковник посмотрел на свои часы, выбрался из машины и, подойдя к старому тополю, медленно расстегнул ширинку. Мужчины из других машин последовали его примеру. Увлажнив дерево, охотники устроили небольшой совет.

— Кто пойдет? — спросил молодой бизнесмен, оглядывая компанию.

70

— Вот он предлагал, пусть и чешет, — медленно и с тайным значением предложил уголовный авторитет. Гольштейн не отказывался, но выразил желание иметь попутчика.

— А стоит ли будить? Может быть, депутат решил выспаться, — почесывая плешь, раздумчиво проговорил Осьмеркин.

Сам он ездил на охоту исключительно, чтобы избежать семейных радостей уикенда. Страшнее похода под ручку с супругой в гости или на концерт проректор считал только приемные экзамены.

«Как бы не так, выспаться!» — подумал молодой бизнесмен. Зная жадность Звягинцева, представить, что тот упустит случай получить две тысячи зеленых, бизнесмен не мог. Вслух же Подколезный высказал мысль, что без депутата ехать нечего. Лицензию на отстрел двух сохатых избранник народа выбил, используя служебное положение, и держал при себе.

Будить опоздавшего отправились двое: Осьмеркин, как бывший начальник Анатолия Захарыча Звягинцева по институту, и Гольштейн. Оставшиеся мужчины закурили. Храп предложил хлебнуть из фляги коктейля его рецепта:

— Погрейтесь, мужики. Напиток нормальный, «храповкой» кореши называют.

В окне на первом этаже приоткрылась форточка, и послышался остервенелый собачий лай, затем раскрылось и окно. В окне возник престарелый житель дома в пенсне и с бородкой клинышком. Он прищурился, пытаясь разглядеть возмутителей спокойствия, и неожиданно взвизгнул тонким голосом:

— Ночь. Хамы! Хоть бы моторы свои заглушили.

— Давай старичка вместо сохатого замочим, — предложил Храп и, весьма довольный собственным остроумием, хохотнул.

— Только скандала тут не хватало, — поморщился заммэра Больников и подумал: «Не дай Бог, Старозубцев признает мою персону, потом в газету пропишет». Склочного городского общественника заместитель мэра знал и побаивался. Тот часто ходил на приемы выбивать деньги на ремонт совершенно бесполезных, с точки зрения Больникова, учреждений, вроде разваливающегося библиотечного здания и, пользуясь демократическими преобразованиями, с остервенением поносил новую власть.

— Нечего, мужики, зря бензин жечь, да и люди спят, — тихо, чтобы не быть узнанным по голосу, попросил заместитель городского головы.

Водители нехотя побрели к машинам и заглушили двигатели.

Гольштейн и Осьмеркин вернулись. Лица их выражали крайнее недоумение.

— Никто не открывает! — развел руками Гольштейн. — Мы уж и звонили, можете себе представить как? А господин проректор позволил себе постучать каблуком. Не верю, что можно спать так крепко.

— Мы трезвонили, трезвонили, а там тишина, — подтвердил проректор.

— Может, он вчера на ночь «позволил»? — предположил руководитель налоговой службы. Сметанин не забыл, как месяц назад его не смогли разбудить на работу.

— Ну, знаете. Он может, и «позволил», но супруга... — возразил директор базы.

Охотники решили идти всем миром. Предварительно, заперев машины с дорогими ружьями в салонах, они всей компанией ввалились в подъезд и пешком поднялись к квартире Звягинцева. Нехорошее предчувствие овладело Семякиным. Десять лет назад именно в этой квартире убили директора потребсоюза. На продолжительные звонки никто не открывал. Тогда мужчины стали что есть силы колотить ногами. Двери соседних квартир открывались, и из них выглядывали возмущенные жильцы. Но увидев компанию в камуфляжной форме, моментально исчезали. Неожиданно Гольштейн взялся за ручку и потянул. Железная дверь бесшумно открылась. Мужчины переглянулись и вопрошающе уставились на полковника. Семякин на мгновенье задумался и шагнул в темную прихожую. Сделав два шага в глубину, полковник споткнулся обо что-то мягкое, попятился назад и стал шарить рукой по стене в поисках выключателя.

Вспыхнувшая люстрочка осветила прихожую и холл. Возле самой двери лежала женщина в домашнем халате из оранжевого плюша. В глубине коридора застыло прислоненное к стене безжизненное тело народного депутата областной думы.

Мобильный телефон оказался только у молодого бизнесмена. Подколезный протянул полковнику трубку, тот дрожащей рукой набрал номер дежурного.

— Срочно группу. Двойное убийство. Все по

полной программе, — приказал начальник управления.

— Охота отменяется, — подытожил молодой бизнесмен. Мысль о том, что две тысячи долларов останутся при нем, радости не принесла. Подколезный принадлежал к тем редким исключениям в мире бизнеса, для которых деньги служили лишь фишками в азартной игре.

_____

8

Таня Назарова плакала ночью. Утром она умывалась холодной водой, брала себя в руки и садилась завтракать. За трапезой новгородская тетушка Анна Степановна пыталась втолковать девушке ветви семейного древа. Таня терпеливо выслушивала историю судеб совершенно незнакомых ей людей и думала о Крутикове. В своих мыслях она чаще всего возвращалась к их последнему свиданию. Таня вспоминала все до мельчайших подробностей, его взгляды, слова, прикосновения. «Так и не успел прочесть мне свое любимое стихотворение Есенина...» Почему-то именно этот момент вызывал у младшего лейтенанта покраснение глаз и позыв к рыданиям. Таня отыскала на книжных полках тетки томик поэта и много раз про себя повторяла строки: «Заметался пожар голубой, позабылись родимые дали...» В конце завтрака Таня говорила, что все было очень вкусно и очень интересно, одевалась и, выйдя из дома, шла к автобусной остановке, стараясь не глядеть в сторону мусорных контейнеров, где пенсионер Васильев обнаружил тело Сергея.

Прошла неделя со дня похорон, но первое настоящее горе не отпускало сердце девушки. Таня возвращалась с работы пешком, проходя по тем улицам, где они шли вместе, и слезы порой сами собой капали из ее глаз. Сегодня она заглянула в кафе «Русич». Там в последний день жизни Сережи они отмечали свой маленький юбилей. Таню озадачил испуганный взгляд буфетчицы. Назаровой показалось, что женщина чего-то боится.

«Может быть, знает больше, чем сказала следователю. — Назарова подала рапорт, где расписала по минутам вечер, проведенный с Сергеем, и Сиротин допросил хозяйку кафе. — Хорошо бы установить за этой бабой наблюдение», — думала Таня, поднимаясь на второй этаж. Ужинать девушка не хотела, но, чтобы не обижать Анну Степановну, послушно уселась за стол. Тетка по обыкновению свела разговор к воспоминаниям о родственных связях. Таня пила чай и не могла отделаться от испуганного взгляда буфетчицы. Сославшись на усталость, ушла в свою комнату и, взяв томик Есенина, улеглась на тахту. Стихотворение «Заметался пожар голубой...» младший лейтенант давно помнила наизусть. «Был я весь — как запущенный сад, был на женщин и зелие падкий...», — прошептала она и грустно улыбнулась. «Дурачок. Какие женщины? Какие зелья?! Сережа оставался еще совсем чистым мальчишкой. От смущения он даже не знал, куда деть свой табельный пистолет. И если бы не она, так и остался бы в брюках». Таня вытерла глаза, потушила свет и уснула. В пять часов утра ее разбудила тетка:

— Танюша, тебя к телефону. Проснись, милая.

Назарова вскочила в ночной рубашке, спотыкаясь и протирая еще спящие глаза, бросилась к аппарату.

— За тобой вышла машина. У нас двойное убийство и много работы, — услышала она в трубке голос Суворова.

Сидя рядом с водителем и глядя в окно, Назарова пыталась проснуться и настроиться на дело. По свободному от автотранспорта ночному городу домчались быстро. Не прошло и пяти минут, как они въехали во двор шестиэтажного кирпичного дома. Возле парадного стояли две машины управления, и дежурил сержант Карпов. Он и кивнул ей, показывая, что надо идти наверх. В квартире, кроме Виктора Иннокентьевича Суворова, работал майор Сиротин, — следователь по отделу раскрытия убийств, судмедэксперт Горнов и фотограф Костя.

— Приступай, — сухо скомандовал Суворов, едва поздоровавшись.

— С чего мне начать? — немного растерялась Назарова, поскольку опоздала.

— С карманов, — отрезал Виктор Иннокентьевич, ковыряя следы глины на ковровой дорожке.

Таня натянула перчатки и наклонилась к убитой. В огромном кармане плюшевого халата хранилась резинка от бигуди, скомканный носовой платок и упаковка таблеток анальгина. Таня осторожно уложила каждую находку в пакетик, записала в блокнот и перешла к хозяину. Тело депутата застыло в полусидячем положении. Фотограф Костя, самый молодой из команды, делал снимки, и от его вспышки у девушки зарябило в глазах. Возле Звягинцева возился медэксперт. Она дождалась, когда Горнов закончит, и, опустившись на колени, принялась за карманы. Только наружных на домашней куртке депутата Назарова насчитала пять. В левом боковом она обнаружила с десяток зубочисток. В правом — недоеденную, но завернутую в фантик конфету «Мишка» и очки. В нем же оказался помятый клочок бумаги. Таня расправила бумажку и увидела короткую надпись черными чернилами. Записка явно была не закончена. Назарова старательно занесла в блокнот имеющийся текст и убрала бумажку в пакетик. Под башмаком Звягинцева Таня заметила гильзу.

— Молодец, — похвалил Виктор Иннокентьевич: — Вторая. Первую я прихватил.

Младший лейтенант покончила с карманами. Больше в них ничего не оказалось. Суворов тем временем перебрался на кухню.

— Подойди сюда, — крикнул он. Назарова спрятала пакетики в чемодан и подошла к патрону.

— Смотри, какая любопытная бутылка, — сказал Суворов. Он обрабатывал большую пластиковую бутылку от «спрайта». — Отпечатков полно. Видишь, на столе два стакана, на них отпечатков нет. И еще. По расположению «пальчиков» на бутылке содержимое пили прямо из горла. Зачем тогда стаканы?

— Не знаю, — призналась Таня.

— И я не знаю, — сказал Виктор Иннокентьевич, пряча бутылку в большой пакет. — Ладно, иди поработай с одеждой...

Таня занялась спальней. Никаких признаков грабежа в комнате не наблюдалось. В шкафы убийца не заглядывал. Костюмы и многочисленные платья супруги народного избранника висели на своих местах. Лишь в кабинете хозяина на кресле валялись куртка и брюки камуфляжного костюма. Но Назарова уже знала, что Звягинцев собирался на охоту. Скорее всего, эти вещи на кресло выложил он сам. Не позарился преступник и на дорогое двухствольное ружье. Такое оружие с бельгийским клеймом «три кольца» стоило немалых денег. Лишь отсутствие швейцарских карманных часов «Ориент» на руке убитого и в его кабинете наводило на подозрение, что часики убийца прихватил. Денег и ценностей супруги дома не держали. Они по новой моде пользовались банковскими карточками. Эти карточки вместе с документами Таня обнаружила в ящике письменного стола. По картине в квартире можно было заключить, что убийца пришел свести счеты с хозяевами, и вещи его мало интересовали.

Закончили осмотр места происшествия лишь к утру.

— Если устала, чеши домой, — предложил Суворов. — Если жива, поедем в лабораторию. Работы невпроворот.

— Конечно, в лабораторию, — твердо заявила Назарова.

К полудню поступили первые данные от баллистов. Гильзы принадлежали табельному ПМ старшего лейтенанта Крутикова. А судмедэксперт Горнов дал заключение, что оба убитых скончались от огнестрельных ран.

Днем в городе произошло еще одно ЧП. В своей квартире была избита неизвестными Александра Митрофановна Моторина. До пенсии пострадавшая работала народным судьей, но уже два года находилась на заслуженном отдыхе. Суворов попросил Таню отвлечься и поехать с группой на место происшествия. Сам криминалист отрываться от работы в лаборатории не хотел. В двухкомнатной квартире пенсионерки все было перевернуто вверх дном. Но больше всего поразила Назарову старательность преступника или преступников в злонамеренной порче мебели и предметов быта. Грабители сломали все, что можно было поломать. Они изувечили настольные лампы, выдрали с потолка люстры и светильники, вдребезги разнесли телевизор, изгадили одежду и сломали платяной шкаф. Таня даже подумала, что здесь поработали психически нездоровые люди. Следователь Тамара Ивановна Брюханова обошла соседей по лестничной клетке. Но в рабочее время лишь в одной квартире сидела глуховатая бабка и ничего не слышала. Остальной народ находился на службе. Брюханова дотошно проследила, чтобы в протоколе все точно отразили. На запись последствий погрома пришлось потратить три часа. Следов или отпечатков Таня не нашла. Искать улики при таком хаосе задачка еще та. Но Назарова осмотрела ножки разбитых стульев, за которые нельзя было бы не взяться, перед тем как шмякнуть стул об стену, остатки настольной лампы, осколки посуды — «пальчиков» не оказалось. «Идиотики не станут надевать перчатки», — засомневалась Таня в своей версии о ненормальных.

Хозяйку квартиры Моторину отвезли в больницу с сотрясением мозга. В палате женщина пришла в сознание и сообщила, что нападавших не видела. Ее ударили сзади, когда она, вернувшись из магазина, отпирала дверь. Определить без хозяйки, что из вещей пропало, следствие затруднялось. Таня вернулась в лабораторию в половине пятого. Возле Суворова сидел судмедэксперт Горнов. Мужчины пили чай.

— Присаживайся, Танюша, — пригласил Суворов. — Что там у пенсионерки?

— Сущий бедлам. Такого погрома я никогда не видела, — призналась Таня.

— Ну и денек, — пожаловался медэксперт. — У тебя погром, а у меня старичок-ветеринар Галицкий от неизвестного яда концы отдал. Только со Звягинцевыми расхлебался. Теперь с ним возись.

— Дедушка покончил с собой? — поинтересовалась Назарова. Стариков она жалела, а всех ветеринаров по детской памяти считала Айболитами.

— Похоже. На руке еле заметный след шприца. Перед смертью Галицкого сильно тошнило. Яды у него были разные. Животных иногда приходится усыплять. У старика брат в Швеции живет. Тоже ветеринар. Вот и снабжал родственника заграничными зельями. А нам теперь голову ломать. Мы тоже со следователем Брюхановой работали. Ей показалось странным, что Галицкий решил утром травиться. У него на день два приема были назначены. — Горнов допил чай и, выложив на стол заключение о смерти депутата Звягинцева, ушел. Сразу за ним в дверях возник Сиротин. Майор чихнул и уселся на табурет посередине комнаты. Дождавшись, когда его красноречивое молчание будет замечено, следователь сказал:

— Нужна помощь.

— Мы и так делаем все, что можем, — устало ответил Суворов. — И кое-чем уже готовы с тобой поделиться.

— Валяйте, делитесь, — изрек Сиротин совершенно безразличным тоном, будто все ему до лампочки.

Суворов не обратил внимание на тон следователя и начал перечислять предварительные соображения по делу.

— Судя по гильзам, застрелены оба из пистолета Макарова, похищенного у убитого старшего лейтенанта Крутикова. По тексту записки, найденной в кармане депутата, можно предположить, что в доме ждали незнакомого человека. На бутылке «спрайта», обнаруженной на кухне, имеются отпечатки пальцев, не принадлежащие хозяину. Однако происхождение этих отпечатков у меня вызывает сомнения. Вот медицинское заключение Горнова. Время убийства известно. Пока все. Выводы делай сам.

— Все? — переспросил Сиротин и брезгливо протянул Суворову пакет.

— Что это? — не понял Виктор Иннокентьевич.

— «Макаров» Крутикова, — усмехнулся майор.

— Откуда? — удивился Суворов.

— Странная история. Мне выдали анонимный звонок. Женский голос сообщил, что важная улика по делу об убийстве депутата областной думы находится в раздевалке боксеров на стадионе «Вымпел». — Майор достал платок, основательно высморкался. — Я поехал на стадион и в указанном месте нашел «Макарова».

— Тебе надо лечиться. Все управление перезаразишь, — сказал Суворов, отметив красный нос и подпухшие веки Сиротина.

— Кто мне даст сейчас болеть?! Депутата убили! В приемной толпа писак. Начальничек наш пьет сердечные капли. Мэр звонит каждые полчаса, — пожаловался следователь.

— Ты просил о помощи, — напомнил Суворов.

— Проверь на отпечатки, — Сиротин, кивнул на пакет с пистолетом.

— Это моя работа, майор, — ответил Суворов.

— Знаю, помощь мне нужна в другом. Раздевалкой спортзала пользуются десять спортсменов. Вот их список и расписание тренировок. Нужно незаметно снять отпечатки с каждого. Я бы попросил заняться этим нашу милую стажершу. Девушку в городе не знают, она не вызовет подозрений. Конечно, нужна некоторая выдумка и так далее. Но я надеюсь на Танюшу. На ее молодой энтузиазм... — Сиротин чихнул и снова полез за платком.

— Если Виктор Иннокентьевич не против, я постараюсь, — ответила Назарова.

Суворов не возражал и, когда следователь вышел, углубился в список фамилий спортсменов. Внезапно лоб и губы криминалиста побелели. Он встал, взял со стола графин и, налив себе полстакана, выпил воду залпом.

— Что с вами, Виктор Иннокентьевич? На вас лица нет, — вскрикнула Таня и бросилась к своему наставнику.

— Все нормально, Танечка. Ночь не спал, вот и результат. Сейчас приду в себя, — ответил Суворов.

— Разрешите ехать на стадион? — спросила Таня.

— Сначала намечают план работы, потом его реализуют. Изучи список. Выпиши время тренировок каждого. С каждым по одиночке удобнее работать, — посоветовал Суворов.

— Конечно, — согласилась Таня и покраснела от своей оплошности.

Взяв список, она достала из чемоданчика рабочий блокнот и уселась за стол. В списке указывалось десять фамилий, и перед каждой стояло время занятий и день недели. Назарова углубилась в перечень спортсменов и стала переписывать их в свой блокнот. «Десять тридцать — Павел Гуртов, Вячеслав Соболев. Одиннадцать сорок — Евгений Пятаков, Руслан Каримов, Георгий Зотов. Тринадцать — Александр Гуляев, Семен Волков, Михаил Рабинович. Семнадцать сорок — Николай Волгин, Григорий Ерожин».

— Виктор Иннокентьевич, ребята занимаются втроем или попарно, — пожаловалась Таня, покончив со списком.

— Вот и проявляй выдумку и молодой энтузиазм, — посоветовал Суворов. — А я займусь «пальчиками» на пистолете.

— Хорошо, попробую, — пообещала Таня и встала из-за стола. — Вы знаете, где находится стадион «Вымпел»? — спросила Назарова, одевая плащ.

Суворов прекрасно знал весь город, а стадион досконально. До женитьбы он все свободное время проводил как болельщик.

— Сядешь на восьмой автобус и на пятой остановке сойдешь, — сказал он Тане и принялся за пистолет.

———

9

Ерожин проснулся на незнакомом ложе. Плотные шторы создавали полумрак, и трудно было понять, что творится на улице. Петр Григорьевич бессознательным жестом протянул руку в глубины постели и потрогал одеяло. Нади рядом не было. Он резко приподнялся и, облокотившись на подушку, попытался разглядеть комнату. Вспомнив, что ночует у Аксеновых, потянулся и спустил ноги с кровати. Дверь раскрылась, и что-то большое и мягкое накрыло Ерожина.

— Папа презентовал тебе халат, — сообщила Надя и распахнула шторы.

Петр Григорьевич сорвал с головы махровую ткань халата и зажмурился. Низкое осеннее солнце ослепило подполковника. Надя засмеялась и, заслонив ему глаза ладонями, чмокнула в губы:

— Умывайся, и к столу. Все тебя ждут.

Завтрак проходил в торжественном молчании. Казалось, что мать, жена и дочери Аксенова не могут поверить в его трезвость и боятся это чудо сглазить. Люба и Надя, со значением переглядываясь, раскладывали по тарелкам традиционную овсянку. Иван Вячеславович, побритый и подтянутый, спокойно отправлял в рот ложку с кашей, не замечая торжественной тишины вокруг своей персоны. Ерожина эта ситуация развеселила, и он громко заржал. Сначала лица женщин выразили растерянность, потом они тоже несмело заулыбались, а Надя и Люба еще раз переглянулись и залились звонким смехом. Аксенов перестал есть, обвел взглядом сидящих за столом и загоготал сам.

— Поесть спокойно не дадут, — с трудом удерживая хозяйскую серьезность, проворчала генеральша.

Иван Вячеславович налил себе кофе и сказал Ерожину:

— Петр, никогда не представлял тебя шутником.

— Разве я шутил? — удивился Петр Григорьевич.

— Это вы, Иван Вячеславович, так долго шутили, что всех запугали насмерть.

— Не надо об этом, Петя, — попросила Надя, погладив своей ладонью руку Ерожина.

— Не бойтесь. Спиртного в рот не возьму, пока фирма на ноги не встанет. Кстати, у нас днем совещание. Будем Николая Грыжина в курс дела вводить. А ты, Петр, наверное, не сможешь больше у меня работать. Свое дело начинаешь?

— Пока Сева не поправится, не потяну, — признался Ерожин и, поглядев на большие напольные часы в генеральской столовой, заторопился. — Простите, но у меня сегодня две встречи. Опаздывать не имею права.

— Погоди, Петр. Подождут дела, — заявила Марфа Ильинична, со звоном поставив свою чашку на блюдце. Ерожин было приподнялся, но уселся снова. Все с интересом ждали, что собирается сказать Марфа Ильинична.

86

— Спальню свою ты в нашем доме уже завел, а отношения с внучкой оформлять собираешься? Что-то я не пойму, то ли ты нам родня, то ли сослуживец сына? — заявила вдова.

— Жена, покажи бабушке паспорт, — улыбнулся Ерожин и, протерев губы салфеткой, поднялся из-за стола.

Надя, проводила Ерожина до прихожей, потерлась на прощание об его щеку и, весело подмигнув, отправилась в комнату за своей сумочкой.

По дороге в бизнес-центр на Красной Пресне, где намечался обед с австрийцами, мелодично запел мобильный телефон, и в трубке послышался бас Грыжина:

— Петро, я для тебя офис присмотрел. Ты когда освободишься?

— Григорич, я-то думал, ты в бане или на даче? — удивился Ерожин, напомнив генералу о планах «на недельку махнуть за город».

— Да на хрена мне эта дача! А после того как помещение примешь, можно и в баньку сходить, — предложил генерал. — Я уже сегодня без дела на стену лезу, а ты говоришь недельку...

— Еду на обед с австрийцами. Как освобожусь — отзвоню, — улыбнулся Петр Григорьевич, представив мающегося дома Грыжина.

— Смотри не отравись иностранной жратвой, бизнесмен хренов, — предостерег генерал.

В белом зале ресторана русской кухни, ковыряя вилкой блины с икрой, Ерожин смотрел на аккуратно выбритых, внешне очень доброжелательных австрийских бизнесменов и думал: «Скорее бы господин Кроткин вернулся в свой рабочий кабинет».

Усевшись в «Сааб», Петр Григорьевич откинулся на подголовник и замер. Ныли мозги. Все, что приходилось делать новоявленному директору фонда, подполковника раздражало. Раздражали и места, где назначались переговорные встречи и обеды, если это можно назвать обедами. Потому что есть на таких раутах было затруднительно. Странный искусственный мир, вроде огромного аквариума бизнес-центра, оставался для следователя Ерожина чужим и тоскливым. Он вспомнил эрзац-деревья с пластиковыми листиками, прозрачные стаканчики лифтов, бесшумно парящие под стеклянными сводами, эти навороты из металла, стекла и пошлости, и захотел домой к Наде. После командировки они почти не были вместе. В квартире родителей Надя стеснялась, а на вечере у Грыжина им даже не удалось посидеть рядом.

Петр Григорьевич вспомнил о звонке генерала и достал свой мобильный телефон.

— Знаешь театр «Современник» на Чистых прудах? — спросил Грыжин и, не дождавшись ответа, начал ворчливо объяснять, как доехать до места.

— Да я знаю, Иван Григорьевич. Дороги забиты, минут через тридцать доберусь, — пообещал Ерожин и вырулил со стоянки бизнес-центра.

Оставив машину возле «Современника», он вышел к проезжей части и по привычке стал высматривать «Ауди» замминистра. Но Грыжин пришел пешком.

— Привет, начальничек, — пробасил он, и, поняв удивленный взгляд Ерожина, выразительно согнул руку, и ударил ладонью возле локтя: —

Все, я теперь безлошадный, Петенька. Машинки персональной больше нет. Пошли, тут рядом.

Они зашагали вдоль бульвара. Через два дома генерал остановился и, порывшись в карманах, достал ключ. К ключу была привязана черная веревка с картонкой.

— Вот наша отмычка, — усмехнулся Грыжин и принялся отпирать дверь двухэтажного особнячка прямо с улицы. — Вывеску пристроим, дверь, ясное дело, надо будет заменить. Ты не пугайся, там пока не очень уютно, зато место миленькое. Бульварчик под окнами, прудик опять же.

Грыжин впустил Петра Григорьевича и запер за собой дверь. Ерожин сделал несколько шагов и остановился. Куски штукатурки на полу, рваные обои, свисающие со стен, толстый слой пыли, покрывавший пол коридора, и колченогий стул в комнате никак не совмещались в представлении подполковника со словом «офис».

— Что? Не нравится? — удивился генерал, отметив недоумение на лице своего бывшего подчиненного. — Ты, Петруха, не девица красная. Ремонт сами по своему разумению сделаем. Нам готовенького никто не предложит. А если и предложат, то обдерут как липку. Ты что, миллионер?

Петр Григорьевич, чтобы не расстраивать пенсионера, согласился, что после ремонта тут может быть недурно. Помещение состояло из двух комнат, загаженного туалетика и довольно большой ванной.

— Раньше квартира была, люди жили, — усмехнулся Грыжин. — Комнатку поменьше отведем тебе под директорский кабинет, а в этой, побольше, я, бухгалтер и если еще кого наймем, тоже сюда усадим. Шкафы с папками поставим. Сейф для денежек заведем. И такой офис заделаем, что тебе Шерлок с Ватсоном на Бейкер-стрит. Представляешь, «Сыскное бюро Ерожина на Чистых прудах»! Звучит?

— Звучит. Только ремонт предстоит серьезный, — закончив осмотр, заключил подполковник.

— У меня, Петруха, десять тысяч зеленых в чулке. Министр на выход по бедности выделил. Неофициально, конечно, но выделил. Чтобы налоги за старика не платить. Не за просто так, а чтобы пенсионер рот поменьше открывал в своей стариковской жизни, — ухмыльнулся Грыжин.

— Скинемся, Иван Григорьевич, — сказал Ерожин. — Половину ты, половину я.

— И не думал, что ты буржуй! Прикопил, стало быть, с аксеновской зарплаты? — удивился генерал.

— Увы. Два месяца, как зарплаты нет, а мне с Надей хотелось погулять. Что было, то и просадил, — признался Ерожин. — Пока Кроткина заменяю, в фонде жалованье беру, тем и жив.

— Тогда чего в благородство играешь? Моих хватит. Не хватит — займем. Денежных мешков у меня в знакомстве целый город, — успокоил Грыжин и, покряхтев, добыл из кармана плоскую серебряную фляжку. — Глотнешь?

— Я же за рулем, — улыбнулся Ерожин постоянству привычек генерала.

— Пожалуй, теперь не отмажу. Раньше хоть на четвереньках за руль, а нынче придется закон уважать.

Грыжин отпил, крякнул и убрал фляжку.

— Деньги достану, — сказал Ерожин. — У жены займу. Она у меня богатенькая. Думаю, не откажет для хорошего дела.

— Неужто за Надьку отец приданое отвалил? — удивился генерал. — Не ожидал от Аксенова. Вот тебе и пьющий папочка!

— Аксенов тут ни при чем. Ну, об этом как-нибудь в другой раз, — ушел от объяснений Ерожин. От бани он отказался. Хотелось поскорее домой. Докатив Грыжина до подъезда — офис генерал присмотрел невдалеке от собственного дома, а жил он в Казарменном переулке. — Ерожин вынул телефон и хотел набрать номер Аксеновых. Но телефон в его руках издал мелодичный звон, и подполковник услыхал в трубке нетерпеливый голос Нади:

— Ты где? Я давно дома и жду не дождусь. Тут столько всего тебе рассказать надо. Бабушка в воскресенье гостей зовет на свадьбу...

— Какую свадьбу? — не понял супруг.

— На нашу, Петя, — рассмеялась Надя. — Приезжай скорее.

— Еду. У меня для тебя тоже будут сюрпризы. Денег взаймы попрошу, — серьезным тоном сообщил Ерожин.

— Денег? У меня? — В трубке замолчали.

— Чего молчишь? Жалко? — улыбнулся Ерожин.

— Где же я возьму? — растерялась Надя.

— Ты у меня богачка. — Оставив жену в недоумении, Ерожин отложил телефон и рванул с места.

———

10

Таня шла по пустынному зданию стадиона «Вымпел». Эхо повторяло стук ее каблучков по цементу пола. До чего же жутко и неуютно выглядит без людей здание, предназначенное для толпы! Множество дверей по бокам длиннющего коридора оказались не запертыми, и Назарова заглядывала в помещения. Нигде ни души. Младший лейтенант пыталась догадаться, для чего предназначены эти унылые и безликие пространства, и не могла. Лишь в одном небольшом зале она увидела инвалидов на креслах-каталках. Молодые люди гоняли мяч и забрасывали его в баскетбольные корзины. Таня смутилась. Меньше всего она ожидала увидеть здесь калек, но девушка поняла, что ее смущение может показаться обидным, и, пересилив себя, улыбнулась и спросила:

— Ребята, где здесь раздевалки боксеров?

— За закрытым спортзалом, — ответил один из безногих спортсменов и, резво подкатив к Тане, предложил: — Я покажу.

— Ну зачем же вам отрываться? Вы мне на словах… — сказала Таня и покраснела. Ей подумалось, что очень неприлично заставлять безногого человека услуживать здоровой девице.

— Мне не трудно, я же на колесах, — усмехнулся молодой человек, видимо догадавшийся о мыслях незнакомки.

Таня не ответила и пошла за спортсменом. Она едва успевала за его коляской и, когда баскетболист остановился у нужной двери, уже немного задыхалась.

— Вот здесь то, что вы ищете. А вы журналистка? — улыбнулся безногий, лихо разворачивая свое колесное кресло.

— Почти, — ответила Таня.

Странное впечатление оставила в ней эта мимолетная встреча. Через минуту она забыла, что перед ней калека. Таня даже ощутила себя слабой и маленькой женщиной рядом с безногим, такая внутренняя сила исходила от парня.

— Спасибо! — крикнула она вслед удаляющемуся инвалиду и, когда тот с улыбкой обернулся, неожиданно для себя спросила: — Когда у вас соревнования?

— Десятого, — ответил он. — Придете?

— Если работа позволит, обязательно приду, — пообещала Таня. Но работа ей не позволила.

Раздевалка оказалась пуста, но две спортивные сумки и мужские башмаки внушительного размера говорили о том, что владельцы вещей неподалеку. Таня покричала, заглянула в душевую. Полы в кабине были мокрые, что тоже изобличало наличие жизни. Назарова прислушалась. Через коридор за двойными дверями что-то происходило. Глухие монотонные удары, топот и нечленораздельные восклицания сомнений не оставляли — тренируются там. Назарова открыла дверь и заглянула в зал. Здоровенный парень, невысокий, но с широченными плечами, остервенело лупил кожаную грушу. При этом лицо его выражало такую сосредоточенную ярость, будто он бьется со злейшим врагом и от победы над злодеем зависит его жизнь. В глубине стоял мужчина в белом трикотажном костюме и, выставив вперед огромную перчатку, терпеливо выжидал, пока высокий, бритоголовый юнец колошматил по ней двумя руками. Мужчине было лет сорок, и Назарова догадалась, что это тренер. Мысль представиться журналисткой пришла младшему лейтенанту раньше, чем ее высказал калека. Не нужно быть волшебником или мудрецом, чтобы сообразить, что эта профессия дает возможность совать нос куда угодно и не вызывает подобным поведением раздражения окружающих. Труднее было придумать, как добыть отпечатки. Не предлагать же пить воду из своего стакана, а затем прятать этот стакан в сумку? Таня придумала другое. Она захватила несколько маленьких блокнотиков и решила у каждого из спортсменов взять по автографу. Пластиковые обложки блокнотов служили прекрасным полем для выполнения задачи.

Заметив заинтересованную физиономию молодой девушки, тренер опустил перчатку и, кивнув юнцу, чтобы тот отдохнул, пошел к дверям.

— Я из газеты. Можно мне поговорить с ребятами, когда они освободятся? — отрапортовала Таня, стараясь от вранья не покраснеть.

— Пожалуйста, только не прививайте мальчишкам звездную болезнь, — серьезно попросил тренер и, сняв перчатку, поинтересовался: — А с кем именно вы бы хотели беседовать?

Таня извлекла из сумочки список и старательно произнесла десять фамилий.

— Вы перечислили всех ребят из моей секции. Но часть из них еще совсем зеленые, занимаются недавно. Есть ли смысл рассказывать о них в газете?

— Мне именно и хотелось поговорить о том, зачем каждый из них пришел в спорт. Поэтому даже лучше, что стаж и навык у них разный.

— Ничего не имею против. Через десять минут перерыв, и пацаны к вашим услугам. Кстати, из какой вы газеты? Я наших спортивных журналистов всех знаю, — оглядев Таню, спросил тренер.

— Давайте знакомиться. Я из Питера, а к вам в город недавно приехала на стажировку. Меня зовут Таня Назарова, — представилась девушка и подумала, что почти не врала.

— Вадим Дмитриевич Чиж, — улыбнулся тренер и пожал протянутую Таней руку.

Через десять минут боксеры вышли из зала. Разгоряченные тренировкой ребята распространяли вокруг крепкий мужской дух. Яростным избивателем груши оказался крепыш Миша Рабинович. Второго бритоголового юнца звали Саша Гуляев. Таня посмотрела список и спросила о третьем спортсмене.

— Сенька отравился, и у него понос, — откровенно сообщил Гуляев.

Задумка с автографом себя оправдала. Парни потной пятерней хватали пластиковую обложку и оставляли прекрасные жирные следы.

Топая обратно по пустынному коридору, Назарова подсчитывала в голове, сколько времени займет вся операция, если занятия проходят через день? Выходило не меньше недели. Да еще могли быть неудачи, вроде сегодняшней. Не один

Сеня имел право на недомогание. Раздумывая, как ускорить дело, Таня приостановилась возле зала, где тренировались безногие баскетболисты, и заглянула в дверь. Ей хотелось сказать что-нибудь хорошее своему случайному проводнику. Но зал опустел: ни спортсменов, ни мячей. Лишь корзины напоминали о необычной тренировке.

Автобус долго не приходил, и Таня замерзла. Рабочий день закончился, но младший лейтенант и не думала ехать домой. Назарова понимала, что Суворов и вся лаборатория живут не по обычному графику. Убийство депутата областной думы — происшествие чрезвычайное. Журналисты успели выдать множество разнообразных версий. От политического убийства до криминальных разборок. Приплясывая, чтобы согреться, Назарова подошла к фонарю и вынула из сумки местную газету. Она купила ее по дороге, но еще не читала. На развороте толстым черным шрифтом выделялся мрачный заголовок: «Тайна зловещей квартиры». Назарова уже слышала: убийство в шестиэтажном кирпичном доме произошло и десять лет назад. Но она не знала, что за освободившееся тогда жилье шла длительная борьба чиновников. Дом когда-то принадлежал обкому партии, жили в нем люди, от которых в области зависело многое. Журналист намекал, что супруга Звягинцева, убитая вместе с народным избранником, использовала в то время свое служебное положение. Звягинцева работала заместителем председателя горисполкома. «Кто следующий?» — вопрошал журналист, заканчивая свою невеселую статью.

Когда подошел автобус, Таня так увлеклась, что чуть не упустила его. В салоне было всего несколько человек. Рабочий день закончился, и народ возвращался в спальные районы. А она ехала в центр. Таня пристроилась у окна, поближе к водителю. Здесь было теплее. Назарова смотрела на вечерние огоньки, отраженные в лужах, и вспоминала рассказы Крутикова. Сережа знал обо всех заметных делах своего управления. От него Таня слышала и об убийстве в злополучной квартире десять лет назад. Это убийство в тот же день раскрыл сыщик Ерожин. О Петре Григорьевиче Ерожине по управлению ходили легенды. Правда, в основном упоминался не сыскной талант следователя, а его донжуанские наклонности. Внезапно Назаровой пришла мысль о том, что в списке спортсменов есть эта фамилия. Она открыла сумку, достала список и пробежала его глазами. Григорий Ерожин значился последним. Кто он? Однофамилец или родственник легендарного сыщика? По расписанию Григорий Ерожин тренировался завтра вечером. Таня отчетливо вспомнила весь рассказ Крутикова. Сергей, тогда в чине сержанта, стоял возле парадного, наблюдая, чтобы посторонние не затоптали следов. Так же, как этой ночью сержант Карпов. Она представила себе Сережу таким же молоденьким и почувствовала, что веки начали распухать, наливаясь влагой. Назарова тряхнула головой, но образ погибшего друга изгнать из сознания не смогла.

На счастье, в этот момент автобус подъехал к ее остановке, и Таня вышла на улицу. В салоне девушка немного отогрелась, а здесь, в центре, с Волхова дул резкий ветер, и ей опять стало холодно. Назарова бегом добралась до управления и, кивнув дежурному, быстро прошла в лабораторию. Суворов оставил ей записку, где просил его

97

дождаться. Таня уселась за свой стол, извлекла из сумки пакетики с блокнотами и принялась за работу. Как она и предполагала, отпечатки получились на славу.

Виктор Иннокентьевич появился минут через сорок. Суворов был бледнее обычного и стал заметно прихрамывать. Последние несколько лет его хромота почти не проявлялась. Виктор Иннокентьевич занимался специальной лечебной гимнастикой и добился удивительных результатов. Даже врачи поражались его исцелению. Сегодня же он хромал так же, как и десять лет назад. Криминалист снял длинный утепленный плащ и поставил на стол пластиковый пакет.

— Таня, давай сюда, — позвал он Назарову и начал доставать из пакета банки и коробочки.

— Что это, Виктор Иннокентьевич? — не поняла Таня.

— Еда, — коротко ответил Суворов и, подкатив к своему столу кресло на колесиках, указал на него девушке. — Садись и ешь.

— А вы? — спросила Таня, проглатывая слюну. Поджаренные и еще теплые котлеты и салат пробудили дремавший аппетит.

— Я из дома. Меня там кормили, — ответил Суворов и уселся на свой стул.

Таня покорно опустилась в кресло и стала быстро уничтожать неожиданный ужин. Виктор Иннокентьевич сидел и смотрел на стену. Там красовался гигант Владимиров, поднимавший тяжеленную штангу. Много лет назад Суворов вырезал из «Огонька» фотографию атлета и повесил над своим столом. Но фотографии Виктор Иннокентьевич не видел. Он смотрел перед собой и думал.

— Спасибо, я поела, — сообщила Таня стеснительным тоном. Баночки и коробки опустели. — Я помою, — сказала девушка и понесла посуду к раковине.

— Взяла отпечатки? — безразлично поинтересовался Суворов.

— С двоих. Все пальчики соберу не раньше, чем к концу недели, — ответила младший лейтенант, намыливая тарелку.

— Работай без спешки, — разрешил патрон. — Завтра воскресенье, можешь отдохнуть. В понедельник — как всегда.

— Вы завтра на работу не придете? — удивилась Таня.

— Нет. Все, что можно было сделать по горячему, мы сделали, — сказал Суворов, вставая.

— Что пистолет? — поинтересовалась Назарова, обтирая руки о свои джинсы.

— Ничего. Все подчищено. Работали тщательно и следы уничтожили грамотно. — Виктор Иннокентьевич говорил медленно, думая о чем-то своем.

— Выходит, я ходила на стадион впустую, — огорчилась Таня.

— Работа никогда не бывает впустую, — назидательно заметил криминалист и, положив Тане руку на плечо, тихо сказал: — Девочка, отрицательный результат тоже результат. Это классика. — Потом посмотрел Тане в лицо и, углядев покрасневшие от слез веки, погладил ее по голове. — Тяжело тебе, милая. Крепись. Крутикова не вернешь, но ты еще молодая, все у тебя будет хорошо.

— Виктор Иннокентьевич, у меня есть одно

подозрение, но я боюсь его вам высказывать. Слишком оно может показаться личным и наивным, — набралась смелости Таня.

В усталом взгляде Суворова появился заинтересованный блеск.

— Перед тем когда Сережу... Крутикова нашли, мы с ним в кафе сидели.

— Ты это в докладной записке писала, — напомнил Суворов.

— Этого я не писала, да и не думала тогда. Я с работы возвращалась и решила в это кафе зайти... Ну, как бы в память о нашей встрече.

Суворов понимающе кивнул:

— Села и думаю о своем. О Сереже, конечно. Вдруг чувствую, на меня смотрят. Подняла голову, а буфетчица за стойкой даже вздрогнула. Побледнела вся, и страх в глазах. Я нутром почувствовала: знает она убийцу.

— Очень любопытно. Но, увы, Сиротин не поймет, — покачал головой Виктор Иннокентьевич.

— Значит, ничего сделать нельзя? — тихо проговорила Таня.

— Подумаем, — ответил Суворов и, немного помолчав, сказал: — Теперь езжай отдыхать.

— А вы? — спросила Таня и, отметив бледность и темные круги под глазами своего руководителя, посочувствовала: — Вы такой усталый. Вам бы пора домой.

— Еще немного поработаю и последую твоему совету, — заверил Суворов и, подойдя к вешалке, подал Тане ее плащ.

11

Небольшая квартира Ерожина в Чертанове Наде нравилась. Она здесь жила хозяйкой, и это новое состояние, поначалу вроде игры, перерастало в ответственное чувство хранительницы очага. Правда, очаг на кухне подполковника был электрическим и требовал привычки. Надя долго не могла сообразить, что выключенная конфорка по инерции продолжает жарить продукт. Но через месяц молодая хозяйка эту премудрость усвоила. Петр Григорьевич оказался на редкость непривередливым супругом. Он нахваливал любое блюдо, что ему подавали, хотя хозяйка не была уверена, понимает ли любимый, что кладет в рот.

Сегодня Надя спешила. Ей хотелось успеть с трапезой к приезду Ерожина. Она снова обрела отца и мать и желала это отметить. Поняв, что Аксеновы ее приемные родители, Надя испугалась и удрала. Где проводила время девушка, пока не позвонила в дверь Ерожина, она никому не говорила. Это была ее тайна. Надя хотела рассказать все Петру, и не решалась. За время этого побега в ее жизнь вошел другой мужчина. Нельзя сказать, чтобы девушка влюбилась, но место в ее душе этот мужчина занял.

Сегодня Надя была счастлива. Родители любят ее, и ничего не изменилось в их отношении к неродной дочке. Молодая женщина вспоминала, как билось сердце матери, когда они обнялись в прихожей генерала Грыжина. Так биться может только любящее сердце. А лицо бабушки, когда та увидела штамп в Надином паспорте? Разве может так реагировать чужой человек? Марфа Ильинична надела очки, долго изучала документ, затем строго взглянула на внучку и изрекла: «А свадьба?» Надя начала объяснять, что они с Петром решили в тягостное для семьи время тихо сходить и расписаться. «В следующее воскресенье зову гостей на свадьбу, — заявила генеральша и, оглядев притихшее семейство, предупредила: — И своих друзей-стариков позову. Пусть порадуются за старую вдову. Я многих годами не видела, а здесь повод».

Три коротких звонка в прихожей перебили воспоминание о родительском доме. Так звонил только Ерожин, и Надя, вытирая руки о маленькое кухонное полотенце, вприпрыжку побежала открывать. Петр Григорьевич видно уловил настроение молодой жены и явился с букетом роз, шампанским и целой коробкой всевозможных деликатесов.

— Куда столько?! Ты назвал гостей? — закричала Надя, впуская в квартиру мужа.

— Какие гости?! Я тебя вечность не видел, — возмутился Ерожин.

— По-моему, ты вчера до поездки к своему Грыжину, все успел... — кокетливо сказала Надя, унося на кухню цветы и продукты.

— Ты считаешь все?! — искренне изумился Ерожин.

— Мне так показалось, — улыбнулась Надя и, обхватив Петра Григорьевича за шею, повисла на нем, болтая ногами. Ерожин обнял жену, нашел губы и долго не мог оторваться. Потом, не снимая плаща, отнес Надю на тахту, аккуратно опустил и стал сбрасывать с себя одежду. На пол полетели плащ, твидовый бизнес-пиджак, сорочка. Брюки спали сами собой. Оставшись в галстуке, Ерожин почувствовал запах дыма и, покрутив головой, сказал:

— У нас что-то горит.

— Мои отбивные! — закричала Надя и, спрыгнув с тахты, помчалась к плите.

Ерожин слышал, как она сбросила шипящую сковородку в раковину, как, причитая, открыла окно. Вернувшись в комнату перепачканная сажей, Надя горестно сказала:

— Я так старалась...

— Ничего, еды у нас полно. Не переживай, — успокоил Ерожин.

— Какой ты смешной, ты ведь в галстуке, — вздохнула Надя и ушла в ванную.

Ерожин содрал с себя галстук, сходил на кухню и закрыл там окно. Дым вышел, остался только слабый запах гари, а в раковине лежала сковородка с обуглившимися темными коржиками, называвшимися раньше свиными отбивными. Петр Григорьевич надел халат, взял сковородку и вместе с содержимым вынес к мусоропроводу. Надя не успела отмыть с себя сажу, а стол уже был накрыт. Розы стояли в вазе, и бокалы поблескивали в ожидании шампанского.

Выйдя из ванной и обнаружив столь разительную перемену, она воскликнула:

— Когда ты успел?!

Ерожину нравилось, как любимая выражала ему свое восхищение, и он самодовольно заулыбался:

— У нас же сегодня праздник.

— Ты догадался? — обрадовалась Надя и извлекла из шкафа длинное вечернее платье. — Тогда я переодеваюсь.

Пока она занималась своим туалетом, Петр Григорьевич открыл шампанское и спросил:

— Мне тоже переодеться?

Надя засмеялась:

— Если ты собирался спать с дамой в галстуке, то ужинать можешь в халате. Важно, чтобы я тебе нравилась. Ты мне нравишься в любой одежде.

— А ты мне больше всего нравишься без нее, — горестно сообщил Ерожин и разлил шампанское.

— Что я тебе могу на это ответить, старый нахальный кобель, — покачала головой Надя.

Они подняли бокалы. Хрустальный звон пробежал по комнате и медленно погас. Глядя на Ерожина своими темными и счастливыми глазами, жена спросила:

— Так за что же мы пьем?

— Во-первых, за тебя и твою семью.

— Принято...

— Во-вторых, за мой новый офис, а в-третьих, за то, что ты у меня есть, — ответил Петр Григорьевич и с удовольствием выпил бокал шампанского до дна.

Надя сделала небольшой глоток, поставила бокал на стол и, включив магнитофон, подошла к мужу:

— Я тебя приглашаю. Помнишь наш первый танец на свадьбе Веры? — Ерожин встал, обнял Надю за плечи, и они медленно поплыли но комнате.

— Слушай, я не хочу сейчас раздеваться, — возмущенно заявила партнерша, когда Ерожин приостановился у тахты. — Я есть хочу! Разреши тебе ужинать в халате...

— Не я же спалил отбивные, — напомнил Ерожин.

— Петя, ты хоть один раз можешь без этого? Ну только один?

— Один, наверное, могу... — неуверенно согласился Петр Григорьевич и усадил жену за стол.

Поглядывая на молодую супругу в вечернем платье, Ерожин про себя поносил последними словами проклятые отбивные и, чтобы отвлечься и выполнить просьбу Нади о воздержании, решил перейти к делам:

— Сегодня Грыжин показал мне наш будущий офис. Там нужен большой ремонт.

— Ты хочешь, чтобы я помогла клеить обои? — спросила Надя, уплетая бутерброд с ветчиной.

— Обоями не отделаешься. Нужны деньги, и я хочу попросить их у тебя взаймы.

— Ты уже говорил по телефону. Я думала, ты шутишь, — Надя с удивлением посмотрела на супруга. — Где я тебе возьму денег? Отец сам, как ты догадываешься, на мели. Да и не хотела бы я просить у родителей.

— Тебе ни у кого не надо просить. Ты богатая, — усмехнулся Петр Григорьевич. — Может, я и женился на тебе по расчету.

— Хватит морочить голову. Никогда не пойму, смеешься ты или говоришь серьезно.

Петр Григорьевич встал. Вышел на кухню и взял оттуда табуретку. Забравшись на нее, открыл дверцы стеллажа. На свет появился пыльный кейс. Ерожин протер кейс влажной тряпкой и вернулся к столу. Надя с удивлением следила за манипуляциями супруга.

— Вот твои деньги, — сказал Ерожин и раскрыл кейс. В нем лежали пачки стодолларовых банкнот, перетянутые резинками.

— Что это? — не поняла Надя.

— Деньги, валюта. Я однажды занял у тебя сто долларов. Тогда других денег в кармане не оказалось, но с первой зарплаты вернул. С тех пор они тут и лежат, — пояснил Петр Григорьевич и наполнил бокалы. — Давай выпьем за мою богатенькую женушку.

— Подожди, Петька! Можешь ты по-человечески все объяснить?

— Могу, но сначала выпьем.

Надя, задумчиво глядя на содержимое кейса, подняла свой бокал:

— С тобой не соскучишься, милый.

Ерожин понял, что тоже хочет есть, и набросился на еду, будто увидел ее только сейчас.

— Могу я все же узнать, что все это значит? — поинтересовалась Надя, дождавшись, когда Ерожин расправится с заметной частью закусок.

— Это деньги твоего отца. Ты можешь делать с ними, что захочешь. Мне на ремонт офиса надо тысяч шесть. Не хочу, чтобы Грыжин тратил только свои. Если наше дело пойдет, верну быстро.

Нет — придется тебе ждать. А не пойдет совсем — ты их потеряешь. Решай.

— Откуда у отца деньги? Он зарплату сотрудникам два месяца не платил, — удивилась Надя.

— Причем тут Аксенов... Я говорю о твоем родном папочке. Его нет в живых. Это твое наследство.

— Ты говоришь о том узбеке, который бросил Шуру? — спросила Надя.

Теперь уже вытаращил глаза Ерожин:

— Откуда ты знаешь Шуру?

— Почему тебя это удивляет? — притворилась Надя.

— Откуда?! — продолжал допытываться изумленный супруг.

— От тебя. В тот день, когда ты собрал нашу семью и открыл происхождение Фатимы.

Что-что, а память Петр Григорьевич имел феноменальную. Он помнил все допросы своих подозреваемых с первого дня работы в милиции. Во время разговора с семьей Аксеновых он лишь в общих чертах обрисовал события. Имени Шуры он не называл. Да и не мог назвать, понимая, что Аксеновым будет непросто жить, сознавая, что где-то находится человек, по вине которого и произошли все трагические события в их семье.

— Наденька, у нас раньше не было тайн друг от друга, — в свою очередь соврал Ерожин. — Имя Шуры в вашей квартире я никогда не произносил.

— Какое это теперь имеет значение, — ответила Надя, и Петр Григорьевич понял, что его молодая жена на эту тему распространяться желания не имеет.

Он посмотрел на нее и улыбнулся:

— Не хочешь — не говори.

— Может быть, когда-нибудь скажу. Не обижайся, Петенька. Я много пережила за последние месяцы и во многом еще должна разобраться.

Петр Григорьевич подошел к Наде, сел перед ней на корточки и, поцеловав руку, предложил:

— Хочешь посмотреть на твоих родителей?

Надя побледнела и испуганно заглянула мужу в глаза:

— Как посмотреть?

— На фото, дурочка.

— У тебя они есть? — изумленно прошептала Надя.

— Есть. Они в этом же кейсе. — Он вынул черный конверт и вышел с ним на кухню. Ерожин должен был отобрать те снимки, которые он решился бы жене показывать. Карточки Вахида с голыми девицами могли Надю травмировать. Петр Григорьевич вынул из черного конверта пачку снимков и, усевшись на табурет, стал их сортировать.

— Не надо, милый, ничего от меня скрывать, — услышал он голос Нади над ухом. Жена стояла рядом и через его плечо рассматривала снимки. Ерожин молча протянул ей конверт.

— Можно, я их посмотрю одна? — попросила Надя.

Ерожин увидел, как Надя побледнела, и, обняв ее, тихо сказал:

— Конечно, милая. Делай, как тебе лучше.

Надя прижала снимки к груди и быстро ушла в ванную. Ерожин вернулся в комнату, сбросил халат и улегся. Надя долго не выходила. Вернулась она с покрасневшими от слез глазами и уселась на краешек тахты:

— Ты не спишь?

— Нет, — ответил Ерожин.

— Расскажи мне о них, — попросила Надя.

— Что ты желаешь услышать? — Петр Григорьевич давно побаивался этого разговора.

— Все. Я же их ни одного дня не знала. А они мои родители. Во всяком случае, мама, — Надя с трудом сдерживала слезы.

— Вахида я знал не очень долго. Мы с ним вместе проходили курсы повышения квалификации в Твери. Тогда город еще назывался Калинин, — подыскивая в своих воспоминаниях моменты, с которыми можно поделиться с женой, начал Петр Григорьевич. — Мы жили в одной комнате офицерского общежития. Так и познакомились.

— Представляю, — грустно предположила Надя.

— Что ты представляешь? — растерялся Ерожин.

— Как вы жили в одной комнате... — пояснила жена.

— Нормально жили, — ответил Ерожин, стараясь не выдать смущения. Для Петра Григорьевича это было не очень знакомое чувство, и опыта борьбы с ним подполковник не имел.

Ерожин сдержал слово — до утра они спали, как в первую ночь после возвращения Нади. Утром, когда Петр проснулся, жена уже встала и готовила на кухне завтрак. Ерожин огляделся и заметил на стене возле кровати карточку. Фото крепилось булавками. Он встал и подошел к снимку. С фотографии на подполковника смотрела чернобровая Райхон. Петр Григорьевич покраснел, как мальчик, которого застали за неблаговидным занятием, и поспешил в ванную.

Надя повесила на стену портрет мамы. Фотографии Вахида она порвала на мелкие кусочки и выбросила. Теперь смуглая узбекская красавица немым укором будет сопровождать Ерожина по жизни.

За завтраком Надя была задумчива и с мужем почти не говорила. Только когда он надел костюм и собрался уходить, подошла к нему:

— Петя, ты просил взаймы денег. Взаймы я тебе дать не могу. Возьми так — они наши.

— Нет, Надя. Так я не хочу, — ответил Ерожин, надевая плащ.

— Тогда я подумаю, — сказала Надя и, поцеловав мужа, закрыла за ним дверь.

Вернувшись в комнату, она сорвала со стены фотографию и, прижав ее к груди, громко в голос заплакала.

———

12

Около десяти часов вечера, отправив Назарову
домой, криминалист Суворов быстро вынул из своего портфеля пакет с фарфоровой кружкой сына,
которую прихватил из дома, и надел белые перчатки. Осторожно освободив кружку из пакета, он
поставил ее под яркий свет и направился к шка-
фу, где хранился «материал». Добыв оттуда пластиковую бутылку от «спрайта», Виктор Иннокентьевич принялся за работу. К одиннадцати результат был получен. Сверив отпечатки, Суворов уселся
в кресло и, прикрыв глаза рукой, надолго застыл.

Виктор Иннокентьевич по жизни шел открыто. Он не был ханжой и никогда никому не читал
морали. Свое жизненное кредо Суворов форму-
лировал иронично, взяв его у Оскара Уайльда:
«Не делай ничего такого, о чем нельзя поболтать
за обедом». В этой на первый взгляд шутливой
сентенции великого английского писателя имелся
глубокий смысл. Если о поступке стыдно рассказать друзьям, значит, поступок этот недостойный.
До одиннадцати часов десяти минут вечера сего
дня Суворову без труда удавалось следовать дан-
ному правилу. Но сейчас он оказался перед не-
легким выбором. Мучительно размышляя, как
поступить, криминалист все больше склонялся к

111

тому, чтобы совершить тяжкий проступок, даже, можно сказать, преступление. Когда решение созрело, Виктор Иннокентьевич резко покинул кресло и, взяв бутылку «спрайта», подошел к раковине. Намылив губку, он тщательно вымыл бутылку, отнес ее в сушильный шкаф и, пока она сохла, спрятал в портфель фарфоровую кружку сына. После чего огляделся, прибрал свой рабочий стол и, накинув плащ, вышел из лаборатории.

На стоянке возле управления осталась только его «трешка». Пятнадцатилетняя «старушка» сиротливо стояла, поблескивая мокрым кузовом. Суворов много раз мог сменить машину на новую, но он привыкал к вещам и считал свой «жигуленок» другом. Друзей менять трудно. «Трешка» завелась, и Виктор Иннокентьевич, не грея машину, рванул с места. Так жестоко со старым другом он никогда не поступал. Машина не хотела разгоняться с холодным двигателем. Она дергалась, движок норовил заглохнуть, но Виктор Иннокентьевич жал к полу педаль акселератора. Машина ревела, но двигалась. Наконец стрелка температуры поползла вверх, и «трешка» восстановила свои ходовые качества. Через пятнадцать минут Суворов оказался возле своего нового дома. Сюда, в большую квартиру, они с Наташей съехались шесть лет назад.

Оставив машину у подъезда, Суворов набрал код и вошел в дом. Пока кабина поднималась на четвертый этаж, Виктор Иннокентьевич, порывшись в карманах, приготовил ключи, но возле двери передумал и позвонил долгим тревожным звонком. Открыла Наташа. Она сидела с тетрадями, и пожарный звонок мужа ее напугал.

— Гриша где? — спросил Виктор Иннокентьевич и, бросив плащ на тумбочку для обуви, не снимая ботинок, прошел в квартиру. Наташа проводила мужа удивленным взглядом. Всегда аккуратный и педантичный, супруг сегодня вел себя возмутительно. Она уже хотела высказать свое неудовольствие, но, услышав странный разговор Суворова с сыном, поспешила к ним.

— Гриша, у нас десять минут на сборы. Ты должен взять с собой только необходимые вещи. Мы уезжаем, — произнес Суворов тоном приказа.

— Папа Витя, у меня завтра тренировка, — растерялся юноша.

— Все по дороге. У нас будет время поговорить. Сейчас я должен объясниться с мамой, — отрезал приемный отец и, взяв изумленную Наташу под руку, повел ее в спальню. — Сядь, слушай и не перебивай. — Наташа опустилась на кровать. — В квартире убитого депутата нашли бутылку с отпечатками пальцев нашего сына, — отчеканивая каждое слово, начал Суворов. — Депутат застрелен из пистолета лейтенанта Крутикова. Гришу могут обвинить в трех убийствах. Это тянет на высшую меру.

— Чудовищно! Наш мальчик никого не убивал, — прошептала Наташа, и в глазах ее застыл ужас.

— Без паники. Я знаю, что Гриша невиновен, но это придется доказать. Я на время спрячу парня, — предупредил Виктор Иннокентьевич и, видя, что жена бледнеет и вот-вот потеряет сознание, обнял Наташу и стал покрывать поцелуями ее губы, лоб и щеки. — Успокойся, милая, клянусь, все будет хорошо. Я тебе обещаю.

— Куда ты собрался? — слабым голосом поинтересовалась женщина.

— Тебе этого лучше не знать. Если Гришу будут спрашивать, так и говори: уехал, а куда не знаю. Поняла?

Наташа кивнула, хотя понять до конца так ничего и не смогла. Она почувствовала, что ее ребенку грозит опасность. Наталья Владимировна Суворова безгранично доверяла мужу. Раз он делает так, значит, так и надо.

— Папа Витя, я готов.

Гриша стоял на пороге спальни в теплой куртке и с большой спортивной сумкой. Суворов с сыном часто ходили в походы, и собираться быстро парень умел.

— Господь с вами, — сказала Наташа, крестя их в прихожей.

Захлопнув за сыном и мужем дверь, она постояла возле вешалки и вдруг бегом бросилась на кухню: «Я не собрала им в дорогу поесть!» Но открыв холодильник, поняла, что опоздала, и, усевшись на табуретку, уставила взгляд в распахнутый холодильный шкаф.

До выезда из города Суворов молчал. Не доезжая триста метров до поста автоинспекции, он остановил машину и сказал Грише:

— Переходи на заднее сиденье и ложись так, чтобы тебя не заметили.

Гриша послушно забрался назад и, тихо посапывая, ждал, пока Суворов взгромоздит на него сумку.

Пост миновали спокойно. Суворов поглядел в светящуюся витрину окна инспекторского домика и увидел, что страж дороги сидит за столом, опустив на руки голову.

«Спит», — удовлетворенно сказал себе Виктор

Иннокентьевич и, проехав с полкилометра, остановился. Озеро они миновали, но ветер с него продолжал дуть крепко. Мелкий дождик или капли, сдуваемые ветром с голых деревьев, свежили лицо. Гриша вылез из своего укрытия, потянулся и уселся рядом с отцом.

Они покатили в сторону Москвы.

— Где ты вчера был от двадцати одного до ноля часов? — спросил Суворов сына.

— Я гулял, папа Витя, — ответил юноша.

— Где? С кем? Все точно и по порядку.

— Знаешь, папа Витя, вчера был странный вечер, — неуверенно произнес Гриша.

— Чем же он был странный, сынок?

— Мне позвонила девушка, — Гриша сказал и задумался, припоминая вчерашние события.

— Имя? Чем занимается? Сколько лет? — уточнил криминалист.

— Не знаю. Она мне раньше никогда не звонила, — покачал головой юноша.

— Фиксируем. Тебе позвонила незнакомая девушка.

— Да, незнакомая, — подтвердил Гриша.

— Откуда она взяла наш телефон?

— Я не спросил, — признался молодой человек и виновато улыбнулся. — Она так со мной говорила, как ни одна девушка раньше.

— С твоим опытом это звучит интригующе, — усмехнулся Суворов. — Можешь поподробнее? Поверь, это у меня не праздное любопытство.

— Мне очень стыдно пересказывать наш разговор, — сказал Гриша и опять замолчал.

Суворов не торопил. Времени у них впереди хватало. Они свернули на Кольцевую дорогу, ее построили к Олимпиаде много лет назад. Кремлевские вожди надеялись, что иностранные гости на своих машинах толпой помчатся в Москву на спортивный праздник. Но советские войска вошли в Афганистан, и Запад Московскую Олимпиаду бойкотировал.

Начался долгий подъем к мосту через реку Волхов.

— Ну, набрался смелости? — спросил сына Суворов, прерывая затянувшуюся паузу.

— Она сказала, что видела меня на соревнованиях.

— Очень интересно!

— Сказала, что от меня в восторге и хочет показать мне такую любовь, которую я не знаю.

— Не уверен, что эта задача кому-нибудь в городе по силам, — высказал свои сомнения Виктор Иннокентьевич.

— Папа Витя, если будешь насмехаться, я не смогу быть откровенным, — предупредил молодой человек.

— Хорошо, не буду, — заверил сына Суворов и решил вести себя тактичнее.

В душе он немного гордился донжуанским наследием, доставшемся Грише от Ерожина. Приемный сын вообще очень часто напоминал ему старого друга. Хромой и невзрачный очкарик втайне всегда завидовал способностям Петра Григорьевича без труда добиваться благосклонности прекрасного пола. Кольцевая вокруг города заканчивалась. Перед выездом на основную трассу опять предстояло миновать пост. Криминалист решил не рисковать.

— Лезь назад, герой-любовник, — приказал он Грише, останавливаясь на обочине. Движение по основной трассе было более оживленное. Из Москвы в Питер, невзирая на выходные дни, катили фуры с товаром и продуктами. Мощные фары грузовиков иностранных марок сильным светом слепили глаза, и Виктор Иннокентьевич несколько раз протирал очки. Теперь, воспользовавшись остановкой, он тщательно вытер лобовое стекло. На этом посту не спали. Два инспектора со светящимися жезлами стояли возле обочины и внимательно осмотрели проезжающую машину. Суворову даже показалось, что один из сотрудников собирается поднять свою палку. Он сбросил скорость, но старенькая «трешка» интереса у доблестных работников ГИБДД не вызвала. Когда пост остался позади, Гриша снова пересел вперед.

— Вечер воспоминаний продолжается, — напомнил Суворов.

— Сказала, что очень красивая, — продолжил Гриша рассказ о таинственном звонке. — Стала описывать свою фигуру. Да так откровенно, что я смутился, — признался Гриша.

— Кроме прелестей своих она о себе что-нибудь сообщила? — спросил Виктор Иннокентьевич и, выбрав момент, когда далеко впереди не было машин, обогнал фуру. Суворов торопился. В понедельник надо выйти на работу вовремя.

— Да. Она сказала, что ее зовут Света и работает она в гостинице «Интурист». Назначила мне в этой гостинице свидание. Сказала, что выпишет пропуск, и попросила, чтобы я прихватил с собой документ.

— Почему она назначила свидание в гостинице? — поинтересовался Суворов.

— Обещала попридержать свободный номер,

где мы прекрасно проведем время. — Гриша покраснел и замолчал.

— Дальше я сам тебе все могу рассказать. Ты пришел в гостиницу. Тыкал свой паспорт...

— Не паспорт, а студенческий билет, — уточнил Гриша.

— Это сути не меняет. Светы никакой там не оказалось, но твой документ охрана зафиксировала. Так?

— Откуда ты знаешь? — удивился Гриша.

— Это моя работа, мальчик, — вздохнул Суворов и подумал, что сделано все точно. Гостиница находится в пяти минутах ходьбы от места убийства. Парня в это время видели и могут подтвердить. Он был растерян, потому что девушка, назначившая свидание, его не ждала. Спрашивал Свету, которая в «Интуристе» никогда не работала, и вел себя странно. При наличии отпечатков в квартире депутата поведение молодого человека становится косвенной уликой.

— В котором часу ты вошел в двери гостиницы? — для порядка спросил Суворов.

— Около полуночи, как мы с ней по телефону и договорились.

Суворов замолчал и прибавил скорость. Старенькая «трешка» выжимала сто десять. Начинались подъемы на Валдай.

— Слушай меня, мой мальчик, и думай, думай, думай, — сказал Суворов, обгоняя очередную фуру. — Думай, кому и где ты мог перейти дорогу.

— О чем ты, папа Витя? — не понял Гриша.

Виктор Иннокентьевич знал мальчика с раннего детства. Когда они сошлись с Наташей, Грише не было десяти. Отношения отчима и пасынка сразу стали близкими. Суворов заменил Грише отца и старшего брата. Это он приобщил мальчика к спорту. Страстный болельщик тяжелой атлетики, сам по здоровью лишенный возможности заниматься любимым спортом, Виктор Иннокентьевич передал эту любовь Грише. Они с сыном были большие друзья, поэтому обращение по имени — Витя — даже льстило Суворову.

— Ты любишь «спрайт»?

— Да, я только его и пью, — Гриша с удивлением поглядел на отца.

— Кто-то утащил твою бутылку из раздевалки стадиона и подбросил ее в квартиру, где произошло убийство. Этот кто-то хочет, чтобы обвинили тебя. Почему именно тебя? Вот в чем вопрос. — Суворов лихо свернул с дороги, и они подрулили к бензоколонке. — Думай, — еще раз повторил он и вышел заправляться.

— Мне ничего такого в голову не приходит, — сказал молодой человек, когда они снова покатили по шоссе.

— Плохо, что не приходит, — покачал головой Суворов. — Есть хочешь?

Гриша хотел. Они пересекали город Валдай. Основная часть старого русского городка находилась далеко внизу, возле чаши одноименного озера. Трасса проходила лишь через административный участок города. Предприимчивые армяне открыли тут круглосуточное кафе. Суворов завернул на стоянку. Водители нескольких фур закусывали в кафе, и их огромные машины, словно спящие слоны, застыли на обочине.

— Посиди. Тебя видеть не должны, — предупредил Суворов и направился в кафе.

Поскольку кафе держали южане, то и кухня оказалась соответствующей. Виктор Иннокентьевич попросил, чтобы еду ему завернули с собой. Пока чернявый и круглый как мяч буфетчик накладывал в пакет люля-кебабы, сыпал нарезанный лук и зелень, Суворов успел выпить стакан черного кофе. Он боялся уснуть за рулем, и напиток пришелся кстати. Забрав еду, криминалист оглядел столики, за которыми сидели шоферы, и, купив большую зеленую бутылку «спрайта», вышел на улицу.

Гриша спал. Суворов аккуратно пристроил пакет за подголовник водительского кресла и тихо уселся за руль.

— Хочешь, я поведу? — спросил Гриша, открывая глаза.

— Нельзя. Если остановят, тебе придется показывать права. Ты не понял? Фиксировать твою персону мы не имеем права, — объяснил Виктор Иннокентьевич и тронулся с места.

— Что же, я теперь всю жизнь должен прятаться как уголовник? — недовольно спросил юноша.

— Ешь, пока армянские котлеты не остыли, — посоветовал Суворов, предпочитая на вопрос сына не отвечать.

Гриша снял пакет с подголовника и принялся за еду.

— Вкусно, папа Витя. Жаль, запить нечем.

— Пошуруй между сиденьями сзади, — предложил Виктор Иннокентьевич и включил щетки.

Дождь усилился, стекло помутнело, и скорость пришлось сбавить.

— Думай, сынок, — снова попросил Суворов. Гриша открыл шипящую бутылку, сделал несколько глотков. Виктор Иннокентьевич, покосившись на сына, отметил, что тот держит бутылку именно так, как и ту, где остались злополучные отпечатки. — Думай. Может, ты какой-нибудь крале наобещал хрустальных замков, а потом слинял? Или по спорту кому помешал? Без причины ничего не бывает. Поймем причину — найдем убийцу.

— Нет, папа Витя. Предложения жениться я никому не делал. По боксу я всего перворазрядник и в чемпионы не рвусь.

Суворов посмотрел на часы:

— Плохо. Время уже три, а мы еще до Вышнего Волочка не добрались.

— Мы едем в Москву или дальше? — спросил Гриша, закупоривая свой «спрайт» и пряча бутылку на прежнее место.

— Да, Гриша, мы едем в Москву. В большом городе легче раствориться.

— Тогда почему не в Питер? — удивился сын.

— Потому что в Москве есть человек, который может нам помочь.

— Я догадываюсь, о ком ты говоришь, — тихо сказал Гриша.

— Догадываешься, и молодец, — ответил Суворов и, заметив, что из зоны дождя они выбрались, выключил щетки и прибавил скорость. Стрелка спидометра заплясала у отметки «сто двадцать». Гриша откинул кресло и, устроившись поудобнее, засопел.

времени, заканчивался счастливо. Простушку у лица состоятельный родитель был бладчем и вы

13

Нателла Проскурина играла в городском театре второй сезон. Она окончила московский театральный институт в мастерской известного артиста. Была мила личиком и стройна фигуркой, но большим талантом не отличалась. Вздернутый носик и приятный овал лица позволяли гримерам превращать молодую актрису в самые разнообразные персонажи. Руслан Ходжаев влюбился в Нателлу, как говорится, с первого взгляда. Он увидел ее в пьесе современного автора, где по новой моде половину пьесы Нателла проводила неглиже. Образ, выписанный местным драматургом Щербатым, требовал экзальтации. Проскурина играла невинную девушку, которую подлый негодяй превратил в проститутку. Невинность героини по замыслу автора осталась в прошедшем времени, за рамками сценического действа. На сцене же Нателла, борясь с отвращением, отдавала свое прекрасное тело уродливому негодяю и оттого горько страдала. Чеченец Ходжаев, не слишком отличая правду искусства от правды жизни, сильно сочувствовал Проскуриной из второго ряда партера. Он даже отключил мобильный телефон, по которому получал информацию о своем доходе. Пьеса в стиле слезной мелодрамы, доступной интеллекту нового богатого зрителя, заканчивалась счастливо. Проститутку полюбил состоятельный красивый бизнесмен и выкупил из позорного бизнеса. Уродливый негодяй, перепутав яд, предназначенный герою, с бокалом для себя, подыхал в страшных судорогах. Чеченец ходил на все показы пьесы и в сцене отравления не мог удержаться от аплодисментов.

Полюбив Нателлу, бедный кавказец мучился и на классических представлениях, где его кумир играла в эпизодах. Островского чеченец возненавидел люто.

В первый же вечер Ходжаев явился после спектакля за кулисы с огромным букетом цветов в переливающемся целлофане упаковки. Высказав свой восторг и поклонение в яркой, по-южному эмоциональной форме, чеченец повесил на шею Проскуриной толстенную золотую цепь, после чего получил соизволение на совместный ужин в свободное от спектаклей время. Белый «Мерседес» чеченца вкупе с необычайным размахом ужина свое дело сделали. Нателла согласилась посетить люкс, который Ходжаев держал на всякий случай над рестораном. Отдавалась Проскурина так же бурно, как играла роль в современной пьесе. С тех пор белый «Мерседес» каждый вечер стоял возле служебного входа в театр.

Любовницей примадонна оказалась ревнивой и капризной. Чеченец с трудом совмещал с ней свой бизнес. Он держал в городе несколько кафе и с десяток игорных залов и зальчиков. В таком деле, чтобы тебя не обворовали, требуется неусыпный контроль. Ходжаев терял в деньгах, но беспрекословно исполнял все капризы актрисы.

В воскресенье вечером Проскурина играла свою любимую роль. Бритоголовые зрители, видевшие пьесу по многу раз, потягивали из бутылок дорогое импортное пиво и переговаривались между собой в ожидании эротических сцен. Тут зал стихал, отключались мобильные телефоны и наступала напряженная тишина. Вздохи и междометия героини в такие моменты доходили до последнего ряда. Когда же интимная сцена подходила к концу, зал снова возвращался к нормальной жизни.

В антракте, лениво поднявшись на второй этаж в буфет, Руслан заказал рюмку коньяка и, встав у стойки, принялся обзванивать свои точки, интересуясь суточной выручкой. Полная ручка с ярким маникюром легла на плечо кавказца, заставив его вздрогнуть. Перед ним стояла дородняя блондинка Зоя и улыбалась. Закончив разговор по телефону, Руслан грубо спросил: «Чего тебе?» Зою он нанял для кафе «Русич» и поначалу иногда пользовался ее объемными женскими прелестями. Но после встречи с Нателлой Проскуриной Ходжаеву вспоминать это было неприятно.

— Русланчик, я по делу, — Зоя продолжала растягивать свои ярко-малиновые губы, но глаза ее смотрели серьезно.

Руслан подумал, что блондинка пришла с проблемами кафе, и, брезгливо поморщившись, изрек:

— Нельзя ли в другой раз? Я на днях загляну, посидим, поговорим.

— Русланчик, дело срочное и к нашему с тобой бизнесу отношения не имеет.

— Ну ладно, выкладывай, — устало разрешил кавказец, и они уселись за освободившийся столик.

Звонок уже прозвенел, и зрители потянулись в зал.

— Ко мне старый друг приехал, привез на продажу очень дорогие цацки — золото, камешки, женские безделушки. Твоя птичка от таких цацек станет тебя вылизывать своим язычком, как леденечек. Я тут одну вещичку прихватила. Взгляни.

Сказав все это, Зоя отправила свою пухлую ладонь между двумя полушариями необъятной груди и извлекла что-то, завернутое в тряпицу. Развернув тряпицу, она протянула ладонь с брошкой Руслану. Крупный бриллиант сверкнул в глаза чеченцу. По бокам брошь украшал ряд рубинов. Рубины рядом с белым камнем не казались крупными, но на самом деле каждый из них мог послужить центром ювелирной композиции.

— Пойдем отсюда, — моментально изменив тон, предложил Ходжаев.

Зрителей в фойе не осталось. Звенел третий звонок. Они вышли на лестницу, Руслан полез в карман, достал небольшой продолговатый предмет и поднес его к брошке. Предмет засветился голубоватым светом, и под ним голубым огнем замерцал белый камень.

— Не фуфло, — медленно проговорил Руслан. — Вещь чистая?

— Русланчик, мамой клянусь, не ворованные цацки. Они у моего друга по наследству.

— Сколько за эту? — поинтересовался чеченец, не выпуская вещицу из рук.

— Сказал, меньше пяти не отдаст, — шепотом сообщила Зоя.

— Камень карат на пять, рубинчики по четвертинке. Годится, — что-то прикинув в уме, согласился чеченец. — У меня при себе только две штуки. Больше не ношу, не потратить.

— Знаешь сколько у него всего! — округлив глаза от восторга, воскликнула Зоя.

— Когда увижу, тогда и узнаю, — ответил Руслан и полез во внутренний карман пиджака. — Отдай ему две и скажи, что завтра будут остальные, — пообещал чеченец, протягивая Зое пачку долларов и убирая брошку к себе в карман.

— Ты что, он меня убьет, — испугалась блондинка, готовая устроить истерику.

— Ладно, подожди, другу позвоню, — поморщился Руслан и вынул мобильный телефон.

— Что ж, я буду ждать, пока твой друг приедет? — растерялась Зоя.

— Он в зале, — раздраженно пояснил Ходжаев и набрал номер. Телефон оказался отключенным. — Через три минуты перезвоню. Сексуальная сцена закончится — включит.

Через три минуты, как и говорил Руслан, друг на звонок ответил.

— Сашок, у тебя при себе три штуки есть? — спросил чеченец и, достав брошку, покрутил ее у себя перед глазами. — Вынеси мне, Сашок. Я на лестнице перед буфетом.

Сашок оказался совсем юным. У него были длинные волосы, и сзади он походил на девушку. Подойдя к Руслану, молодой человек протянул ему деньги.

— Десять процентов в день, — предупредил он Ходжаева и пошел назад.

— Такой сопляк с такими бабками?! — удивилась Зоя.

— Он ими игроков снабжает, — пояснил чеченец, отдавая буфетчице доллары. — Завтра днем я в Питер еду. Если твой друг хочет, пусть позвонит утром, договоримся о встрече. Хорошие вещи я люблю.

— Ты где был? — спросила Нателла, когда Руслан сидел после спектакля в ее гримерной, горящими глазами следя за тем, как актриса переодевается.

— Когда, моя красавица? — в свою очередь спросил чеченец.

— В начале второго действия. Что думаешь, я со сцены не вижу? Тебя минут двадцать не было! — Руслан подошел к Нателле и попытался ее обнять. — Не смей меня лапать! Иди к той, которую лапал во время второго действия! — зло сказала Проскурина, отпихивая поклонника.

— Красавица моя, персик мой, сладкая моя! За подарком для моей богини задержался, — оправдывался чеченец.

— Что еще за подарок? — спросила актриса более миролюбивым тоном.

— Царская вещь, мой цветочек. Увидишь — не оторвешься, — пообещал Ходжаев.

— Врешь, покажи, — перебила Проскурина, сбрасывая с себя остатки театрального костюма.

— Дома покажу. Хочу, чтобы ты меня за этот подарок сильно любила. Так сильно любила, чтобы я устал.

— Размечтался, — усмехнулась Нателла, влезая в узкие джинсы.

— Когда мой подарок увидишь, не будешь такие обидные слова говорить, — сказал Ходжаев, жадно взирая на обнаженную грудку своей возлюбленной.

— Нечего пялиться, застегни лучше.

Проскурина надела бюстгальтер и повернулась к поклоннику спиной. Руслан взял Нателлу за плечи, поцеловал в шейку и осторожно зацепил крючки на спине.

— Жрать хочу, — сказала Проскурина, когда они спустились вниз.

— Салями дома есть, икра черная есть, зелень есть, — сообщил Руслан, открывая перед актрисой дверцу своего «Мерседеса».

— Надоело. Супа хочу, — капризно потребовала Проскурина.

— Где же я тебе, моя царица, в такое время суп возьму? Хочешь, шашлык горячий у Арно покушаем?

— Охота была с твоими бандюками дым нюхать! — сморщилась Нателла. — Я спектакль отпахала и отдохнуть должна.

Руслан завел двигатель и с визгом взял с места. Белый «Мерседес» полетел по ночному городу. Притормозив возле перекрестка, Ходжаев взял телефон и набрал номер:

— Арно, будь другом, пришли мне домой две порции по-карски. Только чтобы барашек горячий и не жирный. Ну сам знаешь, что тебе говорить...

— Где твой подарок? — устало спросила Проскурина, сбрасывая пальто на руки чеченца.

— Ты в комнату войди, свет зажги и глаза закрой, — попросил Руслан медовым голосом.

Проскурина вошла в гостиную с вычурной золоченой мебелью, встала возле зеркала и капризно надула губки. Ходжаев, крадучись, подошел к актрисе и, взяв ее ручку в свою, положил на ладонь брошку:

— Смотри, царица!

Нателла уставилась на вещицу. Она не была приучена к дорогим ювелирным украшениям и потому сразу не поняла, что получила.

— Это что, брошечка?

— Это, моя красавица, царская вещь. Я за нее десять тысяч зеленых выложил. За эти деньги приличный «мерс» можно купить.

— Настоящий бриллиант? — недоверчиво поинтересовалась актриса.

— Настоящий. Карат шесть, и рубины по полкарата. Редкая вещь, — причмокнул языком Руслан.

— Русланчик, ты чудо! Ой, как здорово! Ленка с Инкой от зависти сдохнут.

— Сдохнут, моя царица. Пошли скорей в спальню, я так тебя хочу, что плавки могут лопнуть. Думаешь, легко горячему мужчине смотреть, как такая красавица раздевается-одевается? Горячий мужчина может от желания умереть, — пожаловался чеченец.

— Ладно, черт с тобой, только сам меня разденешь, у меня сил нет, — сказала Нателла и широко зевнула. — И завтра рано не буди. Дай перед гастролями выспаться. В Питере публика тяжелая.

Когда Руслан, осыпая поцелуями сонную примадонну, стаскивал с нее джинсы, в дверь позвонили.

— Кто там еще?! — обозлился чеченец и выругался на родном языке.

Он с трудом оторвался от своего дела и пошел открывать. В дверях стоял Арно и держал в руках корзину с шашлыком.

— Спасибо, друг. Прости, у меня женщина, я тебя не приглашаю.

Арно подмигнул Руслану и, получив деньги, скрылся за дверью. Когда чеченец вернулся в спальню, его возлюбленная крепко спала.

Рано утром зазвонил мобильный. Ходжаев с трудом открыл глаза и включил трубку.

— Я от Зои, врубился?

— От кого? — Мозги Руслана еще спали.

— От Куропаткиной, — пояснили в трубке недовольным голосом

— Да, врубился, — проснулся чеченец, и они договорились о встрече.

————————

14

Сперва Ерожин отнесся к помещению своего нового офиса без особого энтузиазма. Чувство собственности у подполковника если и имелось, то было настолько далеко запрятано в глубинах сознания, что наружу почти не пробивалось. И вдруг неожиданно для себя Петр Григорьевич заволновался. Он как ребенок представлял себе бюро уже после ремонта. Перед глазами вставал белый кабинет с темной солидной мебелью, кожаными креслами, шкафами для папок и книг. Отдельно за небольшим рабочим столиком с компьютером — место секретаря. Секретарь представлялся Ерожину в образе улыбающейся Нади. Вот она несет ему кофе, беседует с клиентами. Но тут радужные видения неожиданно прекращались. Клиентами могут оказаться красивые молодые мужики, а он отсутствует... Нет, пожалуй, Наде лучше оставаться дома, а на должность секретаря найдется немало других работящих девушек. Например таких, как Мухобад...

Мечтать об офисе было приятно, но зарплату Петр Григорьевич пока получал в фонде. Оставив Надю в воскресное утро одну, Ерожин решил навестить Севу Кроткина. Скопилось множество вопросов, и новоявленный предприниматель нуждался в совете. После операций директор фонда зализывал раны в реабилитационном центре. Санаторий находился в Кубинке, невдалеке от подмосковного городка Одинцово. Подполковник мог взять жену с собой, но он думал, что молодой женщине надо дать время переварить все, что она услыхала от него за вчерашним ужином. Теперь Надя знала своих покойных родителей в лицо. Правда, лишь по фотографиям. Но другой возможности у Нади все равно не оставалось.

Петр Григорьевич выехал на Варшавское шоссе и только повернул в сторону Кольцевой, как зазвонил его мобильный телефон.

— Петр, здравствуйте, — услышал он в трубке незнакомый мужской баритон.

— Здравствуйте. С кем имею честь? — поинтересовался Ерожин, трогая со светофора.

— Меня зовут Алексей Ростоцкий. Лично мы не знакомы, но мою жену Шуру вы знаете много лет, — сообщил баритон.

«Шура… Ростоцкий… Алексей…» — Ерожин чувствовал, что имена и фамилия ему не раз встречались.

— Откуда вы, Алексей, звоните? — спросил он в надежде, что за время ответа вспомнит, с кем говорит.

— Я звоню из Самары, — услыхал Петр Григорьевич и предположил:

— Вы муж Шуры Ильиной?

— Ильиной она была много лет назад, а теперь мы оба Ростоцкие, — ответили в трубке.

Звонок оказался столь необычным, что Ерожин припарковал машину. Встав у обочины, подполковник поудобнее устроился на водительском сиденье.

— Очень рад вас слышать, Алеша, откуда у вас мой телефон?

— Это долгая история. Не стоит тратить деньги, рассказывая ее по мобильному. До меня дошли слухи, будто вы получили под свою фирму офис, и помещение нуждается в серьезном ремонте. Так? — спросил Алексей.

— Очень занятно. Я только вчера осмотрел мое будущее бюро, а сегодня в Самаре этот факт уже известен, — поразился Петр Григорьевич.

— Я связан по работе со строительными компаниями, — не замечая удивления собеседника, продолжал Алексей. — Хочу вам порекомендовать четверых эстонцев. Они как раз заканчивают объект в Москве и могут принять ваш заказ. Бригада профессиональная. Во время работы не пьют и качество выдают европейское.

— Как с ними связаться? — Ерожин вынул из кармана записную книжку.

— Бригадира зовут Вольдемар. Ему лет сорок, и объектов он сдал не один десяток, — Алексей продиктовал цифры и, не дожидаясь излишних вопросов, отключил телефон.

Петр Григорьевич записал номер и задумался. Звонок пришелся ко времени. Сегодня утром он мечтал о своем кабинете. И словно в сказке «По щучьему велению» ему выдают бригаду. Но подполковник очень не любил чудес. Откуда муж Шуры за одни сутки прознал, что он, Ерожин, нуждается в ремонте своего будущего офиса? Петр Григорьевич стал восстанавливать в памяти последнюю встречу с Шурой. Ни о каком сыскном бюро он ей говорить не мог. После развязки на газоне гольф-клуба подполковник телеграфировал в Самару. Он сообщил, что Фатима мертва и Шура может за себя и свою семью больше не беспокоиться. Естественно, что и в телеграмме личными планами он не делился. Ерожину тогда и в голову не могло прийти, что генерал Грыжин выбьет лицензию. Сам генерал заговорил впервые на эту тему уже по возвращении Петра Григорьевича из азиатского вояжа. Ерожин прекрасно помнил, когда это случилось. Они ехали в Нахабино на машине замминистра. Грыжин после бани был настроен благодушно, и Петр Григорьевич воспринял мысль о частном сыскном бюро как результат лирического настроения Ивана Григорьевича. А само помещение он увидел лишь вчера. Сообщить в Самару эту необычайную новость могли два человека — сам Грыжин и Надя. Только они были в курсе, но и тот и другой не должны были, по мысли Ерожина, знать Шурино семейство. Петр Григорьевич специально, когда проводил свой нелегкий разговор с Аксеновыми после убийства Фатимы, имя Шуры не назвал. Он только намекнул, что тройняшку им подменила женщина из соображений мести. Правда, до Нади имя Шуры каким-то образом дошло, но адрес самарского семейства ей взять негде... Так ничего и не придумав, подполковник раскрыл записную книжку и набрал номер:

— Я бы хотел поговорить с Вольдемаром, — сказал он, услышав вместо привычного «алло» или «да» — «я».

— Фы и гофорите с Фольдемаром, — ответили в трубке с мягким акцентом и странным ударением на каждом слоге.

Петр Григорьевич изложил свою проблему.

— Мы сейчас рапотаем в Лялином переулке. Если фы са нами саетите, мы мошем посмотреть фаше помещение. Но стелать это мы имеем фосмошность фо фремя опета, — предупредил Вольдемар.

Ерожин понял, что «фремя опета» означает обеденный перерыв. Договорившись с эстонским бригадиром, он перезвонил Грыжину и попросил генерала подойти к офису, чтобы открыть дверь. Ехать в Кубинку смысл теряло. Так быстро Ерожин бы не управился, а разговаривать с Севой, глядя на циферблат, неприлично.

До встречи с ремонтниками оставалось два часа, и Петр Григорьевич вернулся домой. Посмотрев в покрасневшие очи жены, Ерожин встревоженно спросил:

— Ты плакала?

— Немного. На маму смотрела. Я ее никогда не видела живой, а тут твоя фотография. Вот и разревелась, — виновато призналась Надя. — А ты почему вернулся?

— Мне выдали очень странный звонок. Звонил человек, который моего телефона знать не мог и предложил бригаду для ремонта офиса, — развел руками Ерожин. — Поеду знакомиться с бригадиром.

— Вот и хорошо, — улыбнулась Надя, никак не отреагировав на странность звонка. — Знаешь, что я надумала?

— Откуда же мне знать, моя девочка? Я пока мысли твои читать не научился. — Петр Григорьевич обнял жену и приготовился слушать.

— Ты просил у меня денег взаймы? — напомнила Надя. — Хотя я эти деньги своими не считаю, но раз ты так хочешь, я согласна их своими считать.

— Они и есть твои, раз ты дочка Вахида и Райхон.

— Договорились. Я тебе предлагаю первый заказ, — серьезно сообщила Надя.

— Какой заказ? — не понял Ерожин.

— Ты открываешь сыскное бюро? Так? — Надя усадила мужа в кресло и уселась ему на колени.

— Так, — согласился Петр Григорьевич.

— Значит, начнешь брать заказы на расследование, — предположила Надя и, обняв своими ладонями виски Ерожина, внимательно поглядела ему в глаза. — Я стану первой клиенткой.

— Ты хочешь нанять меня, чтобы я следил за своей нравственностью или за твоей? — изумился Петр Григорьевич.

— Не смейся. Я с тобой говорю абсолютно серьезно. Петя, я не верю, что мой отец Вахид. Ты и сам в это не веришь. Найди моего настоящего отца. — Надя подошла к стене, сняла фотографию Райхон и вернулась к мужу. — Может быть, она была и не очень нравственной женщиной, — сказала Надя, разглядывая снимок, — но она моя мать. Я постараюсь о ней думать хорошо. А отца моего найди. Это ты можешь. Ты ведь гений сыска. И твои, ой, мои доллары используй на это.

Петр Григорьевич не знал, что ответить. Такого заказа частный сыщик никак не ожидал. Не то что бы он считал задачу невозможной. Но откуда начать?

— Придется ехать в Азию, — сказал Ерожин после долгого раздумья.

— Возьми меня. Это моя родина. Петя, я очень хочу посмотреть на места, где родилась. Мы с тобой не были в свадебном путешествии. Я тебя очень прошу.

— С чего ты взяла, что Вахид не твой отец, — поинтересовался Ерожин.

Воскресенье преподносило подполковнику слишком много сюрпризов.

— Если бы я была узбечкой, мама и папа Аксеновы сразу бы это заметили. Меня вырастили, не подозревая, что я подкидыш. Мама моя Райхон — узбечка. Я тут себя в зеркало разглядывала. Глаза у меня мамины. Но на узбечку я не похожа. Значит, мой отец не Вахид, — уверенно закончила свой монолог Надя.

Логика в словах жены имелась, и возразить Ерожину было нечем.

— Не боишься, что твой неизвестный папашка окажется вором и проходимцем?

Надя на минуту задумалась.

— Пусть окажется. Родителей мы не выбираем. Но знать их право имеем.

— Хорошо. Принимаю дело Надежды Ерожиной в производство. Секретарем назначаю жену. Согласна? — улыбнулся Петр Григорьевич.

— Еще как согласна! — заверила Надя мужа.

Петр Григорьевич ехал в Лялин переулок и все время возвращался мыслями к неожиданной

137

просьбе жены. Надя осталась дома, хотя Ерожин предложил ей прокатиться с ним.

— Я лучше займусь хозяйством. Зачем мужикам мешаться? — резонно заметила она.

И теперь, мчась по Садовому кольцу, он продолжал размышлять о странном желании молодой женщины. Хотя, что странного в том, что юная супруга, осознав себя сиротой, надумала найти настоящего родителя? Разговор с Надей перебил мысли о тайне самарского звонка. Подполковник решил, что этот факт как-нибудь сам собой разъяснится и размышлять о нем перестал. Завернув в Лялин переулок, он медленно двинулся между домами. Особняк, в котором заканчивали работу эстонские строители, находился в глубине двора. Петр Григорьевич оставил «Сааб» возле ворот и отправился пешком на поиски бригады. Нужную дверь он определил по строительному мусору. В отличие от обычного в таких случаях хаоса из битого кирпича, кусков штукатурки и прочих строительных отходов, тут мусор аккуратно хранился в кузове контейнера. «Западный стиль...» — оценил Ерожин и шагнул внутрь. Эстонцы уже переоделись и, разложив на покрытом чистой бумагой стеллаже нехитрый продуктовый набор из соседнего магазина, закусывали.

— Приятного аппетита, — сказал Ерожин, протягивая руку старшему.

— Тере, — ответил Вольдемар и, пожав протянутую руку, представил членов своей бригады. — Этот маленький, курат, самый молотой и ленифый, Илло. Фот этот, самый длинный и прошорлифый, Як. И послетний, курат, самый слой и хитрый, Велло.

— Ничего себе характеристики! — рассмеялся Ерожин. — А что думают твои ребята о самом бригадире?

— Они ничего, курат, не тумают. Тумать прихотится за них мне, — серьезно сообщил Вольдемар — Они только хотят теньги.

Петр Григорьевич по дороге к офису не мог сдержать улыбку. В Эстонии он бывал в молодости, когда республика входила в Союз. Это были туристические наезды. Группы ночевали в специальных поездах. Дамы носились по магазинам, дорвавшись до эстонского трикотажа, а мужики хлестали дешевое пиво. С людьми почти не общались и об эстонцах судили по анекдотам и рассказам, из которых следовало, что представители маленького северо-западного народа отличаются угрюмостью и говорят не больше трех слов в сутки. А Вольдемар за десять минут общения полностью зачеркнул привычный стереотип. За этими веселыми размышлениями Петр Григорьевич не заметил, как добрался до Чистых прудов.

Грыжин прохаживался генеральской походкой возле их офиса и, завидев знакомый «Сааб», встал возле дверей, широко расставив ноги.

— Это мой партнер. Он человек серьезный, генерал и в ремонтных делах смыслит больше меня, — представил Ерожин Ивана Григорьевича бригаде.

— Ладно, Петя, показывай, кого привез? — пробасил Грыжин, внимательно изучая прибывших. — Ты их по масти своей подбирал или как? — поинтересовался он, оглядев белобрысую компанию.

— Это, Иван Григорьевич, наши эстонские друзья. Мне их рекомендовали как классных строителей, а совпадение масти — чистая случайность, — ответил Ерожин.

— Господа свободные чухонцы... Представители дальнего зарубежья. Какая честь! — поклонился Петр Григорьевич и распахнул дверь.

— Что фы хотите? — спросил Вольдемар, после того как с бригадой обошел комнаты, заглянул в бывшую кухню и осмотрел все закоулки.

— Мы хотим иметь нормальный офис, — ответил Ерожин.

— Это сафисит, курат, от фаших финансовых фосмошностей, — пояснил Вольдемар.

— Что еще за курат? — не понял Грыжин.

— Курат — самое страшное эстонское рукательстфо, — объяснил Вольдемар.

— Понятно, что-то вроде «мать вашу»... — обрадовался генерал.

— В перефоте на русский это слофо опосначает черт. — терпеливо растолковал эстонец.

— Хватит лингвистики, — усмехнулся Ерожин. — Бригадир интересуется нашими возможностями.

— Пускай скажет сколько надо, а «фосмошности» мы отыщем, — заверил Иван Григорьевич.

— Тафайте прикинем, — ответил Вольдемар и достал из кармана блокнот. — Полы мошно положить паркетные, а мошно опойтись кофролином.

— Обойтись ковролином, — пояснил Ерожин, заметив удивленный взгляд Грыжина. Петр Григорьевич уже начал привыкать к акценту бригадира, в то время как генерал половины из сказанного понять не мог.

— Если стены опклеить опоями, путет меньше рапоты. Пот краску нато вырафнифать тольше. Но теперь в офисах принято красить. Пойтем тальше. Сантехника пыфает расная. Пыфает торогая, пывает потешевле. Ну и конешно тфери и окна. От них много сафисит. Я тумаю, что цена ремонта колеплется от пятитесяти тысяч крон то ста пятитесяти. — Что-то записав для памяти, Вольдемар захлопнул свой блокнот.

— Ты можешь сказать в человеческих деньгах? — не понял Грыжин.

— Если тля фас толлары считаются теньгами человеческими, пошалуйста. Ремонт этого помещения опойтется фам от трех до тесяти тысяч толлароф.

— Ну что, Петро, сделаем по первому классу?! — подмигнул Грыжин.

— Расходы пополам, — согласился Петр Григорьевич.

— Нам пора, — поглядев на часы, заторопился бригадир.

— Что, вас там надсмоторщик с плеткой ждет? — удивился Грыжин.

— Нас никто не штет, кроме рапоты, — улыбнулся Вольдемар. — Плетка нушна тля скотины, а мы люти.

Вернув строителей на их объект, Ерожин решил все же добраться до Севы Кроткина. Он свернул с Садового кольца на Кутузовский проспект. Машин в воскресенье было не так много, и Петр Григорьевич придавил до сотни. Когда Ерожин подъезжал к Рублевке, зазвонил мобильный.

— Ты где? — Голос Нади звучал тревожно.

— Что опять приключилось? — забеспокоился Ерожин.

— Петя, у нас гости. Приезжай как можно быстрее, — попросила Надя.

— Какие гости?! Я никого не звал, — удивился он.

Надя по телефону отвечать не хотела.

— Больше ничего я тебе сказать сейчас не могу.

— Хорошо, лечу, — пообещал Петр Григорьевич и, нарушая правила, крутанул через осевую.

Подкатив к своей башне, Петр Григорьевич вышел из машины и, было, шагнул к подъезду, но что-то его остановило. Глаз сыщика зафиксировал нечто такое, чего быть не должно. Ерожин огляделся и понял, что внимание его привлек новгородский номер машины. Старенькая, забрызганная грязью «трешка» притулилась возле автоматной будки. Подполковник медленно обошел вокруг «жигуленка».

«Суворов приехал», — догадался он и влетел в подъезд. Как только Надя открыла дверь, Петр Григорьевич со словами: «Где Витька», не раздеваясь, ворвался в квартиру.

— Он не один, — сказала Надя вдогонку и подумала: «Откуда муж узнал? По телефону она имен не называла».

Виктор Иннокентьевич Суворов устроился на диване. Рядом с ним сидел молодой человек, сильно смахивающий на хозяина квартиры.

— Знакомься. Твой сын, — натянуто улыбнулся криминалист, вставая навстречу Ерожину.

— Гриша, — прошептал Петр Григорьевич и застыл на месте.

―――――――

15

Низкое небо, сливаясь с Волгой, туманной пеленой скрывало противоположный берег. От реки тянуло холодом, и Шура, поежившись, вошла в дом и уселась у окна. Алексей с утра уехал в город на свою фирму. Он собирался звонить в Москву, и на женщину вновь нахлынули грустные мысли.

В последнее лето Шура сильно изменилась. Не то чтобы внешне, хотя морщинок возле глаз у нее прибавилось. Женщина стала задумчивой, часто уходила в себя, и когда к ней обращались, не сразу реагировала. Изменился и Алексей. Супруг Шуры наоборот как-то расцвел, помолодел и еще энергичнее принялся за работу. Сдав сессию, невестка забрала внука. Без ребенка Шура еще больше приуныла. К малышу она сильно привязалась и очень без него скучала. Став свекровью, Шура понимала, что молодым хочется пожить своим домом, и старалась не доставать Антона с невесткой частыми приглашениями. Молодые и так являлись на выходные, если не затевали встреч с друзьями.

Но перемены в характере Шуры происходили по другой причине. Шура часто спускалась к Волге и, усевшись на скамеечку лодочного причала, возвращалась в памяти к тому июньскому вечеру. Но осенью у воды холодно и на пристани не посидишь.

В июне маленький Лешенька был еще с ней. Невестка Нина сдавала экзамены и зачеты. В тот вечер они остались вдвоем с внуком. Алексей уехал в очередную командировку. Он закупал стройматериалы для своей фирмы и разъезжал много. Вечер стоял теплый, и Шура запомнила закат. Солнце опускалось за степь кроваво-красным шаром. В те дни на душе женщины было легко. Открыв Петру Ерожину свою тайну, Шура избавилась от изнуряющего страха, что томил ее много лет. А потом Петр телеграфировал, что преступницы на свете больше нет и Шура совсем успокоилась. Поэтому, когда Стенька принялся остервенело брехать, она спокойно уложила Лешеньку в кроватку и вышла в сад. У калитки стояла девушка. Шура помнила, как поразилась ее красоте. В свете красного заката белые волосы незнакомки отсвечивали розовым, а загадочные темные глаза мерцали из-под черных бровей. Шуре почудилось, что она видит фею из сказки.

— Кого-нибудь ищете? — приветливо улыбнулась Шура.

— Вы Александра Васильевна Ибрагимова? — строго спросила девушка.

Шура вздрогнула. Эту фамилию она давно не слышала и старалась забыть.

— Меня действительно зовут Александрой Васильевной. А Ибрагимовой я звалась при первом замужестве, и это было очень давно. Теперь я Ростовцева.

— Я приехала издалека, чтобы на вас посмотреть, — медленно проговорила блондинка и остановила на Шуре вгляд своих удивительных темных глаз.

— Меня вы знаете, а я вас нет. — Шура почувствовала, как у нее холодеет сердце.

— Я — Надежда, считаюсь Аксеновой, — продолжая рассматривать Шуру, представилась девушка. — Но вам известна моя настоящая фамилия.

Шура подбежала к калитке, открыла ее и, бросившись перед молодой красавицей на колени, обхватила ее ноги.

— Прости меня, девочка. Я всю жизнь казнила себя. Что я теперь могу изменить?! Ну хочешь убей. Я заслужила.

У Шуры началась истерика. Надя попыталась поднять женщину, но та продолжала рыдать, вцепившись в ее платье.

— Хватит. Перестаньте. Я сейчас уйду, и вы больше меня никогда не увидите. Я должна была поглядеть в ваши глаза, — сказала Надя, пытаясь освободиться.

Наконец Шура справилась с собой, поднялась и, обняв Надю за плечи, сказала:

— Куда ты пойдешь на ночь глядя? Останься хоть до утра. — Надя осталась и прожила в домике над Волгой чуть ли ни месяц.

Первую ночь они делились воспоминаниями, рассказывая друг другу все, что накипело и наболело у обеих. Надя хотела как можно больше узнать о своей родной матери. Но хорошего о ней Шура сообщить не могла, а плохого не хотела. О первом муже женщина говорила с большей охотой.

— Я убила Вахида чужими руками. Фатима утопила приемного отца и еще похвалялась этим по телефону, — призналась Шура.

Они с Надей той ночью даже выпили водки. Надя ехала сюда с ожесточением, а неожиданно нашла тепло и нежность. Шура не знала, как искупить свою вину. Она понимала, что пережила подмененная тройняшка, и пыталась утешить ее как могла.

— Поживи у нас, пока не уляжется боль в твоем сердечке.

Надя подумала и согласилась. Под утро гостья уснула и проспала почти сутки. Шура позволить себе этого не могла: она должна была кормить и пеленать внука. Надя проснулась к вечеру, и за ужином они опять говорили и говорили. Тогда Шура и высказала свое сомнение насчет отцовства Вахида.

— Если бы ты была его дочь, Аксеновы через год бы все поняли и меня разыскали. Я поэтому и пряталась. Все боялась — придут и спросят ответа. А пришла ко мне убийца Фатима.

На второй день они гуляли по берегу Волги. Надя плавала и нежилась на теплом песке. Шура глядела на дочку своей бывшей соперницы и не уставала восхищаться ее красотой. На берегу никто не купался. Молодежи в деревне не осталось, а старики без дела к воде не подходили. Надя плавала без купальника. Она не предполагала так проводить время и принадлежностей для отдыха не взяла. Шура глядела на точеную фигурку юной гостьи и в который раз на ум приходило, что перед ней сказочная фея: «Интересно, с кем из русских спуталась Райхон. От кого она родила такую красавицу?»

Про Ерожина Надя молчала. Она сама не знала почему. О прошлом она говорила с Шурой легко и с удовольствием, а о Петре стеснялась. Девушка сама не понимала, что с ней. Отчего она не предупредила Петра о поездке к Шуре? Не рассказала о письме Фатимы? То злосчастное письмо она нашла в своей сумке. Сумка валялась на даче неделю. Девушка забыла ее там и прихватила с собой в тот роковой день, когда Петр застрелил Фатиму. Письмо она обнаружила и прочитала, когда Фатимы в живых уже не было. Своей подписи Фатима не оставила, но в письме скопилось столько злобы и желчи, что автора Надя определила сразу.

— Ты, черножопая тварь, заняла мое место, — писала Фатима Наде. — Ты купалась в ласке и заботе, а я воровала на базарах, чтобы не сдохнуть с голоду. Твой родной папочка Вахид с пятнадцати лет лез ко мне под юбку. — Из отвратительного и очень подробного послания Надя узнала и адрес Шуры. Фатима писала с умыслом. Она пыталась вызвать у адресата ненависть к бывшей акушерке. Даже мертвая, она продолжала пакостить. Но вопреки замыслу Фатимы, Надя с Шурой подружились.

Наплававшись и поджарившись на солнце, они под вечер собрались домой. Что Алексей вернулся, Шура поняла, увидев машину, еще по дороге. Старый «жигуленок» муж давно сменил на микроавтобус «Фольксваген». Малолитражка не удовлетворяла нужд фирмы, а держать несколько автомобилей Алексей считал накладным.

Хозяйка представила супругу юную гостью. За ужином Шура заметила, с каким интересом Надя посматривает на ее мужа. Да и Алексей время от времени бросал на гостью восхищенные взгляды. Шура с затаенной ревностью наблюдала, как между ним и девушкой возникает безмолвный союз. На другой день после завтрака Алексей предложил гостье показать их районный центр и свою фирму. Девушка охотно согласилась. Шура осталась одна с внуком. Они с Алексеем прожили много лет и ни разу за все эти годы от ревности Шура не страдала. Алексей ее любил. И его любовь она чувствовала всем своим бабьим нутром. А тут ее словно подменили. Пока Алексей с Надей не вернулись, Шура не находила себе места. Даже первые шаги маленького Алешки, которые малыш сделал, держась за ее юбку пухлыми пальчиками, не привели Шуру в восторг. Внука моложавая бабушка обожала, и такое событие раньше никогда не оставило бы ее равнодушной. Виду Шура старалась не подавать, но исподтишка наблюдала за каждым словом и взглядом Нади и Алексея.

На второй день они общались между собой так, будто были знакомы много лет. Через неделю Надю трудно было узнать. Правда, тут имел место и загар. Кожа девушки от солнца сделалась золотисто-смуглой, а волосы еще сильнее побелели. Но помимо загара Надя порозовела, стала чаще улыбаться. От напряженной, перенесшей стресс незнакомки, которой Шура открыла калитку, следа не осталось. На глазах Надя превращалась в веселого шаловливого ребенка. Как-то вечером Алексей с гостьей сидели в беседке и тихо говорили. Слов Шура разобрать с террасы не могла, но по голосам чувствовала, что разговор у мужа с девушкой не напоминает болтовню малознакомых людей. Шура не выдержала. Она на цыпочках пробралась в кладовку, стараясь не скрипеть петлями, приоткрыла маленькое окошко. Оконце кладовки выходило прямо на беседку. Шура затаилась и, красная от смущения — подслушивать она не привыкла, — ловила каждое слово мужа и Нади.

— Ну ты и стерва! — удивленно проговорил Алексей.

— Почему стерва? — не соглашалась Надя. — Может, он меня видеть теперь не хочет?

— С чего ты взяла? — услышала Шура вопрос супруга.

— Хотел бы — нашел, — настаивала девушка.

— Как? Ты же никому не сказала. Удрала и все. И еще домой позвонила, чтобы тебя не искали, — убежденно доказывал Алексей.

— Ты думаешь, он говорил с бабушкой? — неуверенно спросила Надя.

— Вот, они уже на ты! — сгорая от ревности, отметила Шура. — Но о чем спорят?

Разговор мужа с гостьей вовсе не походил на флирт двух влюбленных. И как бы отвечая на вопрос жены, Алексей вдруг спросил у Нади:

— Ты уверена, что его любишь?

— Больше жизни, — убежденно ответила девушка.

Шура облегченно вздохнула. Алексей обсуждает с Надей ее сердечные чувства. Только странно, почему она мужу свои тайны доверяет, а ей нет? Шура осторожно прикрыла окошко и тихонько отправилась на кухню готовить ужин.

Удостоверившись, что у ее супруга с молодой гостьей отношения вовсе не альковные, Шура на некоторое время вновь обрела покой и прекрасное расположение духа. Она даже стала больше следить за собой, не забывая по вечерам о возможностях косметики.

— Тебе общение с москвичкой идет на пользу, — улыбнулся Алексей. — Ты у меня похорошела.

«Не похорошела, а намазалась, дуралей», — хотела ответить Шура, но вместо этого томно повела очами и кокетливо произнесла:

— Ты хвост распустил, я — в ответ.

Ночью Шура завела мужа. Она еще перед тем, как улечься в постель, уселась в кресло с книжкой. Халат, что супруг ей привез недавно в подарок, как бы случайно раскрылся. Если на лице женщины при ярком свете можно было различить сеточку из морщин, то ноги и бедра у Шуры не старели. Алексей пару раз взглянул на жену, укладываясь под одеяло, потом не выдержал, встал, сгреб ее в охапку и, содрав халат, бросил на мягкие пружины их супружеского ложа. Шура сначала, как бы нехотя, обняла его, потом не выдержала и стала целовать, тереться своей грудью о светлую шерсть на его груди. И они, словно любовники, половину ночи не давали друг другу спать. Засыпая, Алексей поцеловал ее и тихо шепнул: «Вот если бы ты мне родила дочку…»

Наутро за завтраком он поглядывал на жену и улыбался. Шура смущенно отводила взгляд. Выказывать свои чувства при Наде женщина стеснялась.

Дни шли, и беспокойство к Шуре вернулось. Дружба Алексея и красивой девушки становилась слишком странной. А главное, таким веселым и светящимся изнутри Шура супруга давно не видела. Таким он был в первые годы их совместной жизни.

Пришла осень. Надя давно уехала. Алексей часто разговаривал с москвичкой по телефону, и от него Шура узнала, что Надя вышла замуж за Петра Ерожина. Это известие женщину вовсе не обрадовало. Она стала подозревать, что Наде нравится подобный тип мужчин. Ее Алексей и Ерожин были чем-то похожи. Но если они похожи, то вполне вероятно, что и Надя произвела на ее мужа сильное впечатление. Что, если он влюбился и скрывает? Алексей мужик порядочный. Это не Вахид. Он способен на весь остаток жизни глубоко запрятать свое чувство и жить с женой, считая это своим долгом. «Вот вернется с работы, и я поговорю с ним начистоту», — подумала Шура, глядя из окна своего дома на темнеющий сад. На улице смеркалось, хотя не было еще и пяти вечера. Алексей приехал довольный:

— Твой Ерожин получил помещение под частное сыскное бюро, и я ему для ремонта классных ребят сосватал.

— Ты звонил Наде? — как бы между делом поинтересовалась Шура.

— Она мне позвонила, а потом я позвонил твоему Петру. Он очень удивился, откуда у меня его телефон! — рассмеялся Алексей.

— Почему Надя скрывает, что гостила у нас? — спросила Шура.

— Сама у нее выясняй, — ответил Алексей и потребовал ужина. На фирме перекусить он не успел и пришел голодный.

Поставив перед мужем тарелку с едой, Шура уселась напротив. «Вот сейчас я его спрошу. Пусть начистоту выкладывает, кого любит. Меня или Надю?» — Но вместо этого улыбнулась и предложила:

— Чай будешь или кофе?

— Вина! — крикнул Алексей. — Я оставил бутылку итальянского в машине. Сегодня нашему внучку год! Давай, бабулька, отметим. Классного сына ты мне вырастила!

— Я и забыла! Не поздно звонить Антошке? Господи, какой же я с тобой стала дурой! — призналась Шура и пошла к буфету за шоколадным набором.

————————

16

Нателла Проскурина проснулась от жадного мужского взгляда. Руслан сидел у нее в ногах и, не отрываясь, смотрел актрисе в лицо. Заметив, что примадонна открыла глаза, чеченец бросился на нее и стал целовать, приговаривая:

— Богиня, царица, сахарная моя! Ты не понимаешь, как трудно горячему южному парню спать с женщиной, как евнух?! Я всю ночь глаз не сомкнул...

— Врешь, еще как храпел. Это тебя телефон разбудил, — потягиваясь, заметила Проскурина.

— Ты меня пожалеть не хочешь! Я для тебя все делаю, а ты меня мучаешь. Вот возьму с горя и уеду в горы. Буду сражаться вместе с братьями. Убьют меня, тогда поймешь. Поймешь, какой был Руслан щедрый! Как любил тебя! Ничего не жалел для тебя! — продолжал бубнить Ходжаев, покрывая поцелуями грудь и живот Проскуриной.

— До чего же ты нудный, Руслан. Если так приспичило, трахнул бы меня ночью... — зевнула Нателла и, оглядевшись, заметила на тумбочке брошку с бриллиантом, подаренную ей накануне: — Ладно, так и быть, иди. Только по-быстрому.

— Я от тебя ответной страсти хочу! Любви хочу, богиня! — Сорвав с Нателлы одеяло, чеченец обнял актрису.

Проскурина лениво раздвинула ноги и прикрыла глаза. Играть ответную страсть примадонна сегодня была не в настроении.

— Хочешь, я повезу тебя на гастроли в Питер на белом «Мерседесе»? — предложил Руслан, когда они спускались по лестнице из его квартиры.

— Не стоит отрываться от коллектива, — заявила Нателла. — Ты приезжай на машине вечером. Будешь меня по городу катать. Я давно в Петербурге не была.

—Как скажешь, богиня. — Руслан галантно распахнул дверцу и, усадив Проскурину, занял водительское место: — Куда прикажешь, богиня?

— Отвези меня домой. Надо к гастролям готовиться — тряпки погладить, башку помыть. Нас из общаги прямо в автобус — и вечером первый спектакль.

Театральное общежитие находилось через два дома от театра. Ходжаев довез Проскурину, дождался, пока она скроется в дверях, и поехал в банк. Руслан давно намеревался вложить часть денег в камни и золотишко и припрятать их на «черный день». Хорошо иметь затаенную заначку тысяч на пятьдесят зеленых. Он втихаря прикупил дачку под Питером, где в саду можно было бы и закопать маленькую коробочку. «Жизнь может по всякому повернуться, — рассуждал Ходжаев, — сегодня ты туз, а завтра как Аллах решит». Можно не ломать голову, а зарыть в землю банку «зеленых», но чеченец любил золото.

По телефонному разговору с Зойкиным приятелем Руслан почувствовал, что имеет дело с тертым мужиком.

— Не привезешь баксы, облизнешься, — сурово предупредил его друг Зои Куропаткиной, и Ходжаев понял, что с ним не шутят.

У Руслана промелькнула мыслишка взять корешей и добыть цацки старым добрым способом, а продавца закопать в лесочке. Но осторожный чеченец не хотел посвящать в это дело никого, даже своих пацанов. Когда люди знают, что у тебя есть золотишко, они перестают спать по ночам и все думают, как это золотишко из тебя вытрясти. Поэтому Ходжаев пришел к решению — платить. Конечно, надо постараться опустить продавца. Опустить, сторговаться и разбежаться в стороны. Ни тому, ни другому шум не нужен. Зойку Руслан видел насквозь. Хозяина буфетчица побаивалась, и Ходжаев был уверен, что, зная его связи среди уголовников, баба на подставу не пойдет. Лихо подкатив к банку, Руслан с визгом притормозил свой «Мерседес» и, кивнув охраннику Сосо, вразвалочку миновал подъезд и направился в кабинет директора. В приемной за столом сидела секретарша Марина и сосредоточенно трудилась пилочкой над своими ноготками. Чмокнув Марину в щечку и внимательно изучив в разрезе блузки видимую часть ее прелестей, чеченец кивнул на дубовую директорскую дверь:

— Анчик свободен?

Анчик свободен не был. В его кабинете сидел Больников. Потягивая из маленькой чашечки густой турецкий кофейный отвар, заместитель мэра договаривался о кредите для своего зятя. Руслан подвинул посетительское кресло вплотную к секретарскому и уселся рядышком с Мариной. Почувствовав на своей коленке горячую чеченскую руку, Марина отложила пилочку для ногтей и, поглядев на Ходжаева невинным бирюзовым глазом, предупредила:

— Анчику скажу.

— Я же по-дружески, — томно соврал Руслан, но руку с колена Марины снял.

Наконец Больников договорился и вышел. Руслан резво покинул уютное кресло и быстро просочился сквозь двойные дубовые двери. Расцеловавшись с банкиром, чеченец уселся за директорский стол и, заметив пачку сигарет «Парламент», ловко закинул одну себе в рот.

— Руслан, ты же не куришь? — удивился хозяин кабинета.

— Свои, Анчик, не курю. Свои... — пояснил Руслан и, затянувшись, перешел к делу: — Брат, мне надо наличными штук пятьдесят.

— Надо, значит, будут. Чай? Кофе? Коньяк? — поинтересовался директор и, пока чеченец раздумывал, включил кнопку местной связи и что-то сказал своему служащему по-грузински.

Анчик говорил почти на всех кавказских диалектах и на службу в банк принимал только южан.

Ходжаев от угощения отказался. Он спешил. Руслан планировал поскорее закончить сделку, после чего сразу рвануть в сторону Питера. Он намеревался успеть заехать на свою дачу, припрятать там купленные цацки и прибыть в театр к той части пьесы, где его Нателла блеснет в об-

156

разе обманутой проститутки. Пропустить сцену, где примадонна с отвращением отдается подлому злодею, да еще в Питере, чеченец не мог.

— Надеюсь, грюны не на «калашникова»? — безразлично поинтересовался Анчик.

— Ты что, брат? — удивился Руслан.

— Кто тебя знает, ты же говорил, что хочешь помочь своему народу... — усмехнулся банкир.

Минут через пять в кабинет явился огромный бородатый грузин. Положив пакет на стол, великан молча удалился.

— Все, что ты просил, — улыбнулся Анчик.

Проходя мимо Марины, Руслан нежно провел по спине девушки ладонью и поцокал языком. Выйдя на улицу, он уселся в «Мерседес» и распихал доллары по карманам. Покончив с купюрами, Руслан завел машину и газанул так, что из-под покрышек пошел дым. До встречи оставалось минут тридцать. Сразу к Зойке чеченец не поехал. Он подрулил к небольшому ресторанчику, откуда вчера хозяин Арно доставил ему на дом шашлыки по-карски. Арно сидел в маленьком кабинетике и на допотопных счетах проверял вчерашнюю выручку. К современной электронной технике Арно относился с подозрением и доверял только своим костяшкам.

— Миллионы считаешь? — вместо приветствия съязвил чеченец.

— Вах! Какой мильены?! — возмутился Арно. — Слушай, каждый день родственники и друзья. С друга денег не возьмешь. Налоговые, менты, санэпидемстанция — все на халяву. В убытке Арно. А ты мильены...

— Я к тебе на халяву никогда не ходил, — напомнил Руслан.

— Ты чеченец. Чеченцы народ гордый, — похвалил Арно.

Слова Арно Руслану понравились, он обнял владельца ресторана за плечи и тихо попросил:

— Помоги, друг.

— Говори. Что в моих силах, всегда сделаю. Ты Арно знаешь.

— Мне на несколько дней надежный ствол нужен, — тихо сказал Ходжаев.

— Зачем тебе ствол? Твои мальчики все со стволами, — удивился Арно.

— Хочу одно дельце в одиночку провернуть, а ствол для страховки, — объяснил Руслан.

— Слушай, ты случайно не на Кавказ собрался? — подозрительно взглянув на Ходжаева, поинтересовался Арно.

— Что вы сегодня все сговорились? Сказал, для страховки... — раздраженно повторил чеченец.

Хозяин ресторана вздохнул, открыл сейф, достал оттуда небольшой пистолетик и протянул Руслану:

— Осечки не дает. Бьет тихо. В обойме пять зарядов. Обойма полная. Только учти, Руслан, оружие зарегистрировано. Если что, ко мне придут. Не подставляй друга.

— Не волнуйся, Арно. Не подведу, — заверил Ходжаев, пряча пистолет в карман.

Руслан въехал в подворотню Зои Куропаткиной без опоздания. Ловко развернув машину так, чтобы смыться можно было без задержки, чеченец еще раз потрогал пистолет. Оружие удобно лежало в левом кармане. Ходжаев был левша и стрелял неплохо. Затем он запер «Мерседес» электронным замком, внимательно оглядел двор и только после этого подошел к дверям квартиры Куропаткиной.

— Кто? — спросила Зоя испуганно. Но, услышав голос хозяина кафе «Русич», сразу открыла.

Впустив гостя, Зоя высунула голову, осмотрелась и только после этого захлопнула за Русланом дверь. В прихожей хозяйка попыталась помочь Ходжаеву раздеться.

— Сам справлюсь, не девушка, — проворчал чеченец и, войдя в комнату, уселся за стол: — Ну где твой Монте-Кристо?

— Должен быть с минуты на минуту, — заверила Куропаткина. На столе лежала отломанная шоколадка и стояла початая бутылка коньяка «Белый аист». Обе рюмки были наполнены.

— Покушаешь? — предложила Куропаткина гостю.

— Из моего буфета?! — усмехнулся Ходжаев. — Лучше не надо.

— Тогда рюмочку. Коньячок хороший, сама с утра потягиваю, — сказала Зоя и быстро опрокинула рюмку коньяка в рот. Не успела она отломить шоколадку на закуску, как в окно постучали:

— Вот и Кадик. — Зоя быстро подошла к двери, впустила Кадкова, и тот не спеша разделся.

Эдик был выбрит, прекрасно одет и благоухал дорогим мужским парфюмом. Мужчины поздоровались и уселись за стол. Руслан одну руку держал в левом кармане, другую положил на скатерть и наблюдал. Эдик молча извлек из одного кармана небольшой узелок, затем из другого еще один, немного подождал и полез за третьим. Все три узелка он разложил на столе и стал долго и аккуратно их развязывать. Ходжаев молча ждал. Кадков высыпал содержимое узелков. Низкие окна квартиры Куропаткиной много света не пропускали, и, чтобы к ней не заглядывали, Зоя всегда жила при электричестве и с задвинутыми шторами. Золото, камни в кулонах, браслетах и перстнях мерцали в электрическом свете, притягивая взгляд чеченца. Ходжаев добыл из кармана лупу и прибор, определяющий ультрасветом подлинность камня, и принялся обследовать украшения. Эдик выпил рюмку коньяка и налил другую, отслеживая при этом все движения Руслана. Вторая рюмка, до краев заполненная коньяком, так и стояла нетронутой.

Руслан увлеченно изучал каждую вещицу. Проверенное чеченец откладывал в сторону. Постепенно эта кучка росла.

— Сколько за все? — спросил Руслан, когда украшения снова оказались в одном сверкающем холмике.

— Стольник, — отрезал Кадков. Зоя сидела на тахте и издали широко раскрытыми глазами смотрела на мужчин.

— Стольник много. Тут камней каратов на двадцать и граммов сто пятьдесят золотишка, — прикинул чеченец. — Тридцать, хорошая цена.

Кадков расправил свои платочки и стал медленно укладывать украшения назад в узелки.

— Ладно. Тридцать пять, — прибавил чеченец. Кадков не реагировал.

— Пятьдесят. Но учти — больше ты нигде не

получишь, — предупредил Ходжаев, и на этот раз его голос звучал искренне.

Эдик посмотрел на чеченца долгим испытывающим взглядом своих желтоватых глаз, — уголки его губ скривились в еле заметную усмешку — и резким движением подвинул все украшения к Ходжаеву. Руслан правой рукой полез в карман за деньгами, продолжая левой придерживать пистолет. Эдик добросовестно считал купюры и складывал в пачки. Наконец, завершив подсчеты, мужчины пожали друг другу руки. Но и в этот момент левая рука Руслана не покидала кармана пиджака.

— Махнем по одной за нашу сделку, — предложил Эдик и поднял рюмку.

— Вообще-то мне ехать, но одну можно, — согласился Ходжаев. «Штук двадцать зеленых я наварил, грех не отметить», — порадовался он про себя и, чокнувшись с продавцом, выпил.

— Зойка, быстро сюда с тряпкой, — крикнул Кадков, наблюдая, как закатываются глаза чеченца. — Он сейчас от этой дряни наблевать может. Тряпку под морду подложи.

Куропаткина только успела исполнить приказание и подсунуть тряпку, как чеченец уронил на нее голову.

— Готов, — констатировал Эдик и принялся за карманы покупателя. На скатерть вернулись украшения, затем по порядку стали добавляться ключи от машины, ключи от дома, портмоне с документами и рублями, электронная записная книжка, мобильный телефон и, наконец, из левого кармана появился небольшой черный пистолет. Все это Кадков тщательно осмотрел. В пистолете проверил наличие патронов, посчитал рубли в бумажнике и покрутил в руках банковскую карту. Полюбовался на визитные карточки с золотым тиснением. Телефоном он пользоваться пока не умел, поэтому сразу отложил в сторону. Одна бумажка очень заинтересовала Кадкова. Он развернул ее и внимательно исследовал. Заинтересовала Эдика банковская квитанция. Ходжаев уплатил налог за недвижимость. На бумажке значился адрес: Ленинградская область, поселок Толмачево, Лесная, двенадцать. Кадков ухмыльнулся и припрятал бумагу в карман. Зоя застыла возле стола бледная и беззвучно шевелила губами.

— Что ты там шепчешь, дура? Давай его на тахту, пока не задубел.

Они вдвоем подняли Ходжаева, доволокли его до тахты и кое-как уложили.

— Раздеваем быстро! — раздраженно приказал Эдик, заметив, как трясутся руки Зои. Вдвоем они минут за пятнадцать стянули с покойника одежду.

— Неси мое тряпье, — потребовал Эдик.

Зоя побежала в чуланчик возле кухни и принесла брюки, телогрейку и грязную водолазку. Водолазку напялить на Ходжаева оказалось самым трудным. Пришлось повозиться и с обувью. Тюремные опорки Кадкова не хотели держаться на шелковых носках Руслана.

— Теперь поняла, почему я тебе не велел выбрасывать мой лагерный прикид? — усмехнулся Эдик, удовлетворенно оглядывая бывшего хозяина кафе «Русич», превратившегося после переодевания в грязного бомжа.

— Что дальше будем с ним делать? — в у...
шепнула Зоя. Но в ее страхе, расширенных зра...
ках, нездоровом румянце, учащенном дыхании
помимо ужаса читался тайный восторг. Масса драгоценностей и пачки долларов пьянили буфетчицу.

— Неси клеенку, молоток или топор, — сказал
Эдик и, бережно достав из кармана вчетверо сложенную казенную бумагу, запихнул ее за пазуху
чеченцу.

— Зачем топор, Кадик? — испугалась Куропаткина.

— Будем делать ему лицо, — страшным шепотом пояснил Кадков и, поглядев на побледневшую буфетчицу, расхохотался.

— Кадик, может быть, не здесь, — взмолилась
женщина, — кровищи, потом не отмою...

— Именно здесь и сейчас. Потом будет поздно, — со знанием дела возразил Эдик.

В сумерках воскресного вечера белый «Мерседес» чеченского предпринимателя медленно выехал из Зойкиной подворотни. Не нарушая правил
дорожного движения и не превышая скорости, он
выбрался за город и покатил к кольцевой автодороге. Заехав на эстакаду, «Мерседес» остановился.
Водитель переждал, пока колонна тяжелогруженых фур одолеет мост, и вышел. Открыв багажник, он огляделся и вытянул оттуда тело одетого в
лохмотья мужчины, подтащил его к бетонному ограждению и спихнул вниз. Проследив, как тело
шмякнулось на асфальт, водитель уселся за руль
и, лихо развернувшись, помчал назад.

17

Известно, что любой человек рождается раз в году. Конечно, по-настоящему рождается он один раз в жизни, но отмечает эту знаменательную дату ежегодно. Добропорядочный обыватель, с интересом исследуя новый календарь, смотрит, на какой день недели приходится его главный праздник. Если дата рождения выпадает на будни, он обычно старается перенести пир на выходные или на пятницу, чтобы друзья и близкие имели возможность выразить свое восхищение по поводу исторического факта и поднести новорожденному дары. У неразлучной троицы Антона Поперечного, Сани Волкова и Гены Овсеева подобных проблем не существовало. Они распевали старую песню военных лет, почитая ее за собственный гимн, при каждом удобном случае, и праздники отмечали еженедельно, не говоря уже о святом дне собственного рождения. Песня «Три танкиста, три веселых друга...» не только своей привязчивой и бодрой мелодией отвечала характеру компании, она и текстом весьма точно характеризовала веселую троицу. Разницу в том, что вместо танка они отправлялись на задание в «девятке» с российским гербом на дверцах и синим спецфонарем на крыше, друзья старались не замечать. Но во всем остальном песня пелась про них. И огневая мощь имелась в трех стволах табельного оружия, и смелость при погоне за врагом, то бишь нарушителем. Особенно в тех случаях, когда у друзей возникало подозрение, что от них улепетывают под градусом. А когда доводилось делить трофеи, тут можно сказать, что три друга демонстрировали верх благородства и удивительную щепетильность. Никто не утаивал и рубля от товарища.

В последний день осени угораздило народиться старшему лейтенанту службы ГИБДД Геннадию Овсееву. Экипажу «боевой» машины выпало дежурство. Кто другой, возможно, и расстроился бы, но только не веселая троица. И судьба, казалось, разделяла оптимизм молодых мужчин, и удача сама шла им в руки. Первый подарок явился в виде белоснежной «БМВ» еще до обеда. Друзья притаились в ста метрах от моста через реку Волхов. Водный рубеж, давший имя одному из героических фронтов Второй мировой войны, привлекал молодых людей долгой сплошной линией, разделяющей потоки автотранспорта. Автолюбители знают, а на прочих трем товарищам было в высшей степени наплевать, что сплошная линия запрещает обгон. С высокого берега священной реки Волхов, даже невооруженным глазом за несколько километров, маневр нарушителя хорошо просматривался. А веселая троица имела на вооружении два прекрасных военно-полевых бинокля. Поэтому подлый обгон белым лимузином занюханной «пятерки» был замечен еще за два километра от засады. Бритоголовый владелец «БМВ» слишком легко вынул из кармана пятьсот рублей одной бумажкой. Друзья заподозрили неладное и, усадив щедрого автолюбителя на заднее сиденье своей боевой машины, углубились в изучение документов. Награда не заставила себя ждать. «Кто ищет, тот всегда найдет», — поется в другой популярной песне примерно тех же лет, что и «Три танкиста...». Сергей Волков первым увидел, что машина имеет технический паспорт на одну фамилию, а на правах бритоголового стоит фамилия совсем другая. Хозяин предъявил доверенность, но документ неделю назад устарел. Дата на доверенности оказалась просроченной.

— Придется поставить ваше транспортное средство на штрафную стоянку, а вам заплатить штраф за езду без документов, — радостно сообщил Волков бритоголовому.

— И ехать выписывать новую доверенность, — участливо, словно он на стороне задержанного, добавил Гена Овсеев.

— Хозяин машины живет в Питере! Что я, пешком туда пойду? — возмутился владелец иномарки.

— Почему пешком? — тоном дурачка переспросил Антон Поперечный. — Тут и автобусное сообщение имеется, и поезд Санкт-Петербург — Новгород раз в сутки. А при деньгах и такси.

— Нет денег, можно и на попутке. У нас добрых людей много, — еще более участливо изрек Овсеев.

Бритоголовый почесал темечко и, оглядев компанию настороженным глазом, с опаской спросил:

— Сколько?

— Этого мы сказать не можем, — ушел от точного ответа младший лейтенант Поперечный.

— Дело совести, — жалостливо посоветовал Овсеев.

— Ладно, ребята, вот вам полста баксов — и я поехал, — предложил бритоголовый и полез в карман.

— Пойдем навстречу гражданину? — поинтересовался Овсеев у своих коллег.

— Ты сегодня именинник, тебе и решать, — высказал свое суждение Волков.

Возражений бритоголовый не услышал и, отдав зелененькую новорожденному, поздравил его и быстро зашагал к своему лимузину.

Белая «бээмвуха» оказалась первой ласточкой в сказочно удачном для троицы дежурстве. Остановив фуру и придравшись к изношенности протектора на резине грузовика, ребята получили откупного натурой. Ящик шведской водки перекочевал в багажник сине-белой «девятки» словно по щучьему велению. Закуска в виде десятка консервных баночек с черной и красной икрой была добыта между делом. Да и по полсотни баксов на брата получалось. К четырем часам вечера экипаж машины «боевой» оказался полностью экипирован и готов к праздничному застолью. Ребята не были жмотами, поэтому к пяти они засаду решили снять и направились к домику-посту, чтобы разделить радость рождения друга с коллективом. Как известно, осенние сумерки приходят рано. В начале шестого на улице стемнело. Гулять уже начали, хотя сильно напиваться до конца смены воздерживались. Пили понемножку, хорошо, не торопясь, закусывали и на дорогу смотрели редко. Без пятнадцати шесть на пост позвонил неизвестный и, не желая представляться, гнусавым голосом интеллигента сообщил, что под эстакадой развязки Новгород — Питер валяется труп. Причем валяется на проезжей части, и водителям приходится его объезжать. Овсеев выругался и как старший по званию, нехотя приказал ехать к месту. Три товарища, три уже довольно веселых друга, уселись в свою «боевую» машину и покатили к развязке. Гнусавый интеллигент не соврал. Прямо на дороге лицом вниз лежал грязный бомж без признаков жизни. Троица с брезгливым выражением на утомленных весельем лицах оттащила бомжа к обочине и стала совещаться. Начать скучную процедуру оформления, не сулящую друзьям ни малейшей выгоды, очень не хотелось. А если учесть, что на месте физиономии у дохляка наблюдалось бесформенное кровавое месиво и требовалось немало хлопот с опознанием, то и вовсе тоска. Антон Поперечный с присущей хохлам выдумкой и сообразительностью предложил интересный проект. Друзья посовещались и решили его исполнить. Они подкатили свою «девятку» к трупу так, чтобы с дороги он не просматривался, и стали ждать. Минут двадцать ничего подходящего на трассе не наблюдалось. Но удача сегодня явно сопутствовала друзьям и, долгожданный автомобиль появился. Грузовой «КамАЗ» с порожним кузовом послушно притормозил метрах в десяти от блюстителей порядка. Гена Овсеев пошел к водителю и вместо того, чтобы пригласить его в теплый салон дежурной «девятки», сам уселся к нему в кабину и стал нудно копаться в путевом листе. Задавая

168

вопросы не по существу и выслушивая заверения труженика дороги о том, что у него с бумагами полный ажур, именинник тянул время. Наконец Волков постучал в дверь «КамАЗа» и Овсеев, автоматически пожелав водителю «больше не нарушать», покинул кабину.

Ничего не понявший, но довольный тем, что отделался легким испугом, пожилой лысоватый шофер включил поворотник и, уныло посмотрев в боковое зеркальце, медленно тронул железную махину в сторону Питера.

— Куда он по маршруту? — спросил Поперечный, когда они, довольные результатом своего труда, мчались обратно к посту, чтобы продолжить праздник.

— В Тосно покатил, — ухмыльнулся Гена Овсеев, и друзья загоготали так, что Волков с трудом удерживал руль в руках.

День рождения, как поется в более современной песне, бывает «только раз в году», а если умножить это число на трех товарищей, то получится всего три. И каждый из новорожденных имеет право провести этот день весело и вместе с друзьями.

———————

18

Нельзя сказать, чтобы Петр Григорьевич Ерожин вовсе забыл о своем сыне. В первые месяцы после официального развода с Наташей он посылал в родной город деньги и передавал с оказией игрушки для ребенка. Но однажды Суворов был в Москве по делам и, позвонив Петру Григорьевичу, попросил его денег не посылать. Виктор Иннокентьевич объяснил это тем, что он и Наташа достаточно зарабатывают, а его лично помощь Ерожина унижает. Подполковник воспринял это нормально и продолжал посылать только игрушки. Мальчик вырос и интерес к машинкам, самолетикам и пистолетикам потерял. До Ерожина доходила информация, что криминалист блестяще заменил его в роли отца, и Грише даже повезло, что он получил такую замену. Петра Григорьевича в молодые годы назвать примерным семьянином можно было лишь в шутку. Переехав в Москву, подполковник бывшей жене не звонил и сына не навещал. «Если бы Наташа выразила желание, тогда другое дело, а насильно нарушать сложившееся равновесие новой семьи мне ни к чему», — оправдывал себя Ерожин и разыгрывать любящего отца на потребу окружающим не стал. И вот в его московской квартире сидит его родной сын, взрослый мужик Григорий Петрович Ерожин.

— Без твоей помощи, Петя, мы из этой западни не выпутаемся, — признался Виктор Иннокентьевич, перед этим детально рассказав, в какую историю они с Гришей попали.

— Странно, что снова выплыла квартира Кадкова, — задумался Петр Григорьевич. — Я не очень верю в мистику. Два убийства по одному адресу с интервалом в десять лет. Ты узнавал, когда освободился сын начальника потребсоюза?

— Я предвидел, что ты об этом спросишь. Справку заказал, но получить не успел. Слишком мало прошло времени и выпали выходные, — ответил Виктор Иннокентьевич.

Ерожин встал с кресла и кругами пошел по комнате. Он любил думать на ходу, и Суворов об этом помнил. Завершив очередной обход комнаты, Петр Григорьевич остановился у окна и, глядя на монотонную архитектуру своего микрорайона, тихо сказал:

— Надо работать...

— А что делать с сыном? — спросил Суворов.

— Ты стер отпечатки, а других улик против него нет, — вслух рассудил Ерожин.

— Отпечатки я стер. Но пистолет нашли в Гришкиной раздевалке. У меня стажируется девушка из Ленинграда. (Суворов продолжал называть город на Неве по-прежнему.) Она дотошная и старательная. Так вот, она уже работает по списку спортсменов. В этом списке Гришка есть. И про бутылку она знает. Знает, что отпечатки там были. Предположить, что такой старый волк как я по дури их утерял, трудно. Вот и думай, Петр. Несколько дней я смогу морочить голову Сиротину. Он не такой ушлый, как ты, но не идиот. Пистолет в раздевалке. Ерожин в списках. Слишком все просто.

— На это и рассчитывал стервец. — Петр Григорьевич уселся в кресло и стал думать над мотивом: — За что Гришку этот тип решил упечь в тюрьму?

— Идите на кухню. Пора обедать, — позвала Надя.

Два отца и сын послушно проследовали на маленькую кухню ерожинской квартирки и с трудом втиснулись на табуретки возле стола.

— А ты? — спросил Надю Ерожин.

— Я успею, — ответила молодая хозяйка, ловко ставя полные тарелки возле едоков.

Петр Григорьевич отметил, каким взглядом стрельнул сынок на его жену, и невольно улыбнулся. «Моя, ерожинская порода», — подумал он и почувствовал, как защемило сердце. Пожалуй, в первый раз отцовское чувство подполковника столь явно проявилось. Надя тоже поглядывала на Гришу. Но, кроме человеческого любопытства, ее взгляд ничего не выражал.

Петр Григорьевич отправлял в рот макароны с тушенкой — быстрей для трех голодных мужиков жена придумать блюда не смогла — и прокручивал известные факты: «Убит Крутиков. — Сержанта Сережу Крутикова подполковник помнил. Это был романтический парнишка, бравший на дежурство стихи Тютчева и Есенина. — Его убили, чтобы завладеть оружием. Это вполне логично и можно как рабочую версию принять. Потом происходит двойное убийство в квартире депутата. По словам Суворова, следов грабежа он не нашел. Нашел бутылку с отпечатками пальцев сына. Неужели для того чтобы засадить мальчишку, надо было так рисковать?» Затевая преступление против заметных фигур в обществе, преступник всегда рискует больше. Органы не жалеют времени и сил. Гораздо спокойнее ухлопать обыкновенного горожанина и так же подставить улики. Это в том случае, если мотивом является Григорий Ерожин. Больше всего не понравилась частному сыщику история со звонком девицы в день убийства депутата. Выходило, что преступление затеял не одиночка, а преступная группа.

— Что будем делать с парнем? — покончив с макаронами, повторил Суворов.

— Ты когда в дорогу? — в свою очередь поинтересовался Петр Григорьевич.

— Не позднее полуночи. Надо заехать домой, умыться и к восьми в управление, — прикинул криминалист.

— Надя, подложи Гришке добавку, если у тебя осталось, — заметив, как сын отлавливает последнюю макаронину в пустой тарелке, попросил Ерожин и повернулся к Суворову: — Не знаю, Витя. Оставляя его в Москве, мы таким образом отправляем Гришу в бега. Если об этом станет известно следователю, Сиротин уверится, — преступник — наш сын.

— Гриша, вы прямо как сын полка, — не выдержала Надя. — Уж больно странно звучит «наш сын» из уст двух мужиков.

— Надюша, подожди. Нам сейчас не до шуток, — пристыдил жену Ерожин.

Надя кивнула в знак согласия и больше реплик не вставляла.

— Думаешь, я не понимаю? — сказал Суворов, отвечая на рассуждения Петра Григорьевича. — Я это понимаю. Именно в бега. Но рисковать боюсь.

— Ты надеешься, пока парень отсидится, мы с тобой правду-матку раскопаем. Так? — Петр Григорьевич проследил, как Гриша принялся за добавку, и подмигнул Наде.

— Именно так, Петя. Мы должны правду-матку, как ты говоришь, раскопать, — подтвердил Суворов.

— А ты представляешь, как мы будем работать? — спросил Ерожин и сам ответил: — Работать мы будем подпольно. Никто не даст отцу и отчиму вытаскивать их чадо официально. На любые наши доказательства станут смотреть как на ловкую фальсификацию. Мы стороны заинтересованные, и нам веры нет. Мне в этом случае даже легче, я частное лицо. А ты работающий криминалист. И знаешь, от кого сейчас зависит судьба этого парня?

— От нас, — выпалил Суворов.

— Нет, Витенька, судьба нашего чада зависит от барышни-практикантки из Ленинграда. Вот с кем тебе предстоит разобраться, — Ерожин посмотрел в глаза криминалиста, стараясь понять, осознал ли тот его слова.

Виктор Иннокентьевич осознал. Он по дороге много думал на эту тему, но ничего путного придумать не сумел.

— Если мы решим, что Гриша останется, ты найдешь, где ему пожить? — спросил Виктор Иннокентьевич.

— Не пожить, а спрятаться, — уточнил Петр Григорьевич. — У меня Гришу не спрячешь. Ерожин у Ерожина! Хорошенькое укрытие. Надо подумать. — Подполковник стал перебирать знакомых или друзей, к кому можно было бы с такой просьбой обратиться.

— Я знаю, — сказала Надя.

— Что ты знаешь? — не понял Петр Григорьевич.

— Такое место. — Если бы Ерожин наблюдал в этот момент за своей женой, он бы увидел, как покраснели ее щеки. Но подполковник думал о проблемах Гриши.

— Ты помнишь деревушку под Самарой, где живут твои знакомые? — набралась смелости Надя.

— Ты о ком? — начиная кое о чем смутно догадываться, изумленно спросил Ерожин.

— О Шуре и Алексее.

— Звонок Ростоцкого твоих рук дело? — Ерожин с интересом посмотрел на жену. Оказывается, все-таки Надя ...

— Потом расскажу, — пообещала супруга Ерожину.

— Я не в таких близких отношениях с этой семьей, чтобы обременять их подобной просьбой. Укрывая Гришу, люди рискуют, — предупредил Петр Григорьевич, продолжая наблюдать за женой.

— Можно, я возьму это на себя? — предложила Надя, положив руку на плечо мужа.

— Валяй, если не шутишь, — согласился Ерожин.

Надя вынула из кармана Петра Григорьевича мобильный телефон и ушла с ним в комнату.

— Что тут у вас происходит? — спросил Суворов. — Какая деревушка под Самарой? Какой Алексей?

— Я тоже не все пока понимаю, но надеюсь разобраться, — признался Петр Григорьевич, продолжая находиться в состоянии легкого шока.

Не прошло и трех минут, как Надя вернулась на кухню:

— Все в порядке. Вашего сына, господа родители, под Самарой ждут.

— Отец, ты крутую девочку себе в жены нашел, — неожиданно подал голос Гриша.

— Она, между прочим, приходится тебе матушкой, — усмехнулся Петр Григорьевич и, подавая пальто жене, сказал: — Может быть, крутая девочка объяснит наконец глупому старому мужу, откуда она столь хорошо знакома с семьей Ростоцких?

— Придется, — пообещала Надя и, оглядев снизу вверх своего пасынка и двух отцов, добавила: — Но сначала проводим вашего сына.

———————

...

19

В осенний воскресный вечер, когда Суворов и
Надя с мужем пристраивали Гришу Ерожина в
поезд на Казанском вокзале, сестра Нади Люба
стояла на перроне Ярославского. Сестер разделяла площадь трех вокзалов и разные задачи.
Надя с мужем провожали Гришу, а Люба встречала Глеба. Поезд запаздывал, и девушка, пря-
чась от ветра, зашла в зал ожидания. На Яро-
славский вокзал не приходят поезда из дальнего
зарубежья. Редко ездят по этой дороге и богатые
туристы. Поэтому публика здесь серьезная. С се-
веров тянутся в Москву работяги погулять, отси-
девшие срок зеки за новыми приключениями,
купцы на оптовые склады за товаром, а из столицы в северном направлении путешествуют гео-
логи, охотники, родные уголовников с передача-
ми на зоны и другой романтический люд. Люба
уселась на свободное место и, покосившись на
бородатого бомжа в некогда шикарной дубленке,
в разных ботинках и при мешке со всем его по-
жизненным имуществом, открыла газету. Бомж
порылся в мешке, извлек пакет со съестным при-
пасом и начал неторопливо и обстоятельно жевать. Зубов у него сохранилось немного, и процесс требовал сосредоточенности. Раньше бы

Люба ни за что не осталась сидеть рядом с подобным типом, но теперь девушка смотрела на окружающих совсем по-другому. Горе учит людей. В своем юном возрасте Люба пережила слишком много. И принц пришел к ней совсем как в сказке про бедную падчерицу, посланную в лес злой мачехой. Разница была лишь в том, что Любу в лес никто не посылал, она отправилась туда по доброй воле.

Только рыбаки знают, что такое вынужденный простой в море. Когда штормит, сейнер, как поплавок, болтается на волне. Тралить в шторм нельзя, и команда валяется в спальных гамаках, раскачиваясь в такт волне. Люди помногу недель живут бок о бок. Все истории давно пересказаны, байки и анекдоты навязли в зубах. Кроме глухого раздражения, сосед никаких чувств не вызывает. Но стоит ветру стихнуть, настроение команды резко меняется. На палубе закипает работа. Каждый знает свое место. От былого антагонизма нет и следа. Серебро рыбы в ящиках идет в трюм. Азарт рыбацкого дела захватывает всех. В непогоду команда опять сникает. Штормит иногда по нескольку недель. Случается, что психика человечья не выдерживает, и нормальный мужик сходит на берег идиотиком.

В середине июня минувшего лета Северное море взбунтовалось. Шторма шли внакат каждую неделю. Глеб знал, что надо держаться. Но на душе было пакостно. Телеграмму о гибели брата радист принес, когда они шли вдоль берегов Норвегии. Попасть на похороны нечего было и думать. Без моториста корабль не бросишь.

Замены нет. Вся команда с капитаном — двенадцать душ. Оставалось еще две недели лова, и из этих двух недель восемь дней штормило. Глеб болтался в своем гамаке и вспоминал Фоню. Глеб был на два года младше брата, но с десяти лет опекал его, как старший. Фоня хорошо учился. Математика давалась ему запросто, он без труда запоминал стихи и не делал ошибок в диктантах. Глеб учился хуже. Он любил географию и литературу, а в математике был слаб. Зато лучше всех ориентировался в лесу. Следопыт из него бы получился покруче индейцев Фенимора Купера. Следы зверей Глеб видел не только зимой, как говорят охотники, по белому, но и летом по примятой траве, по разрытому мху прекрасно знал, какая зверюга тут проходила. И еще он здорово дрался. Глеб не боялся никого, и даже мальчишки из старших классов перед ним робели. Фоня под крылом Глеба всегда чувствовал себя в безопасности. После школы братья разъехались. Глеб пошел в мурманскую мореходку, а Фоня поступил в архангельский педагогический. Он окончил школу с золотой медалью и шел вне конкурса. С тех пор они встречались лишь на каникулах. Потом Фоня уехал в Москву и аккуратно, раз в десять дней, писал Глебу обстоятельные письма. За месяц до гибели прислал фото невесты. Девушка на карточке насторожила Глеба своей красотой. «Скорее всего щучка», — подумал он. Глеб побаивался очень красивых женщин и недолюбливал смазливых мужчин. Сколько ни приходилось ему встречать по жизни красавчиков, все они на поверку оказывались либо пустышками, либо дрянью. Личная жизнь Глеба Михеева для окружающих оставалась загадочной. Он не завел семью и не имел постоянной подруги. Еще учась в мореходке, юноша подружился со студенткой Ликой Морозовой. Они собирались пожениться. Перед первой рыболовной ходкой Глеба девушка клялась ждать любимого. В двух дошедших до Михеева письмах сообщала, что молодых людей к себе на километр не подпускает. Но по возвращении с моря стажер-моторист застал Лику замужем. Полгода Глеб в сторону девушек не глядел.

Машку Козу он повстречал недалеко от порта. Их знакомство напоминало банальную историю из телевизионных сериалов. Поздним вечером, отшагав подвесной мост, связывающий мурманский порт с городом, молодой моряк услышал со стороны сквера отчаянный женский визг и мольбы о помощи. Поспешив на крик, он увидел, как три сопляка лет по семнадцати пытаются изнасиловать девицу. Глеб раскидал парней. Девицей оказалась Машка по кличке Коза, известная в городе валютная проститутка. Глеб проводил Машку до дома, и она решила отблагодарить спасителя натурой. Глеб остался у Машки на ночь и прожил до следующего плавания. Часто в море, болтаясь в качку на гамаке, Глеб думал об этой странной привязанности. Машка привлекла к себе парня необычайной веселостью нрава и постоянной готовностью к сексу. Занималась любовью Коза тоже весело. Глеб сперва стеснялся, а потом привык к ее шутливой откровенности. Коза заявляла, что к самому Глебу она равнодушна, но «балдеет» от его члена, который окрестила Хорьком. «У тебя он такой живчик, и так здорово во мне прыгает», — шептала Коза в интимные моменты. Когда Глеб приходил к ней после плавания, Машка первым делом спрашивала: «Как там мой Хорек поживает?» Прощаясь с проституткой, Михеев каждый раз давал себе слово, что он больше к ней никогда не придет. Но, вернувшись из плавания, слово свое нарушал. Сойдя на берег тогда, в июне, он как всегда направился первым делом к Козе. Маша открыла дверь и, глядя на Михеева потухшим взглядом, встала у порога. Глеб попытался пройти, но Машка с места не сдвинулась.

— Может, я войду, или у тебя клиент? — спросил Михеев, наливаясь обидой.

— Уноси, Глебушка, своего Хорька от меня подальше. Я инфицированная. Понял? — тихо сказала Коза и, закрыв лицо руками, разрыдалась.

Глеб достал из кармана пузырь «смирновки» и шагнул в маленькую квартирку. Они просидели всю ночь на кухне, и проститутка рассказала нехитрую историю своего несчастья. Машка попала в облаву и была насильно обследована. Тогда и выяснилось, что она носитель страшного вируса... Глеб перед уходом вытряхнул весь четырехмесячный заработок из своих карманов прямо на пол кухни, оставив себе лишь на дорогу, и под утро ушел. Проверяться сам не стал. Перед плаванием он обязательную проверку выдержал и за собственное здоровье не беспокоился. Михеев сел в поезд и поехал к родителям. Он боялся за стариков, волновался, как они переживают гибель брата. От маленькой станции до родного села моряку предстояло шагать лесом часа полтора. Глеб лес любил и двенадцать верст пути преодолевал шутя. Но за два километра до села попал под грозу. Ветер поднялся ураганный. Деревья не просто шумели, а выли и трещали. На землю с хрустом валились ветки и целые стволы. Небо почернело, и в лесу стало темно как ночью. Потом с неба полило. Струи дождя вперемежку с градом сперва обрушились на кроны деревьев, но, быстро наполнив листья и хвою влагой, устремились вниз. Глеб через три минуты промок до нитки. Но пережидать не стал и быстрым шагом двинулся к дому. Степанида Федотовна встретила сына на крыльце. Он ничего не писал о точной дате приезда и, увидев мать, с тревогой взирающей на дорогу, удивился.

— Глеб! Любаша в лесу! — вместо приветствия крикнула она Глебу.

— Кто? — не понял моряк.

— Доченька наша московская гостит. Видать, в лесу заплутала, — чуть не плача, причитала Степанида Федотовна.

— Грэй где? — с ходу оценив обстановку, спросил Глеб.

— За сараем привязан, — стараясь перекричать шум ветра, голосила женщина. — Отец с утра на пасеке! А я сама леса боюсь.

Бросив дорожную сумку на крыльцо, промокший сын Михеевых бегом направился за дом к сараю. Пока он отвязывал собаку, Грэй успел вылизать ему лицо и руки. Пес давно брехал, учуяв молодого хозяина, но за раскатами грома и воем ветра его не было слышно. Освободив собаку, Глеб побежал в лес в том направлении, которое ему указала мать. Бежал Глеб не быстро, а тем размеренным ходом, которым мог двигаться не один час. Лайка след взяла, но путалась и местами кружила. Потоки воды смывали запахи, и Грэй волновался. Мрак чащи на мгновение пронизывали яркие вспышки молний. Гром гремел все ближе и все громче. Перерывы между стрелами молний и раскатами грома становились короче.

Люба сидела под сосной. Она не плакала. Девушку била мелкая дрожь, и в ее застывших от страха глазах отражались вспышки огненных разрядов. Она пыталась дойти до дому. Но солнце, по которому москвичка ориентировалась, покрыли тучи, она сбилась с направления и стала кружить. Обессилев, Люба прислонилась к стволу. Косынка ее намокла и волосы под ней тоже. Огромная крона старой сосны давно не сдерживала потоки дождя. Грэй бросился к Любе и стал с радостным лаем прыгать вокруг. Она сначала не поняла, как здесь оказалась собака Михеевых, но подняв голову, увидела здоровенного мужика, бегущего к ней трусцой. Видно, выражение ее лица было красноречивей слов, потому что незнакомец еще издали крикнул:

— Люба, не бойся! Я брат Фони.

До села Глеб донес девушку на руках. Степанида и Фрол ждали их с накрытым столом и кипящим самоваром. Отец вернулся с пасеки с медом и, узнав, что на поиски Любы отправился сын, волнения не выказал:

— Глеб отыщет. Он следопыт повострее меня.

Отогревшись и разрумянившись от горячего чая, Люба со смущенным любопытством поглядывала на Глеба. Прокатившись на парне больше двух километров, она не знала теперь, как ей с ним себя вести. Сходство между братьями было, но Люба в первую очередь заметила различия. Ее Фоня был мягким и застенчивым, а от Глеба за версту чувствовался мужик. «Вот лесной разбойник, — подумала Люба. — Хорошо, что сразу представился, а то у меня душа в пятки ушла».

На другой день Глеб повел Любу к речке, которую она искала, но не нашла. Небольшая темная река извивалась между деревьями. Глеб хотел знать, как погиб брат. Люба рассказала. Глеба заинтересовали подробности. Он несколько раз переспрашивал.

У Любы за рассказом снова закапали слезы.

— Не плачь, Любаша. Его не воскресишь, — попытался успокоить девушку Глеб и подумал: «Напрасно я приклеил ей по фотографии ярлык щучки. Невеста Фони — девчонка с сердцем».

Люба вытерла глаза платочком и попыталась улыбнуться.

— Отвернись, — сказал Глеб и, раздевшись, полез в воду за раками. Копаясь в корнях под берегом, он неожиданно сказал: — А ваш Ерожин классный сыщик. Я бы с ним с удовольствием познакомился.

— Уверена, что Петр будет не против. Приедешь в Москву, я тебя ему представлю, — пообещала Люба. Она уже знала, что Глеб намерен посетить могилу брата.

Через полчаса в пакете, который оказался у Михеева в кармане, шуршали десятка два раков. По дороге к дому Люба захромала. Кроссовки, не до конца просохнув после грозы, натерли ей ногу. Глеб посмотрел на походку московской гостьи, молча поднял ее и посадил себе на плечи.

— Ой, зачем? Я сама, — запротестовала Люба.

— Так мы с тобой до завтра будем шкандыбать, — ответил Глеб, аккуратно обходя ветки, чтобы не поранить лицо девушки. Люба замолчала. Она уже второй раз использовала молодого хозяина в качестве средства передвижения. Глеб шел легко. Вес девушки не слишком его обременял. Любу немного смущало, что парень придерживает ее за ноги.

— Давай я хоть раков возьму, — предложила москвичка.

— От этого не много изменится. Так я несу тебя и раков, а так понесу раков и тебя, — улыбнулся Глеб.

Вечером за ужином Степанида Федотовна и Фрол Иванович странно переглядывались и молчали.

— Чего ждешь? Говори, — не выдержала хозяйка.

— Может, ты начнешь, мать... — замялся Фрол Иванович.

— Медведя не боишься, а тут струсил, — проворчала Степанида Федотовна и, оглядев Любу и сына, предложила: — Поженились бы вы.

Люба покраснела и принялась от волнения мять свой платочек. Глеб тоже смутился и с удивлением посмотрел на родителей.

— Чего вылупился? — опомнился Фрол Иванович: — Больно деваха хороша. Грех от дома отпускать. Она нам как дочка стала. Иль не нравится?

— Зачем ей, москвичке, с деревенскими вязаться, — наконец сказал Глеб, стараясь не встречаться с Любой глазами.

— С Фонечкой женихаться не побрезговала, а ты чем хуже? Мореходку закончил. Свет белый повидал не меньше Фони. В Африках был. У азиятов был. Аж, до Индии дошастал. Не бизьнесьмен правда, зато рукастый. Хошь дом тебе выстроит, хошь технику любую починит. С таким бабе как за каменной стеной, — не унималась Степанида Федотовна. — Что скажешь, Любаша?

— Я об этом не думала, — тихо проговорила Люба. — Да и Глеб мне пока предложения не делал...

— Не делал, так сделает, — заверил Фрол Иванович грозно и обратился к супруге: — Пойдем, мать, Зорьку с поля забирать. Пускай молодые сами меж собой договорятся.

Корова давно была подоена и спокойно вырабатывала в сарае новую порцию молока к утренней дойке. Но Степанида Федотовна хитрость своего мужика поняла и, одобрительно глянув на супруга, вышла за ним в сени.

Оставшись за столом одни, молодые люди смущенно молчали. Наконец Глеб взял Любу за руку и сказал:

— Я был бы счастлив.

— Когда поезд в Москву? — сухо спросила девушка.

— Завтра. Вообще-то в Москву их много идет, но у нас только один останавливается, — ответил Глеб безразличным тоном.

— Не обижайся. Я так сразу не могу, — поняв перемену в душе молодого человека, проникновенно проговорила Люба.

— Мне не на что обижаться. Если бы не родители, я бы никогда себе не позволил, — сказал молодой хозяин и вышел на крыльцо. Поглядев в светлое небо — на Севере летом ночи почти нет, — Глеб вынул из кармана пачку «Беломора» и жадно затянулся. В избе Михеевы не курили. Грэй взбежал на крыльцо и прилег, притулившись спиной к хозяину.

Утром Фрол Иванович молча запряг мерина Гусара и, тяжело вздохнув, подкатил подводу к крыльцу. Глеб вынес Любину спортивную сумку, забросил ее на подводу. Фрол и Степанида проводили девушку до крыльца. Расцеловавшись с гостьей, Фрол Иванович тихо сказал:

— Уж не взыщи, дочка. Мы люди простые, дипломатничать не умеем. Что на сердце, то и на языке.

Люба уселась на мешок с сеном, что Фрол положил ей для амортизации, и, махнув хозяевам на прощание, отвернулась. Москвичка с трудом сдерживалась, чтобы не расплакаться. Всю дорогу ехали молча. Поезд в тишине вологодских лесов слышен издалека. Любе даже показалось, что она почувствовала, как от состава запахло маслом и гарью. Внезапно она соскочила с возка, забежала вперед и встала перед мордой лошади. Глеб от растерянности еле успел натянуть вожжи.

— Разворачивай коня, лесной разбойник, — сердито приказала москвичка.

— Так поезд... — нерешительно протянул Глеб.

— Черт с ним, с поездом. Или струсил жениться? — продолжала грозно вопрошать Люба.

Глеб опустил ноги с телеги. Спрыгивать с его ростом нужды не было, подошел к девушке, уже привычным жестом забросил ее к себе на плечи и пошел назад.

— А лошадь?! А моя сумка, наконец! — стараясь удержать сердитую маску на лице, крикнула Люба. Глеб опустил москвичку на дорогу, вернулся к телеге, взял ее за ось и, приподняв задние колеса, крутанул весь «экипаж» в обратную сторону. Конь, прикладывая задок и прижимая уши, засеменил задними ногами, разворачиваясь вслед за телегой. Покончив с обозом, Михеев подмигнул Любе и, вернув ее себе на плечи, зашагал к дому.

— За сумку не переживай, Гусар домой дорогу знает, а взять тут некому.

Люба улыбалась, слушая, как где-то вдалеке тяжелый состав на минуту замер, затем выдал протяжный обиженный гудок и, набирая скорость, застучал железом колес по железу рельсов. Это был пассажирский тихоход, и поэтому от вологодских лесов до столицы ему предстояло тащиться больше суток.

Через неделю батюшка сельской церкви отец Георгий молодых обвенчал. Свадьбу Фрол Иванович и Степанида Федотовна согласились не устраивать. Молодожены тихо посидели с родителями, батюшкой и двумя дальними родичами

188

Михеевых из соседских домов. Фрол выставил на стол три бутылки заморского джина, привезенного ему в дар еще Фоней. На ночь родители ушли к соседям, чтобы не мешать новобрачным, и постелили им свое супружеское ложе. Глеб потушил свет и начал раздеваться. Оставшись в рубашке без брюк, он огляделся и, направившись в угол, отвернул к стене темный лик Николая Угодника. Спальню освещали две лампады. Люба зашла за трехстворчатый шкаф и, выскользнув из джинсов, спряталась под одеяло. Сетка под матрасом заколыхалась и запела. Люба повернулась к стене. Перед ее носом оказался коврик с лебедями и хатой на другом берегу круглого озера. Она уставилась невидящим взглядом на длинную шею птицы и замерла. Под тяжестью Глеба кровать просела. Люба оглянулась, и ей стало страшно. Такой огромный мужик лежал рядом с ней.

— Какая же ты красивая, — прошептал Глеб и погладил ее волосы. Рыжие локоны Любы рассыпались по белоснежному крахмалу подушки, а зеленые глаза вопросительно и серьезно смотрели на Глеба.

— Не бойся, я тебя никогда не обижу, — прошептал Глеб.

Люба приподнялась на локоть, потрогала мускулы на его руке, погладила широченные плечи и грудь и, поглядев ниже, закрыла глаза:

— Господи! Как я это все выдержу.

Проснулась она далеко за полдень. Проснулась от того, что Глеб поставил перед ней на тумбочку кружку парного молока.

189

— Я думал, ты до вечера не проснешься, — сказал он, целуя молодую жену. Она улыбнулась и взяла кружку. — Выдержала? — спросил Глеб серьезно.

— Выдержала, и, знаешь, мне понравилось, — ответила она и прижалась к мужу.

По радио объявили о прибытии поезда. Люба вышла на перрон. Холодный московский ветер заставил ее спрятать нос в воротник пальто. Глеб ехал из Мурманска. Он сделал последнюю ходку и, распрощавшись с флотом, переезжал к молодой жене. Еще летом они навестили могилу Фони и договорились о будущем. Глеб, завидев Любу, расплылся в улыбке и начал выставлять чемоданы. Люба растерялась от количества багажа. Глеб прошлый раз приезжал в Москву налегке. Они остановились тогда в квартирке на Речном вокзале, ключи от которой Любе выдала Надя.

— Куда столько навез? — спросила Люба, оглядывая картонные саквояжи времен Первой мировой.

— Эти два — родители надавали солений и варений. Этот для тебя. В Осло заходили, кой-чего прикупил. А эта маленькая сумочка — мои шмотки, — пояснял Глеб, укладывая допотопные баулы на тележку носильщика.

Дверь в аксеновское гнездо на Фрунзенской набережной открыла Марфа Ильинична. Она с изумлением глядела на здоровенного мужика, заполняющего прихожую горой чемоданов.

— Знакомься, бабуль. Мой муж, Глеб Михеев, брат Фони, — представила супруга Люба.

Марфа Ильинична обошла вокруг нового члена семьи, покачала головой и проворчала:

— Здравствуй, внучек! Я на следующее воскресенье гостей на свадьбу Надюшки назвала, значит, одна свадьба на четверых получится. Разом отыграем. — И, углубившись в квартиру, крикнула на кухню невестке: — Лена, иди принимай сынка.

_____

20

— Я всегда говорил, Петро, плохо забитый гвоздь обязательно воткнется в жопу, — многозначительно сообщил генерал Грыжин, рассматривая на свет янтарную жидкость в квадратном стаканчике. Бутылка «Ани» из книжного кабинетного тайника стояла на письменном столе генерала третий час. Иван Григорьевич вынул ее, налил четверть стакана, да так и сидел с невыпитым. Петр Григорьевич Ерожин тоже к коньяку не прикоснулся.

— Полагаешь, он ограничится твоим сыном? — не то Ерожину, не то самому себе задал вопрос Грыжин.

— Суворов по телефону сказал, Кадкова младшего выпустили месяц назад. Я прикинул, — за этот срок произошло три убийства и одно зверское нападение на пожилую женщину.

— Судью избил, скотина, — проворчал Грыжин. — Помню Моторину. Сашкой звали. Она ко мне в Москву два раза приезжала, деньги на ремонт суда выколачивала в своем министерстве, а меня, как бывшего земляка, о содействии просила. Помог я тогда Моториной. — Грыжин помолчал, полез в свой необъятный письменный стол, порывшись в ящиках, кряхтя, извлек пачку «Мальборо». — Закурю я, пожалуй, Петро. Висит на нас этот грех с Кадковым, что и говорить. Не пришлось бы платить кровушкой, — и, запалив сигарету от массивной настольной зажигалки, продолжил: — Как ты думаешь, депутата с депутатшей за что?

— Надо квартиру посмотреть самому. Есть у меня мыслишка, да бездоказательна пока, — признался Ерожин.

— Тайничок? — предположил генерал.

— Он самый, — кивнул подполковник.

— Выходит, за Сонькиным наследством приходил. Чего же вы тогда не раскопали? — усмехнулся Грыжин.

— Странные вещи ты спрашиваешь, Григорич. По-вашему, я у Сони должен был тайники шарить? А мысль, что Кадков и от нее припрятал, тогда не пришла... — ответил Ерожин.

— Хорошая мысля приходит опосля. Депутат ремонт делал, мог и сам найти, — рассудил генерал.

— И получил пулю, — вывел резюме подполковник.

— Вот тебе и первое дело твоего частного сыскного бюро. Опять семейное, — вздохнул генерал. — Везет тебе, Петька, на дела семейные. Ох уж и везет.

— Не первое, а второе семейное, — грустно улыбнулся Петр Григорьевич.

— Не понял? — пробасил генерал.

— Первое жена заказала. Отца родного требует отыскать.

— Надюха? — удивился Грыжин. — Аксенова ей мало?

— Выходит, мало.

— Не успели мы еще и бюро открыть, а работы бесплатной уже набрали, — проворчал Иван Григорьевич и, наконец, хлебнул из стакана.

— Собрался в Новгород. Постараюсь на месте поглубже покопать. Доказать надо, что сын не виновен. А для доказательства требуются улики. Из Москвы их не добудешь, — рассудил Ерожин.

— Езжай, я за эстонцами пригляжу, — пообещал Грыжин. — Они уже два дня наш офис ковыряют. Помощь моя по Новгороду нужна?

— Справлюсь. Друзей полон город. Авось не пропаду, — отказался подполковник.

Возвращаясь домой, Петр Григорьевич ехал по ночной Москве и вспоминал слова Грыжина. «Висит на нас этот грех с Кадковым».

Подробности последнего новгородского дела майора Ерожина в памяти сохранились ярко. Мысли о том, что в угоду смазливой и пустой Соне он упек за решетку невиновного, посещали Петра Григорьевича и в Москве. «Все равно бы этот хлыщ дозрел до тюрьмы», — оправдывал себя следователь. Придумать более благородные аргументы для облегчения совести Петр не пытался. Он тогда не знал генерала Грыжина и сказать, что совершил проступок ради друга, себе не мог. Но и корысти в его решении не наблюдалось. Остается Соня. Теперь, полюбив Надю, Петр Григорьевич на многие вещи переменил свои взгляды. После исчезновения невесты, за двадцать пять дней, когда он почти безвылазно провел в своей квартире, Ерожин немало передумал разного. Потеряв Надю, как ему тогда казалось, Петр не раз вспоминал о

Боге. Бог его наказал за прежнюю жизнь. В этой прежней жизни с точки зрения общепринятой морали он нагрешил немало. Правда, Ерожин никогда не считал свою охотничью страсть к женской половине человечества греховной. Жену он не бросал. Наташа сама так решила, и по всей видимости она с Суворовым счастлива. Да и сын его, Гриша, гораздо больше внимания получил от отчима, чем дождался бы от родного отца. С обывательской точки зрения он не прав, но по сути от его кобелиных наклонностей никто не пострадал. Девушкам и женщинам Петр Григорьевич голову никогда не морочил, не обещал вечного блаженства и пожизненной любви. Единственный эпизод, наполнявший Петра жгучим стыдом, — разовая связь с Райхон. Но не Ерожин стал причиной несчастья в семье Ибрагимовых, а Вахид унес в иной мир свои сомнения, даже если они у него и возникали. Но за ту ночь Ерожину было по-настоящему стыдно. И Бог его не простил. Теперь над кроватью висит портрет узбечки. Да, грешков по жизни у Петра Григорьевича скопилось, но настоящий грех был один — Эдик.

Получив сообщение Суворова, Ерожин уже не сомневался, что цепь убийств в Новгороде связана с Кадковым-младшим. Если это так, выходит, что подброшенная улика в бывшую квартиру отца имеет зловещий смысл — месть. Но почему Гриша? Суворов Кадкову ничего плохого не сделал. На процессе не выступал и вообще криминалист управления фигура скорее научная, чем карающая. Кадкова судили по неоспоримым уликам — ворованные вещи, часы и портсигар отца. Воровство свое подсудимый признал, но отцеубийство отрицал напрочь.

Что-то крутилось в голове Ерожина: «Гриша Ерожин. Ерожин, а не Суворов. Эдик сводит счеты не с Виктором Иннокентьевичем, а со следователем майором Ерожиным».

Догадка еще не оформилась в четкую форму, но Петр Григорьевич своим нутряным чутьем понял, что мыслит верно. Что задумал Кадков? Месть всем, кто причастен к его неправому суду? При чем тогда жильцы бывшей квартиры? Случайным могло стать только первое убийство. Мстителю требовалось оружие, а подвернулся Крутиков. Жертвой мог стать любой человек с пистолетом. Первое убийство в логическую цепочку версии ложилось. Убийство депутата связано с самой квартирой. Недаром Грыжин сразу смекнул, о чем думал Петр Григорьевич, — тайник. А заодно и месть. Кадков начал с сына следователя. Засадить невинного парня. «Зуб за зуб. Я пошел в зону невиновным, пусть и твой пацаненок попробует». Ерожин оценил черный интеллект убийцы. «А если Эдик не остановится? Тогда кто на очереди? — Ерожину стало жарко. — Надя одна в квартире!»

Петр задумался и не понял, где едет. Слава богу, он уже на Варшавке. До Чертанова три минуты. Оставив машину поодаль, Ерожин внимательно оглядел пустынные дворы. Вокруг дома плотными рядами грустно мокли легковушки спящих владельцев. Ни одной живой души подполковник не заметил. Войдя в подъезд, он проверил лифт. Кабина находилась внизу, Ерожин в лифт не сел, а начал подниматься, останавливаясь и внимательно прислушиваясь на каждом этаже. В квартире на пятом кто-то воспользовался туалетом. В ночной тишине дома звук шумящей воды был отчетливо слышен. Возле своей двери Петр Григорьевич задержался. Он заглянул на верхний этаж и, не отметив ничего подозрительного, полез в карман за ключами. Но дверь перед его носом сама резко открылась, и он увидел Надю. Жена стояла на пороге в халатике и с тревогой смотрела на ночного гуляку.

— Ты где был? — тихо, почти шепотом, спросила она.

— С генералом засиделся, — ответил Петр Григорьевич и, закрыв за собой дверь, снял в прихожей плащ и в свою очередь спросил: — А ты почему не спишь?

— Тебя жду, — ответила Надя. — Как можно спать, когда муж ночью шляется?

— Ты же знаешь, где я и телефон Грыжина знаешь? — удивился Ерожин.

— Я и уснула. А потом поняла, что тебя нет и проснулась. Никогда не бросай меня ночью. Мне показалось, что ты меня разлюбил и ушел навсегда, — призналась Надя.

— Я тебя разлюбил?! — изумился Ерожин.

— Конечно, ты. Вчера на меня ноль внимания. Смотрит в потолок, словно рядом кочерга валяется, а не молодая жена спит. Сегодня ночью смывается...

Ерожин взглянул в обиженные глаза супруги, поднял ее на руки и отнес на тахту. Доказать жене, что она ему не безразлична, для Петра труда не составляло. Надя уснула с улыбкой, обняв Ерожина двумя руками. Петр заснуть не мог. Никогда в жизни Петр никого и ничего не боялся, но этой ночью ощутил нечто вроде страха. Страха не за себя. Он испугался за Надю. Если обиженный уголовник начал мстить его близким, ближе Нади у Ерожина никого нет. «Завтра же отправлю ее к родителям. Предстоит большая охота, — понял Ерожин и подумал: — Хорошо бы в этой охоте самому не стать дичью».

По Чертановской улице прогремел первый трамвай. «Шестой час», — прикинул Петр Григорьевич и закрыл глаза.

————————

21

Таня Назарова машинально жевала бутерброд с сыром и утвердительно качала головой в нужных местах рассказа. Анна Степановна сегодня была разговорчивее обычного. Женщине прибавили пенсию, и она пребывала в хорошем настроении.

— А зять Антонины Григорьевны, ну я тебе о нем уже рассказывала, известный в нашем городе хирург... — доносилось до Тани, но девушка в смысл рассказа вникнуть даже не старалась. Младший лейтенант думала о своем. События последних трех дней поставили перед начинающим криминалистом столько вопросов, что и у более искушенного в жизни человека могла «сыграть» психика. Задание на стадионе Назарова на девяносто процентов выполнила. Она посещала «Вымпел» четыре дня и получила «автографы» почти у всех ребят, что пользовались раздевалкой. С самого начала Назарову удивило полное безразличие Суворова к ее деятельности. Он формально интересовался ее успехами, но полученные отпечатки не проверял, а откладывал в сторону. «Соберешь со всех, тогда и поработаем», — сказал он ей, не отрываясь от своих мыслей. Таким рассеянным и отсутствующим своего патрона стажерка не помнила. Суворов всегда жил делом и на все события реагировал эмоционально и активно. Виктор Иннокентьевич и покорил девушку тем, что был человеком не равнодушным. А тут его словно подменили. Криминалист часто отлучался, а когда и присутствовал на своем рабочем месте, то сидел за столом и смотрел в стену на фотографию штангиста. Иногда он звонил по телефону, но старался говорить так, чтобы его не поняли те, кто поблизости. Все это Таню беспокоило, но не касалось впрямую. Эпизод, поставивший молодого криминалиста в тупик, произошел сегодня. Младший лейтенант повидала девять мальчишек из секции тренера Чижа и у каждого взяла автограф с «пальчиками». Десятый парень не появлялся. Не пришел он на тренировку в прошлое воскресенье, не явился и во вторник. Сегодня Таня приехала на стадион и попросила тренера дать ей адрес или домашний телефон боксера Ерожина. Свой женский и профессиональный интерес она отчасти удовлетворила.

— Очень знакомая фамилия у вашего питомца? — закинула Назарова наводящий вопрос Чижу. И Чижик попался.

— Сынок известного в наших краях следователя, — ответил тренер и дал Тане домашний телефон своего подопечного. Назарова записала и подумала, что телефон этот ей уже попадался. Младший лейтенант имела прекрасную зрительную память и ошибалась редко. Вернувшись в лабораторию, она достала свою записную книжку и проглядела новгородские телефоны. Их у нее было не много и записаны они были не по алфавиту с фамилиями, а на букву «Н» и на одну страничку. Каково же было удивление девушки, когда она обнаружила, что телефон боксера Ерожина и ее шефа один и тот же. Суворов дал ей свой домашний номер на случай экстренной необходимости. Виктор Иннокентьевич сидел за своим письменным столом и по обыкновению последних дней любовался фотографией штангиста. Таня чуть не вскрикнула от своего открытия и уже хотела подбежать к патрону с вопросом, но что-то ее остановило. Она уехала с работы, так и не объяснившись с Суворовым. И теперь, сидя за ужином, под монотонный монолог тети, мучительно соображала, как поступить? За поведением Виктора Иннокентьевича явно что-то скрывалось. Назарова не знала, что и думать. Наконец она решила проверить одну свою догадку. Поблагодарив тетю и сказав традиционную фразу, «что все было очень вкусно, и очень интересно», Таня подошла к телефону и набрала номер боксера.

— Позовите, пожалуйста, Гришу, — попросила Назарова невинным девичьим голосом.

— Гриши нет, а кто его спрашивает? — устало ответила женщина на другом конце провода.

— Знакомая, — соврала Таня и поинтересовалась, когда молодой человек объявится.

— Гриша уехал. Ничего больше сообщить я вам не могу, — ответили в трубке.

— А можно поговорить с Виктором Иннокентьевичем? — спросила Назарова.

— Мужа нет, он будет позже. А кто вам все-таки нужен, Гриша или его отец?

Таня положила трубку и, уединившись в своей комнатке, принялась переваривать полученную информацию. Вариантов загадочного совпадения телефона оказалось немного, а попросту, всего один.

Суворов — отчим Гриши Ерожина. Любвеобильный следопыт, по предположению Тани, бросил семью, а порядочный и сердобольный Суворов не смог остаться равнодушным и, спасая честь управления, женился на брошенной женщине, вырастил чужого сына. Теперь пасынок пошел на убийство. Вот почему Виктор Иннокентьевич сам не свой. Младшему лейтенанту все стало понятно. Странное поведение шефа легко объяснялось. Таня второй раз столкнулась с человеческой трагедией. В первый — несчастье коснулось ее лично. Гибель Сережи продолжала томить сердце, и время, прошедшее со дня его убийства, облегчения Тане не приносило. Теперь горе зацепило Суворова. Личность, на которую Назарова глядела как на образец в профессиональном и гражданском смысле. Внезапная мысль заставила девушку вздрогнуть. Она почувствовала, как внутри разливается тягучая и холодная ярость. Гриша Ерожин убил ее жениха! Пистолет, застреливший супругов Звягинцевых, принадлежал Крутикову. Сергея убили, чтобы завладеть оружием. И убил Крутикова боксер Григорий Ерожин, а шеф убийцу прикрывает. Страшная догадка спутала все мысли и намерения девушки. Если раньше она предполагала объясниться с Суворовым, то теперь ей такое объяснение казалось кощунственным. Надо пойти и все рассказать полковнику Семякину. Начальник областного Управления внутренних дел должен быть в курсе, что творится в его ведомстве. Сотрудник управления покрывает пасынка-убийцу! Завтра же утром она явится на прием в кабинет начальника. Придя к такому заключению, младший лейтенант Назарова улеглась в постель и заплакала. Нет, она не сможет. Таня представила себе бледное лицо Виктора Иннокентьевича, его хромающую походку, усталые глаза под стеклами очков и поняла, что донести на своего руководителя рука у нее не поднимется. Назарова всю ночь не спала и, чтобы не допустить истерики, попросила у тетки сердечные капли. Анна Степановна знала о гибели друга Тани и жалела ее, но про себя считала, что выходить замуж за милиционера девушке не стоит. У Анны Степановны много родных пострадало от репрессий, и к органам внутренних дел женщина относилась без симпатии. Не догадываясь о новой напасти в жизни племянницы, ее слезы хозяйка квартиры приписывала любовному горю.

Утром Таня на работу не пошла. Назарова не знала, как ей поступить. Она даже думала собрать вещи и уехать домой в Питер. За завтраком Анна Степановна молчала. Глядя на побледневшее и припухшее от слез лицо Тани, тетка сообразила, что рассказы о семейном древе сегодня неуместны. Она лишь настаивала, чтобы племянница хоть немного поела. Кухонные ходики пробили десять раз. В конце последнего удара зазвонил телефон. Анна Степановна имела привычку долго беседовать после завтрака со своими престарелыми подругами и оттого была в курсе всех городских событий. Поэтому Таня решила, что этот звонок к ней отношения не имеет. Но звонили Назаровой. Девушка взяла трубку и услышала голос Суворова:

— Таня, нам надо встретиться и поговорить. Я все объясню, и ты сама решишь, как тебе поступать. Выходи на улицу. За тобой поехал мой друг, — голос Виктора Иннокентьевича звучал спокойно и доброжелательно. Таня помолчала и тихо сказала: «Хорошо, я спускаюсь». Наскоро умывшись и не подкрасив ресничек, она открыла шкаф и достала свой обычный для работы шерстяной костюмчик. «Надо бы подгладить», — машинально оглядев себя в зеркальце, подумала Назарова. Вчера в куртке она замерзла, поэтому решила надеть плащ с подстежкой. На улице светило солнышко. Но трава во дворике поблескивала серебристой сединой. Ночью почву прихватили первые заморозки. Таня зажмурилась от яркого света и не сразу увидела шикарный черный автомобиль, мягко подкативший к облезлым дверям старенького двухэтажного дома. Водительская дверца бесшумно раскрылась, и из машины вышел подтянутый высокий мужчина в кожаной куртке и без головного убора. Короткий белобрысый бобрик его прически делал выражение лица водителя не по возрасту мальчишеским.

— Вы и есть младший лейтенант Назарова? — оскалившись белозубой улыбкой, спросил прибывший.

— Да, я. Я и есть младший лейтенант Назарова, — призналась Таня. Она не ожидала встречи с незнакомцем и немного смутилась.

— Тогда милости прошу. Мне велено доставить вас к месту встречи, — продолжая улыбаться, моложавый блондин распахнул перед Таней дверцу. — Усаживаясь за руль, блондин представился: — Меня зовут Петр Григорьевич Ерожин. Для коллег можно просто Петр.

———————

22

Нателла Проскурина отдавалось злодею в середине второго акта известной пьесы Казимира Щербатого не столь натурально и трагично, как делала это, когда пребывала в ударе. Ее вздохи не долетали до последних рядов. Зал театра БДТ на Фонтанке, где новгородская труппа давала свой первый гастрольный спектакль, оказался больше родного городского, и примадонна не рассчитала своих возможностей. Сам Казимир Владиленович Щербатый приехал поддержать коллектив и в нужный момент выйти на поклон к восторженной петербургской публике. Он сидел в ложе с букетом белых асторочек и страдал от недостатков игры главной героини.

— Ну, не берет она! Не берет зал, — злился драматург и мысленно «вздыхал» за актрису правильно.

Контингент бритоголовых молодых людей с мобильными телефонами, так тепло принимавший пьесу в родном городе, тут еще не сформировался. Но Нателла играла свою любимую роль честной и наивной проститутки слабее обычного, не только потому, что публика и зал в Питере другие. Примадонна была расстроена. Она обещала своим подружкам прокатить их после спектакля по ночному Питеру на белом «Мерседесе» Руслана. Но в антракт чеченец не явился. Не отметила она его жгучую черную челку и в ближайших рядах зала. Во время первого действия она подумала, что Ходжаев всесилен в областном центре, а в северной столице он слабоват и достать свое любимое кресло во втором ряду не смог. Теперь, после антракта, издавая в нужных местах вздохи и междометия, говорящие о ее страдании от близости с нелюбимым негодяем, она думала о том, что Руслан совсем обнаглел: «Или пьет со своими черными, или еще того хуже, воспользовался отъездом любовницы, чтобы трахнуть какую-нибудь шлюшку». Однако больше измены чеченца примадонну раздражала перспектива лживых сочувственных слов Ленки и Инки. Обе товарки по труппе сильно завидовали роману примадонны с Русланом, а главное его щедрости.

Долговязая и сутулая Ленка, с точки зрения Проскуриной, завидовала по поводу любого члена, который возникал рядом с ее подругой. На сцене Лена появлялась в образе старух, злых фей и другой нечисти. Мужская часть зрительного зала не могла догадаться, что под лохмотьями жалкой старухи бьется молодое страстное сердце. Инку вопрос члена не занимал, потому, что при ее бюсте и тонкой талии охотники находились. Но богемная, нищая публика Инке надоела. Мизерная зарплата актрисы провинциального театра, да еще на второстепенных ролях, требовала спонсорства. Но спонсоры обращали милостливое внимание только на примадонн. Инка имела некоторые способности, но режиссеры, поглядывая на ее кривоватые и не очень длинные ноги, на роли героинь предпочитали других. К Проскуриной обе девы прибились и путем лести и ложного поклонения ее таланту понемногу Нателлу пощипывали. Примадонна же, привыкнув к свите, старалась поддерживать имидж чаровницы, от которой мужики без ума. Поэтому отсутствие чеченца, а главное — его белого «Мерседеса» вкупе с ужином в дорогом ресторане, Проскурину сильно печалило. Весь второй акт она еще надеялась, что Руслан появится. Спектакль закончился. Нателла шла в гримерную и думала: «Если приехал пьяный, будет спать один». Но в гримерной актрису никто не ждал. Настроение Проскуриной вовсе испортилось. Она швырнула на туалетик белые астры, преподнесенные Щербатым. Драматург все же успел выбежать под хилые аплодисменты и вручить ей букет. Медленно стирая грим, Нателла заметила, что из букета выпал листок бумаги. Проскурина взяла его в руки и, щурясь после яркого света рампы, обнаружила номер гостиничного телефона Казимира Владиленовича. Драматург предлагал скоротать с ним вечер в чужом городе. Нателла знала, что Щербатый в третий раз женат и везде оставил по дочке. Гонорар, полученный за пьесу, где она так сильно и разнообразно страдала в главной роли, давно закончился и кроме бутылки дрянного вина и стареющего кобеля в дешевом гостиничном номере ей надеяться не на что. Такого удовольствия актриса себе на вечер не желала. «Уж лучше с моими дурехами напиться», — с тоской подумала Нателла. Подруги не заставили себя долго ждать. Инна, оглядев гримерную, удивленно спросила:

— Ты одна?

— Как видишь, — огрызнулась Проскурина

— А Русланчик? — разочарованно протянула Лена.

— Что, Русланчик? — раздраженно переспросила Нателла.

— Где твой чечен?

— Отвяжитесь, девки. Я устала. Все-таки, заглавная роль, — попросила Проскурина и, скинув с себя немногочисленные детали театрального туалета, молча натянула джинсы.

— А как же кататься? — не могла успокоиться Лена.

— На моем горбу? — поинтересовалась Проскурина.

— Не злись, Нателлочка, — успокоила Инна. — Сами что-нибудь придумаем.

— Чего мы можем придумать? — зло спросила Проскурина. — Бутылку и колбасы?

— Тоже неплохо, — согласилась Лена. Выпить Лена могла много, но денег у нее было мало. Поэтому, если Проскурина раскошелится на водку, вечер можно считать не пропащим.

— А ты позвони Руслану. Может быть, у него дела и он подъедет попозже? — предложила Инна. Проводить вечер девичником ей совсем не хотелось.

Нателла и сама подумывала об этом, но подругам сообщила, что желает отдыхать, и на сегодня они свободны. Девушки с постными лицами покинули гримерную. Нателла надела свитер и тоже собралась уходить, когда в дверь постучали.

— Войдите, — сказала Нателла, оглядывая себя

в большое трюмо гримерной. В отражении зеркала она увидела, как в комнату вошел высокий, прекрасно одетый мужчина. Незнакомец остановился в центре комнаты в ожидании, когда примадонна соблаговолит освободиться от осмотра своей персоны.

— Вы ко мне? — задала не слишком логичный вопрос Проскурина.

— А здесь есть кто-нибудь еще? — суровым тоном поинтересовался пришелец.

— Я вас слушаю, — проворковала примадонна. Незнакомый гость явно не относился к представителям богемной дешевки. «Одно пальто баксов на пятьсот тянет», — подумала Проскурина и улыбнулась.

— Я смотрел спектакль. Играешь ты плохо, но фигура у тебя ничего, а я люблю красивых женщин. Поэтому говорю с тобой тут, а не в другом месте. — Ни улыбки, ни других признаков, указывающих на то, что с ней флиртуют, на лице строгого мужчины Проскурина не заметила, наоборот, в тоне незнакомца ей почудилась угроза.

— Я не очень понимаю, что вы от меня хотите? — сказала Нателла.

— Ты ждала Руслана Ходжаева? — поинтересовался строгий гость.

— С Русланом что-то случилось?

— Руслан Ибрагимович Ходжаев арестован за ограбление. Меня зовут Петр Григорьевич Ерожин. Я следователь московской прокуратуры.

— Очень приятно, — заикаясь, сообщила артистка.

— Приятного тут мало. Ходжаев подарил на днях тебе брошь. Это вещь ворованная, и ты пойдешь по статье, как соучастница, — предупредил следователь.

— Я не знала, что она… такая, — побледнела Проскурина.

— Не такая, а ворованная, — уточнил блюститель закона железным голосом.

— И что же теперь будет? — испугалась Нателла.

— Если ты мне сейчас вернешь брошку, я запишу самовольный возврат и подброшу ее к остальным вещам. Не вернешь, я должен тебя арестовать, — пояснил строгий сыщик из Москвы.

Нателла трясущимися руками полезла в свою сумочку и достала брошь:

— Вот возьмите.

— И это все? — грозно спросил блюститель, пряча вещицу в карман пальто.

— Что же еще? — вздрогнула Проскурина.

— Вознаграждение.

— У меня нет денег, — еле слышно сказала актриса.

— Кто же с красивых женщин берет деньги? Раздевайся, — приказал Ерожин и подошел к примадонне.

— Как? Прямо здесь?

— Здесь и сейчас, — подтвердил гость. Нателла, бледная, дрожащими руками начала расстегивать джинсы.

— Не трясись, — одернул следователь Нателлу, не мигая отслеживая ее движения темными глазами с желтоватым отливом. — Мы сейчас с тобой сыграем сцену из второго действия твоей пьесы. Только теперь все будет взаправду, поняла?

Нателла с ужасом в глазах кивнула и увидела, как сыщик медленно снял с себя пальто, затем пиджак. Все это аккуратно положил на свободный стул. Потом скинул рубашку. Нателла чуть не вскрикнула. Спина московского гостя пестрела рубцами и шрамами. Когда он, раздевшись, подошел к актрисе, та от страха закрыла глаза.

— Ты чего стоишь голая. Одевай то, в чем была на сцене, — потребовал блюститель закона. Проскурина не сразу уяснила, чего от нее хотят. Потом сообразила и принялась судорожно напяливать театральный костюм, состоящий из порванного бюстгальтера и прозрачных трусов. Эти трусы со второго ряда без бинокля не просматривались.

— А это зачем? — не понял Ерожин.

— Это для зрителей, — прошептала примадонна.

— Здесь зрителей нет. Снимай.

Проскурина послушно стянула трусы.

— Сейчас я начну, а ты говори свой текст, — сказал страшный гость и, схватив актрису за талию, поволок к маленькому диванчику, что стоял в гримерной. — Ну говори! — приказал он.

— Я забыла текст, — прошептала Проскурина.

— Сейчас вспомнишь! — пригрозил неожиданный партнер и ударил ее по лицу.

— Не мучайте меня, я вас не люблю, — промямлила Нателла заученную фразу и закрыла глаза. Сейчас ей было по-настоящему страшно.

— Как следует играй! — услышала она злой шепот.

— Не мучайте меня, я вас не лю-блю! — выкрикнула Проскурина.

— Уже лучше, — похвалил партнер и впился Нателле в губы.

— Вы мне противны! — прошептала примадонна и поняла, что говорит фразу из пьесы, ставшею ее мыслью.

— А мне наплевать. Я тебя купил и буду трахать, сколько захочу, — ответил блюститель закона репликой из спектакля.

— Не трахать, а брать, — поправила Проскурина.

— Не учи меня, дура, — прохрипел партнер, и Нателла не успела сказать все, что было написано драматургом Щербатым для этой сцены. Негодяй закончил эпизод раньше.

— Одевайся и запомни. Если кто-нибудь узнает, что ты мне отдала брошку, я получу выговор по ментовской службе, а тебя засадят по полной катушке, как соучастницу, — пригрозил он, и ловко одевшись, покинул гримерную.

Испуганная Нателла еще несколько минут продолжала оставаться на маленьком диванчике. Она про себя машинально повторяла слова из пьесы, которые не успела досказать. Так правдиво эту сцену Нателла Проскурина никогда не играла. В своей роли она, наконец, совместила правду искусства с правдой жизни.

———————

23

Усевшись в черный «Сааб» Ерожина, Таня демонстративно отвернулась, делая вид, что ее интересует городская жизнь за окном лимузина, и молчала.

— Итак... — начал Петр Григорьевич, поняв, что разговаривать с ним не желают. — Юный криминалист напала на след банды. Младший лейтенант Назарова догадалась, что два старых злодея прячут молодого злодея от справедливой кары. И самое ужасное в этой трагической истории то, что одним из злодеев оказался ее наставник по работе. А еще недавно она считала его кристально чистым человеком? Верно излагаю?

Таня удивленными глазами уставилась на белобрысого водителя и увидела на его серьезном лице хохочущие глаза.

— Не паясничайте. Я про вас наслышана. И мне не до шуток, — стараясь не поддаваться обаянию нового знакомого, жестко ответила Таня.

Они подкатили к управлению. Виктор Иннокентьевич возился возле своей «трешки», явно их поджидая. Завидев лимузин Ерожина, он подошел к машине и, наклонившись к открытому окну, обратился к Тане:

— Вы уже познакомились, вот и хорошо.

— Наша коллега наслышана о моих жутких наклонностях, — серьезным тоном доложил Ерожин со своего водительского места.

— Таня, Петр Григорьевич мой большой друг и очень славный человек, но главное, он самый талантливый следователь, с которым мне доводилось по жизни встречаться. Мы дружим много лет, и даже тот факт, что я «увел» его жену, дружбу не испортил. Петр Григорьевич приехал, чтобы помочь нам разобраться в очень запутанном деле. — Суворов на минуту задумался, потом посмотрел в глаза Тани и сказал:

— Поверь, если бы Гриша был виноват, я бы его не прятал. Мне надо быть в управлении, а ты останься с Петром Григорьевичем, и он тебе все подробно расскажет. Очень надеюсь, ты станешь нашим союзником и помощником. Без твоей помощи нам не обойтись.

— Таня, хочу есть. Ты не возражаешь, если мы где-нибудь перекусим, а заодно и побеседуем? — спросил Ерожин, выруливая со двора.

— Я позавтракала. — Назарова старалась сохранять с москвичом дистанцию.

— А я прямо из Москвы и голодный как волк, — признался подполковник. — Можете трапезу со мной и не делить, но пока я не положу что-нибудь в организм, толку от меня не добьешься.

— Пожалуйста. Мне все равно, — сообщила Таня и опять демонстративно отвернулась. Они пересекли мост Александра Невского, миновали гостиницу «Садко», прокатили под сводами вековых ивовых деревьев и повернули на старую московскую трассу. На посту, при выезде из города,

214

машину остановили. Ерожин достал документы и вышел.

— Петька, ты?! — неожиданно воскликнул инспектор. Ерожин пристально оглядел майора дорожной службы:

— Никак Комаров? Во дела! — Мужчины обнялись.

— Ты небось до полкана дослужился, раз на такой тачке раскатываешь? — с восхищенным любопытством осведомился Комаров.

— Поднимай выше!

— Никак до генерала... — оторопел инспектор.

— Еще выше, майор.

— Куда же выше. — Выше генерала, по убеждению Комарова, стоял только министр. Но фамилию своего министра он знал. Недоумение на лице старого знакомого повеселило подполковника.

— Нет у тебя фантазии, Димка. Пенсионер я. Выше пенсионера только покойник. А тачка фирменная. Моя «девятка» на стоянке.

— В бизнес ударился, — понимающе улыбнулся инспектор.

— Пришлось, Дима.

— Надолго в наши края?

— Пока не знаю, — ответил Ерожин и, еще раз обнявшись с Комаровым, вернулся на водительское место.

— Старый знакомый. При мне сержантиком начинал, а теперь в майорах, — отъезжая от поста, пояснил Петр Григорьевич.

— Здесь все вас так любят? — поинтересовалась Таня. Сцену встречи она отследила не без любопытства.

— Немало времени с людьми отработал. Молодость, можно сказать, всю, — ответил Ерожин. Они свернули к ресторанчику, уютно сработанному под сельский трактир. Ерожин поставил «Сааб» на стоянку и, распахнув перед Таней дверцу, весело воскликнул:

— Вперед к еде! — и, выпустив девушку, добавил серьезно: — Здесь нам дадут поговорить спокойно. И оставят без лишнего внимания.

— Опасаетесь внимания? — подозрительно спросила Назарова.

— Отчасти, — согласился Ерожин. — Надеюсь, что после нашей беседы вы поймете, что не без основания.

В «трактире» они оказались первыми посетителями. Заведение только что открылось, и два парня-официанта выглядели сонными.

— Я очень не люблю кормиться один, — признался Ерожин, протягивая Тане меню. — Закажите себе что-нибудь для порядка.

Назарова за завтраком у своей тетки почти не ела и поняла, что тоже очень голодная:

— Я не прочь закусить. Пока мы ехали, аппетит проснулся. Только, чур, каждый платит за себя.

— Ну конечно. Какие могут быть разговоры. Я не собираюсь начинать наши отношения с подкупа официального лица, — согласился Ерожин, и Таня увидела, что его стальные глаза опять смеются.

— Нечего издеваться. Я тут с вами потому, что меня попросил Виктор Иннокентьевич. А сидеть и смотреть, как вы насыщаетесь, и глотать слюну не желаю. — выговорила Таня и углубилась в ресторанную книжицу.

— Сразу могу предложить только мясо в горшочке. Другие блюда придется ждать, — предупредил сонный официант с постным выражением конопатой физиономии.

Ерожин не возражал:

— Тащи пока горшочки, а там посмотрим.

Зелье в глиняной посуде оказалось горячим и сильно перченным. Петр Григорьевич и Таня молча принялись за дело.

— Что-нибудь еще? — парень надеялся, что гости закажут выпивку, и торчал возле стола.

— Поджарь нам по цыпленку, а мы пока побеседуем, — попросил сонного лакея Ерожин.

— Я больше не смогу, — запротестовала Таня. — Да и дорого для меня.

— Так жарить или не жарить? — не понял официант.

— Жарьте. Если Татьяна... — Не знаю вашего отчества, — начал Ерожин.

— Юрьевна, если нужно, — буркнула Назарова.

— Если Татьяна Юрьевна откажутся, я справлюсь с двумя, — подтвердил свой заказ голодный клиент.

Таня промолчала. Запив острое трактирное варево стаканом минеральной воды, Петр Григорьевич выложил младшему лейтенанту факты, связанные с делом, и версию, их объясняющую.

— Я уверен, что три убийства совершил Кадков. Преступник задумал месть и начал осуществлять свой план, — закончил подполковник.

Таня задумалась. Она вспомнила, как еще в квартире убитого депутата Суворов обратил ее внимание на странные отпечатки на пластиковой бутылке. «Спрайт» пили из горла, хотя стаканы на столе стояли.

— Если я правильно поняла, Кадков мстит вам? — уточнила Таня.

— Похоже, — подтвердил Ерожин. — И остерегаюсь получить от него ножик в пузо или пулю в спину.

— Тогда при чем тут супруги Звягинцевы?

— Пока лишь догадываюсь, но думаю, если попаду в квартиру, разберусь.

— В ней работал сам Суворов! Неужели вы и ему не доверяете?

Ерожин почувствовал в голосе молодого криминалиста нотки обиды за учителя и не смог сдержать улыбки. Отношение Тани к своему наставнику его тронуло.

— Милая Татьяна Юрьевна, очень трудно работать втемную. Особенно когда надо искать то, чего нет. И потом, вы забываете о следователе. Сиротину и в голову не пришло поинтересоваться, не выпущен ли на свободу сын бывшего владельца квартиры?

— О чем вы?

— Если предположить, что убийца знал то, чего не знали новые хозяева, все становится на места, — пояснил подполковник.

— Это пока догадки. Они очень правдоподобны, но где доказательства? Допустим, преступник мстит вашему сыну. Но что подтверждает вашу версию о мести? Кроме бутылки «спрайта» пока ничего, — покачала головой Таня.

— Ошибаетесь, Татьяна Юрьевна. Есть подтверждение. В вашем городе на другой день пос-

218

ле убийства четы Звягинцевых жестоко избита пенсионерка Александра Федоровна Моторина. Она десять лет назад судила Кадкова. До пенсии женщина работала судьей. А вот и цыплята! — обрадовался Ерожин.

— Откуда вам это известно? — не обращая внимание на смену блюд, спросила Таня.

— Витя не сидит сложа руки. Суворов побывал в архиве, достал дело Кадкова и переписал фамилии основных сотрудников, принимавших в нем участие. Ешьте, остынет, — напомнил Ерожин и, схватив птицу, жадно впился в нее зубами. Таня посмотрела на цыпленка и последовала его примеру.

— Виктор Иннокентьевич говорил, от меня потребуется помощь? Что я могу сделать? — Таня покончила с едой и старательно вытерла салфеткой пальчики.

— Работы очень много. Чтобы выложить перед Сиротиным неопровержимые факты — их надо добыть. — Ерожин тоже вытер руки салфеткой и улыбнулся. — Вот, теперь стало легче. Пустой живот дрянная штука, — заметил он и снова перешел к делу: — Сыну в день убийства звонила женщина и выманила его в гостиницу. Надо искать сообщницу.

Таня вспомнила испуганный взгляд буфетчицы из кафе «Русич» и рассказала о своем наблюдении.

— Из вас, Татьяна Юрьевна, выйдет неплохой следователь, — похвалил Ерожин. — Будете помогать?

Таня задумалась. Она поняла, что ее подозрения в адрес Суворова выглядят после беседы с москвичом наивно. Но поверить до конца побаи-

219

валась. Уж больно фантастична версия москвича. — Я соглашусь при одном условии.

— Валяй, Танюша, — улыбнулся Ерожин. — Выдвигай.

— Я должна, перед тем как встать на вашу сторону, повидать боксера Гришу, — твердо сказала Таня.

Петр Григорьевич почесал свой белобрысый бобрик:

— Далеко ехать.

— Не важно, — заявила Таня и смутилась. — Это очень дорого?

— Дороже цыпленка табака, — улыбнулся Ерожин и, подозвав официанта, расплатился по счету.

— Как же? Мы же договорились, — растерялась Назарова.

— Будем считать, что я тебя подкупил, — серьезно сообщил Петр Григорьевич, убирая в карман куртки свой бумажник. — Теперь ты член организованной мафиозной группы в составе криминалиста Суворова, подполковника-пенсионера Петра Ерожина и их сына Григория.

— Долго вы будете надо мной издеваться? — обиделась девушка.

— Больше не буду. Ты продолжаешь выдвигать свое условие насчет Гриши?

— Конечно. Я не смогу участвовать в вашем расследовании, если не поверю до конца, — убежденно заявила она.

— Придется пилить сегодня со мной в Москву, — предупредил Петр Григорьевич.

— Ваш сын в Москве?

— Он дальше. К нему полетишь одна. Я не могу

терять два дня на лирические отступления. Преступник опасен, — ответил Ерожин.

— У меня нет денег на самолет, — призналась Таня. — Я пока зарабатываю немного.

— Два отца скинутся на дорогу к одному сыну, — усмехнулся Ерожин, вставая. — Если желаешь выполнять свое намерение, поднимайся. Времени у нас в обрез.

Усаживая Таню в машину, Петр Григорьевич, еще раз спросил:

— Не передумала?

— Еду, — повторила Назарова и затихла в кресле. Ерожин уселся за руль, достал мобильный телефон и набрал номер Суворова. — Витя, твоя практикантка согласилась нам помогать, но желает встречи с сыном. Мы сейчас вместе едем в Москву. Оттуда я отправлю ее к Грише самолетом.

— Ты гений, Петька! Сумел договориться.

Ерожин убрал телефон и воскликнул:

— Вперед, в стольную!

— Как, прямо сейчас? — испугалась Таня.

— Именно сейчас, — подтвердил Ерожин, сворачивая на трассу в сторону Москвы.

— У меня с собой ничего нет, — растерялась Назарова.

— Паспорт и удостоверение при тебе? — спросил он, притормаживая.

— Документы всегда при мне. Но ни смены одежды, ни зубной щетки. Я даже косметичку не взяла...

— Зубную щетку получишь за счет фирмы, а насчет косметички, судя по поведению, — мрачно пообещал подполковник и утопил педаль газа в пол.

— Ой! — пискнула Таня, когда стрелка спидометра приблизилась к отметке сто восемьдесят. Ерожин на реакцию пассажирки не обратил внимания. Он продумывал следующие шаги. «Без помощи Петровки не обойтись. Отправив девушку в Самару, придется встретиться с Бобровым».

К следователю Боброву Ерожин один раз обращался после дела Фатимы. Петр тогда разыскивал Надю. Никита Васильевич выдал ему адрес по номеру телефона.

Мысли Петра Григорьевича прервало странное движение на пассажирском кресле. Машина укачала Назарову, и она, задремав, пристроила голову на плечо водителя. Ерожин улыбнулся и наклонился, чтобы девушке было удобнее. Через час они уже пролетели Валдай и неслись к Вышнему Волочку. У поста Петр Григорьевич притормозил, и Таня проснулась.

— Извините, я нечаянно, — смутилась девушка, поняв, что задремала на плече водителя.

— Вы, Татьяна Юрьевна, мне вовсе не мешали, — не замечая смущения пассажирки, успокоил Ерожин.

— И давно я так сплю? — тихо поинтересовалась Назарова.

— Ерунда. Километров двести, — сообщил Петр Григорьевич.

— А мне сон снился, — зевнула Таня и сладко потянулась.

— И что же тебе снилось?

— Даже смешно рассказывать.

— Посмеемся вместе. До Москвы еще часа три, — ответил Петр Григорьевич.

— Мне снилась широкая и красивая река. И на ней лодка с парусом. Я стояла на берегу, и мне очень хотелось в лодку. И вдруг лодка повернулась и поплыла ко мне.

— И в ней, конечно, принц! — предположил Ерожин.

— Не угадали. В лодке оказались вы с Суворовым, — рассмеялась Таня. Суворова она добавила. Приснился ей только Петр Григорьевич. Но девушке не захотелось признаться, что ей очень хорошо рядом с Ерожиным в машине. «Как жалко, что мы так быстро приедем, — пожалела Таня и подумала: — Все-таки в нем, правда, что-то есть». Не зря рассказывают легенды о похождениях Ерожина. После гибели Сережи она впервые обратила внимание на другого мужчину.

— В Москве у вас тоже дети? — как бы невзначай, поинтересовалась пассажирка. Они выбрались из Вышнего Волочка, и Петр Григорьевич снова утопил педаль в пол.

— Нет у меня в Москве детей. У меня жена — ребенок, — сказал Петр Григорьевич и вспомнил о Наде.

— И сколько же лет вашему жене-ребенку? — спросила Назарова, скрывая разочарование.

— Наверное, такая же, как ты. Тебе сколько лет? — Ерожин обогнал допотопную «Волгу» и с трудом увернулся от джипа, который несся навстречу с жуткой скоростью.

— Ух! — выдохнула Назарова. Ей показалось, что сейчас они столкнутся. — У женщин не принято спрашивать о возрасте.

— У женщин да, у коллег можно, — возразил Ерожин.

— Тогда двадцать четыре, — призналась Таня.

— Ты на два года старше моей жены, — усмехнулся Петр.

— Выходит, я для вас стара, — притворно вздохнула Назарова.

— Выходит, что так, — согласился водитель.

Они пересекли Волгу и въехали в Тверь. Трасса цепляла лишь окраину Твери и уходила на объездное кольцо. Табличка с указателем города напомнила подполковнику калининские курсы. Здесь и брала начало долгая история, завершившаяся выстрелом на поле гольф-клуба.

«Жизнь движется кругами», — подумалось Петру Григорьевичу. Калининский круг пробежал через Азию и привел к семье Аксеновых. Туда же привело и давнее дело Кадкова. Не попади он тогда к Грыжину, не было бы и Нади. Он вспомнил свой первый танец с удивительной блондинкой и ее образ, являвшийся к нему в больничную палату после ранения. Снова страх за жену закрался в сердце «Там не достанет», — успокоился Ерожин. Надю он отправил под крыло Марфы Ильиничны.

— А я любила Крутикова, — вдруг сказала Таня. Ерожин удивленно посмотрел на девушку:

— Сережу?

— Вы его помните! — обрадовалась Назарова.

— Конечно, помню. Он обожал стихи, — ответил Петр.

— Сережа мне о вас очень много рассказывал. Он все ваши дела изучил, — грустно сообщила Таня.

Звонок мобильного телефона оборвал воспоминания.

— Петя, ты где? Я так скучаю, — услышал Ерожин голос жены.

— Пилю, моя милая, — ответил супруг.

— Опять пилишь? Откуда и куда?

— Из Новгорода в Москву. Скоро буду дома. — Ерожин сбавил скорость. Рулить одной рукой, когда летишь под сто восемьдесят, опасно.

— Ты один? — спросила Надя.

«Собачье у девчонки чутье», — подумал Петр Григорьевич.

— Нет. Со мной очень симпатичная девушка.

— Я так и знала, — притворно сердитым тоном упрекнула жена.

— Не ревнуй. Она младший лейтенант и помогает нашему делу, — заверил Петр.

— Раз оправдываешься, значит, виноват. Ты мой родной бабник. Как я хочу домой! Кончай скорей свое расследование. Сын у тебя симпатичный.

— Гляди, не влюбись в отпрыска. Я помню, как он в твою сторону поглядывал, — пригрозил муж.

— Он ребенок. После тебя разве влюбишься? Целую. Звони почаще.

Петр улыбнулся и убрал телефон в карман. За окнами потянулись дачные поселки. Они въехали в Московскую область. Ограничивающие скорость знаки стали попадаться у каждой деревни. Ерожин потащился девяносто. После ста восьмидесяти скорость девяносто километров в час казалась черепашьей. Таня молчала. Она поняла, что завидует молодой жене московского следователя и не хочет себе в этом признаваться. К Москве подъехали в сумерки. Ерожин посмотрел на часы. От новгородского «трактира» до Кольцевой они добрались за четыре часа и двадцать пять минут. В город Петр Григорьевич заезжать не стал, а свернул на Кольцевую автодорогу и понесся на восток. Самолеты в Самару должны были улетать, по мнению подполковника, из Домодедова. Таня смотрела в окно. По современной московской Кольцевой она никогда не каталась, и трасса поразила ее своими масштабами. Ни в Санкт-Петербурге, ни тем более в Новгороде ничего подобного ей видеть не довелось. Через сорок минут они прибыли в аэропорт.

— Давай сюда паспорт и посиди в машине. Я пойду разузнаю о ближайшем рейсе и попробую взять билет, — сказал Ерожин, и зашагал к зданию аэровокзала. Автомобилей на стоянке парковалось множество. Таня огляделась и поняла, что ей пора выйти. Но оставлять дорогую иномарку открытой Назарова не решилась. Пятнадцать минут, что не было Ерожина, для девушки показались вечными. Она ругала себя, что постеснялась попроситься выйти вместе.

Наконец Петр появился:

— Сегодня рейсов нет. Полетишь завтра в семь десять. Но встать придется в половине пятого.

— А где я буду спать? — растерянно спросила Таня.

— Спать будешь у меня. Но сначала надо поужинать, — ответил Ерожин.

— Сначала мне надо в туалет, — набралась смелости Таня.

— Я старый идиот, — ругнул себя Петр Григорьевич и повел Назарову в зал. Пока он ждал девушку, раздался звонок мобильного телефона. Звонил Суворов.

226

— Петя, поторопись. Сиротин ведет себя странно, в такое время взял больничный. Мне кажется, он что-то замышляет.

— Он что, здоров?

— Нет, весь в соплях. Но все равно, странно, больничный в такое время... — растерянно повторил Суворов: — Приезжайте скорей.

— Я постараюсь долго не задерживаться. Назарова вечером вернется из Самары и сможет попасть в управление на другой день, утром, — успокоил Ерожин криминалиста.

— Ладно, до встречи. Танечке привет.

Петр попрощался и спрятал телефон в карман

— Что нибудь случилось? — спросила Таня, заметив озабоченность москвича.

— Тебе привет от Вити, — думая о звонке, рассеянно передал подполковник.

— От какого Вити? — не поняла Таня.

— От Суворова Вити, — пояснил Петр. — Мне неохота сидеть в кабаке, давай что-нибудь купим и поужинаем дома, — предложил Ерожин, въезжая в столицу.

— Неловко ехать к вам домой, — сказала Таня.

— Желаешь спать на улице?

— Нет, на улице холодно, — ответила Назарова и спросила: — Жены не боитесь?

— Боюсь, но ее нет, — признался Петр Григорьевич.

— Как нет, вы не живете вместе? — удивилась Таня.

— После истории с сыном, я не хочу оставлять Надю одну. Она у родителей.

— Если вы такой опытный сыщик и так напугались, наверное, ваш Кадков и впрямь очень опасен, — задумчиво проговорила Назарова.

— Боюсь, что да.

— Скорее бы его взяли, — вздохнула Таня.

Петр Григорьевич подрулил к супермаркету и, заехав на площадку, с трудом нашел свободное место. В это время москвичи возвращались с работы и запасались провиантом.

— Вылезай, пойдем добывать харчи.

Таня продолжала думать о Кадкове и немного отстала.

— Не спи, тут затолкают, и еще потеряешься. — Петр взял Таню за руку и повел к витринам. — Выбирай сама. Сегодня будешь за хозяйку.

Тане стало очень уютно от этого предложения. Она приподнялась на цыпочки, высматривая за спинами москвичей, что творится на прилавках.

— Я не знаю ваших вкусов, — сказала Таня, пристраиваясь к очереди в колбасный отдел.

— Я всеяден, — сообщил Петр Григорьевич и послушно встал рядом.

Ерожин руку Тани не выпускал, а она ее не вырывала, хотя шанс потеряться, стоя в очереди, был не велик. К машине они возвращались с двумя внушительными пакетами. Протискиваясь между вереницами легковушек, припаркованных у подъездов чертановских башен, Ерожин снова поглядел на часы.

— Всего полвосьмого. Мы еще и новости застанем, — сказал он Тане.

— Я телевизор последнее время редко смотрела. Тетка сидит за своими сериалами, а я их не перевариваю, — пожаловалась Назарова. — Но если честно, я бы выпила чаю и завалилась спать.

Лифт работал, и через минуту они стояли у дверей ерожинской квартиры. Петр Григорьевич полез в карман за ключами, но, взглянув на дверь, застыл.

— Замри! — сказал он шепотом девушке и вместо ключей извлек пистолет. Таня тоже посмотрела на дверь и сначала не поняла тревоги Ерожина. Профессионализм молодого криминалиста пока не работал в автоматическом режиме, и его приходилось включать. Но, оглядев коробку и замок внимательно, Назарова обнаружила еле заметную щель:

— Она открыта?

Петр кивнул и приложил палец к губам. Так они простояли минуты три. В квартире было тихо. Тогда Петр Григорьевич отвел Таню на этаж выше, неслышно подошел к двери, на мгновение замер, затем рывком распахнул ее и ворвался внутрь. Прошло несколько минут. Наконец он показался в проеме своей прихожей и знаком позвал Таню. Лицо у хозяина квартиры при этом было весьма мрачное. Таня вошла и ахнула. Кресло, стол и тахта в развороченном и изломанном виде походили на кучи хлама. Части телевизора валялись на паркете, осколки экрана разлетелись по всей комнате. Содранную с потолка люстру, вернее то, что от нее осталось, Ерожин обнаружил в унитазе. Такая же картина наблюдалась и на кухне. Весь линолеум заполняли осколки чашек и тарелок. Из холодильника торчали вырванные детали и провода. Таня смотрела вокруг расширенными от ужаса глазами. Ей сразу вспомнилась квартира пенсионерки в Новгороде:

— Это он?

— Мы разминулись часа на три, — предположил Петр Григорьевич и достал из кармана мобильный телефон. Аппарат в квартире оказался изувечен.

— Где Надюша? — спросил Ерожин Марфу Ильиничну, забыв с генеральшей поздороваться.

— С Глебом и Любашей по Москве разгуливают, — ответила вдова.

— Появится, пусть сразу отзвонит, — попросил Ерожин и спросил: — Кто такой Глеб?

— Твой новый родственничек. Брат Михеева, теперь муженек Любы, — не без сарказма, пояснила Марфа Ильинична и напомнила: — Не забудь на свою свадьбу в воскресенье явиться. И подарок невесте не забудь.

Ерожин промычал на прощание что-то невразумительное и, на минуту задумавшись, метнулся к стеллажу, подтянулся на руках и заглянул внутрь. Кейса с долларами на стеллаже не оказалось. На его месте подполковник заметил листок. Он развернул его и прочел нацарапанную печатными буквами записку: «Штемп, носить передачи сыну тебе будет не на что».

24

Егор Шемягин смотрел на себя в зеркало. Лицо его после вчерашнего кутежа выглядело скверно. Мятые щеки, синеватые мешки под глазами, да и нос, которым артист по праву гордился, припух и потерял свою идеальную арийскую форму.

— Дрянь у тебя морда, — сказал сам себе Егор и принялся растираться кремом. Собственная внешность Егора Александровича волновала всегда, но сегодня, в день, когда предстояли пробы на роль, особенно. Роль эта прельщала его не слишком. Брат героя фильма, жалкий сутенер, задействованный по-настоящему лишь в трех сериях из десяти. Для Шемягина, за плечами которого с десяток заглавных ролей, пускай в дешевых, но показанных по основным телеканалам боевиках, эта работа не сулила ничего, кроме заработка. Но Егор сидел без денег. Соня капризничала и требовала тряпок. Ее эффектная внешность за годы, что они делили постель и досуг, подвяла, а претензии остались те же. Шемягин давно бы с Соней расстался, но артисту льстило, что его пассия — дочь заместителя министра. Умывшись горячей, затем холодной и еще раз горячей водой, артист снова оглядел свою физиономию и недовольно поморщился.

— Что же делать? Будем показывать то, что имеем, — принял он философское решение и надел сорочку.

Соня продолжала возлежать на тахте, хотя время давно перевалило за полдень. Женщина ждала портниху и, рассеяно листая журнал, где предлагалась итальянская одежда к зимнему сезону, курила сигарету с ментолом. Егор терпеть не мог запах ментола, но заставил себя подойти к Соне и чмокнуть ее в губы. Соня мазала губы на ночь какой-то отвратительной питательной помадой. Выйдя в холл, перед тем как надеть пальто, Шемягин достал платок и брезгливо вытер рот. На лестничной площадке он облегченно вздохнул и вызвал лифт. Квартира Сони находилась на третьем этаже, но передвигаться пешком по лестнице артист не любил. Кабина остановилась. В ней спускался пассажир с десятого этажа. Старый кагэбист направлялся прогуливать своего хромого водолаза. Огромная собака сидела, заняв половину лифта, и со свистом дышала. Если не знать, что дышит четвероногий, можно было представить тучного мужчину, страдающего грудной жабой.

— Здрасьте, Владимир Гаврилович, — фальшиво улыбнулся Шемягин, оскалившись своей знаменитой шемягинской улыбкой.

— Привет знаменитостям, — ответил кагебист. — На съемки?

— На пробу, — небрежно бросил Шемягин.

В доме Министерства внутренних дел, где генерал Грыжин выбил квартирку для дочери, артист обитал на правах местной достопримечательности. На улице Егор поднял воротник и огляделся. Толкаться до студии в метро ужасно не хотелось. Он высматривал знакомых в припаркованных возле дома авто. Соседи, случалось, подбрасывали местную знаменитость, почитая это, как думал Шемягин, за честь. Но сегодня Егору не везло. Он уже было побрел к метро, как услышал сзади радостный крик:

— Шемягин, неужели сам Шемягин?! — Егор оглянулся и увидел высокого сухопарого брюнета, аршинными шагами поспевающего за ним.

— Вы меня? — поинтересовался артист и на всякий случай опять напялил свою улыбку.

— Проезжал, смотрю и глазам не верю. Думаю — Шемягин, или показалось, — продолжал брюнет, восторженно оглядывая артиста.

— Вам не показалось. Я Егор Шемягин, но с кем имею честь?

— Какая удача. Вы меня не помните? Я частично финансировал фильм «Смерть от удушья», где вы снимались в заглавной роли. И вот теперь вижу вас на улице, — ворковал брюнет, продолжая всем своим видом демонстрировать восторг от случайной встречи. Магическое словосочетание «финансировал ваш фильм» сделали свое дело. Улыбка Шемягина из фальшивой в мгновение стала необычайно искренней:

— Мы иногда не знаем в лицо наших благодетелей, — признался он. — Очень приятно познакомиться.

— Руслан Ходжаев, — протянул руку благодетель, и Шемягин с удовольствием ее пожал.

— Такую встречу надо отметить, — предложил

233

Руслан Ходжаев, когда артист освободил его пятерню.

— С огромным удовольствием, но, увы, у меня проба. Надо ехать на студию, — с неподдельным сожалением отказался Егор.

— Так за чем встало дело? Сейчас я вас отвезу на студию, а после пробы приглашаю на обед. Очень люблю ресторан Дома кино, но пропуска не имею. Вот и пригласите. Ваш пропуск, мой кошелек. Идет?

Егор Александрович радостно согласился. На нормальный обед он сегодня не рассчитывал. Соня уже несколько лет дома не готовила, а получить скучные щи с котлетой в родительской квартире на Таганке — перспектива не из веселых. Брюнет проводил кинознаменитость к белому «Мерседесу» и раскрыл дверцу. Шемягин с удовольствием развалился на мягком сиденье и достал пачку «Мальборо».

— У вас в машине курят?

— У нас в машине не только курят... — многозначительно намекнул Руслан. Мужчины понимающе переглянулись. Через двадцать пять минут Егор Александрович вошел в проходную студии. Оператор Степнюк давно настроил свою камеру, направив объектив на бутафорскую телефонную будку. Режиссер Картузов, маленький лохматый еврей, по паспорту Фридман, бегал вокруг оператора и скороговоркой произносил монолог из отборной матерщины. Причем в устах режиссера это звучало деловитым ворчанием.

— Слава богу, хоть ты вовремя, — сообщил Картузов, взглянув на огромные ручные часы. —

А вот б..., Катька, задницу вовремя никогда поднять не может. Ты ее, суку, хоть бей, хоть на коленях проси, все равно проспит, тварь. Время павильон сдавать, а этой прошмандовки нет!

Молодая артистка Катя Самохина, дочь известного киноактера шестидесятых годов, опоздала всего на двадцать минут. Но этого вполне хватило, чтобы испортить настроение постановщика.

— Становись в будку, морду высуни. Играй ожидание. Ты ему звонишь и смотришь, вдруг пришел. Поняла, дура? — объяснил Картузов Самохиной задачу в пробном эпизоде.

— Поняла, Самсон Михайлович, — ответила Катя и заняла место у телефона.

— А ты, Гоша, медленно хромай к ней, словно после бодуна. Ничего не видишь, ничего не понимаешь. Как носом в нее упрешься, отыграй недоумение, сменишь на удивление, удивление на радость, улыбочку свою идиотскую выдашь и текст: «Лида, ты что тут делаешь?» Понял?

Шемягин понял. Вся съемка с двумя дублями заняла тридцать минут. До встречи с новоявленным богатым поклонником у Шемягина оставалось полтора часа. Егор Александрович поехал в Дом кино на троллейбусе. В его кошельке от вчерашней гулянки осталось пятьдесят рублей, и он решил выпить в родном доме пару чашек кофе, чтобы скоротать время до обеда. С владельцем белого «Мерседеса» Шемягин договорился встретиться в холле клуба. Стоя в тесной коробке городского транспортного средства, артист прикидывал, когда можно рассчитывать на гонорар от предстоящей съемки. Это, конечно, в том случае, если проба Картузову понравится. Но режиссер не первый раз работал с артистом Шемягиным, которого он и открыл для миллионов зрителей, и Егор в успехе не сомневался. В буфете Дома кино мелькали лица, Егору Александровичу хорошо знакомые. Торчал здесь народ киношный, оказавшийся не у дел. Кроме опостылевшего кофе каждый надеялся на встречу с постановщиком. Артист вечно ждет или встречи, или звонка, от которых вся его жизнь разом переменится. У Егора Александровича все это осталось позади. Он своей встречи с режиссером Картузовым дождался семь лет назад и теперь стал знаменит и востребован. Шемягин нежно поздоровался со знакомыми. Поцелуи и объятия тут были нормой, хотя подлинных чувств не выражали. Артист заказал большую чашку кофе и небрежно выбросил на стойку пачку «Мальборо». Перекидываясь сплетнями и мелкими профессиональными новостями, он убил час. В холл спустился за пятнадцать минут до назначенного времени. Вспомнив, что обещал Соне выдать звонок о результате пробы, заглянул в администраторскую. Соня к телефону не подошла. «Странно», — подумал Шемягин. Егор знал, что его подруга ждала портниху и выходить из дома не намеревалась. Он на всякий случай повторил звонок. Номер не ответил.

Ходжаев появился минута в минуту.

— Что значит деловой человек, — похвалил артист пунктуальность Руслана. — Сразу видно, не наш брат — богема!

Они поднялись в ресторан и уселись в уголок. Егор Александрович с большим удовольствием устроился бы в центре. Красивый обед не грех и продемонстрировать братьям по цеху, но Ходжаев выбрал столик в углу и уселся спиной к залу. За обедом пили коньяк. Шемягин предпочитал водку, но цена коньяка льстила артисту, и он не возражал. Понемногу алкоголь и телятина с грибами расположили мужчин к интимной беседе. Разговор сам собой коснулся прекрасного пола. Егор Александрович, уже будучи навеселе, признался, что терпит любимую женщину из чувства долга.

— Любовь кончилась, — жаловался артист. — Остались привычка и страх. Страх перед скандалами, предшествующими разрыву.

Между делом он сообщил Руслану, чья дочь его поднадоевшая возлюбленная.

— Хочешь я у тебя ее куплю? — предложил Ходжаев.

— Как купишь? — не понял Егор.

— За деньги. Тебе нужны деньги? — поинтересовался Руслан.

— Деньги всем нужны, — трезвея от неожиданного предложения, произнес артист.

— Даю тебе штуку баксов. Ты мне — ключи от квартиры. Ночью приду, трахну твою министерскую дочку, а ты, если хочешь, приходи следом. Застукаешь измену и сможешь гордо уйти или гордо простить. Это уже твое дело.

— Ты серьезно? — недоверчиво переспросил Шемягин. В его представлении, за ночь, проведенную с Соней, любовник сам вправе требовать гонорар. А этот предлагает штуку.

— Я вполне серьезно. Люблю розыгрыши, —

усмехнулся Ходжаев, блеснув темными с желтизной глазами.

— Я тоже люблю хохмы, — оскалившись экранной улыбкой, сообщил Шемягин.

— Тогда по рукам. — Руслан полез в карман и достал тоненькую пачку долларов. — Гони ключи от квартиры.

Шемягин взял деньги и, повертев их в руках, вернул назад:

— С Сонькой шутить опасно. У нее папашка хоть и вышел на пенсию, но все же был вторым ментом в державе. Связи остались.

— Не хочешь, как хочешь. Только на меня еще ни одна баба никому не жаловалась, — похвалился Ходжаев и неожиданно спросил: — Стрелять умеешь?

— Ты к чему? — растерялся Егор Александрович.

— Уж очень лихо на экране палишь, — усмехнулся меценат.

— Вот ты о чем! — облегченно вздохнул Шемягин. — Понарошку умею.

— Поедем ко мне на дачу. По-настоящему попробуешь, — предложил Руслан. Шемягину никуда ехать не хотелось, но обижать богатого поклонника артист не решился. — На дачу так на дачу.

Вылетев на Киевское шоссе и миновав Кольцевую автостраду, белый «Мерседес» лихо притормозил на обочине.

— Выходи, проверим твою верную руку, — предложил Ходжаев.

— Прямо тут? — удивился Шемягин, оглядывая редкий березовый лесок.

— Прямо здесь и сейчас. А чем плохое место? Заодно и отольем, — улыбнулся Руслан. Мужчины вышли из машины и направились в лесок.

— Давай сюда сигареты, — попросил Ходжаев. Егор извлек полупустую пачку «Мальборо» и протянул Руслану. Тот взял пачку, пристроил ее на пенек и, не снимая водительских перчаток, достал из кармана маленький черный пистолет. Шемягин, покачиваясь, наблюдал, как его богатый друг долго и сосредоточенно целится. В темнеющем лесу яркая этикетка светилась, отражая уходящий осенний день. Негромкий хлопок выстрела заставил Егора Александровича вздрогнуть. Пачка «Мальборо» подпрыгнула как живая и упала за пенек.

— Теперь ты, — сказал Ходжаев, протягивая пистолет артисту.

Егор взял оружие, повертел в руках.

— Как из него стреляют? — поинтересовался он не очень трезвым голосом.

— Давай покажу, — предложил Руслан и, забрав пистолет из рук Шемягина, не целясь, выстрелил ему в голову.

————

25

В квартире Аксеновых на Фрунзенской набережной день начался рано. В семь утра Марфа Ильинична обошла двери всех четырех комнат и, громко стуча по ним кулаком, потребовала подъема.

— Мама, что ты шумишь? — возмутился Иван Вячеславович сонным голосом.

— Ты забыл, что сегодня двух дочек замуж отдаешь? — грозно напомнила генеральша сыну.

— Они уже давно замужем, — проворчал недовольный отец и натянул на голову одеяло.

— Ваня, просыпайся. Нехорошо... — неуверенно поддержала свекровь Елена Николаевна.

— Что — нехорошо? — буркнул Аксенов.

— Надо вставать и помочь маме, — пояснила Лена.

Иван Вячеславович высунул из-под одеяла нос и глянул на часы:

— Господи, кто же женится в такую рань?

В других комнатах со старшей хозяйкой не спорили. Марфа Ильинична, удостоверившись, что услышана, отбыла на кухню. Несмотря на грозный вид и суровость голоса, сама вдова проснулась в великолепном состоянии духа. Давно в генеральской квартире не собиралось столько близких. Сегодня почти все птенцы аксеновского рода по властному зову Марфы Ильиничны слетелись в гнездо. Даже Вера привезла накануне вечером своего болезного Севу из реабилитационного центра в Кубинке. Дважды прооперированный Кроткин никак не поправлялся, но Вера упросила врачей выпустить его на выходные. Жена подумала, что домашний праздник повлияет на настроение мужа и станет стимулом в борьбе его организма с недугом. Люба с Глебом получили под жилье кабинет Аксенова, но дома только спали. За неделю, что Глеб обитал в Москве, они успели посетить не один театр и несколько раз побывать в гостях. Люба знакомила своих молодых друзей с мужем, и эти знакомства заканчивались глубоко за полночь. Днем молодые делали всякие покупки. На заработанные в последней рыбацкой ходке деньги Глеб купил старенькую машину, и по магазинам они разъезжали на ней.

Три дня жила на Фрунзенской набережной и Надя. Ерожин не велел молодой жене и носу показывать в Чертаново и по нескольку раз в день проверял ее местопребывание по телефону. Старую вдову оживление в доме радовало. Лишь один кот Фауст от непривычного многолюдья нервничал и никак не мог найти себе места.

После завтрака Марфа Ильинична, как главнокомандующий перед боем, раздавала приказы. Каждый из членов семейства получал свое задание. Любе и Глебу вдова поручила рынок. Аксенову с Леной приказала доставить заказной торт. Кроткины от походов в связи с состоянием здоровья Севы освобождались, но Вера заработала наряд по кухне. Ей предстояло крошить овощи под салаты. Судя по количеству блюд, запланированных Марфой Ильиничной к праздничному обеду, прием обещал быть многолюдным. К часу дня стол был сервирован. К двум невесты облачились в одинаковые белые костюмчики, купленные сестрами в одном магазине. Вера тоже приоделась и старалась чаще улыбаться, хотя улыбка давалась ей нелегко. Здоровье, вернее нездоровье Кроткина замерло, и месяц в реабилитационном центре изменений к лучшему не дал. Самая престижная больница державы оказалась бессильна против одной пули Фатимы. Вера хотела сегодня поговорить об этом с Ерожиным. Супруга Кроткина верила в безграничные возможности Петра Григорьевича и надеялась на его совет. Желала говорить с Ерожиным и Люба. Поэтому все три сестрицы ждали приезда Петра из Новгорода.

Первый свадебный гость прибыл без пятнадцати два и оказался генералом. Что, как известно, для свадьбы является хорошей приметой. Восьмидесятилетний вдовец Митрофанов внес огромный торжественный букет и, сияя орденами и нашивками, припал к ручке Марфы Ильиничны. Друг ее покойного мужа в квартире на Фрунзенской набережной последний раз появлялся еще при жизни генерала Аксенова. Ходил старый вояка с трудом, опираясь на массивную трость. На торжество его доставил на своей антикварной «Победе» Петрович. Надя и Люба сделали перед гостем реверанс и получили по подарку. Подарки скорее предназначались молодым мужьям, но дочери Аксенова благодарили дарителя искренне. Два серебряных подстаканника прошли с генералом Митрофановым нелегкий боевой путь, и он не пожалел с ними растаться. Следующими гостями стали вдовы. Рона Самойловна Листович и Марья Андреевна Крупенина. Обе женщины работали до пенсии в военном госпитале и много лет подлечивали покойного мужа Марфы Ильиничны. Следом за вдовами с пакетиками и коробочками в прихожей возникла чета Зиминых. На двоих ими прожилось полтора столетия, но супруги оставались бодрыми и подвижными. Отставной адмирал Зимин жил с женой круглый год на даче, и от этого оба имели удивительную розовость щек. Глеб и Аксенов с трудом успевали раздевать дам и улыбаться вновь входящим. Зимин помнил отца Любы и Нади двенадцатилетним мальчиком. Теперь, оглядывая пятидесятилетнего сына фронтового друга, адмирал воскликнул:

— Как ты повзрослел, Ваня!

К трем часам приехал Грыжин с Галиной Михайловной. Генерал поздравил Аксенова-отца с запоздалым торжеством и предупредил, что сын Коля с женой задержатся. Николай Грыжин обещал заехать за сестрой. Соня пожелала на свадьбе Петра Григорьевича присутствовать. После чего Грыжин растворился среди гостей, а его маленькая генеральша расцеловалась с невестами и, отозвав их в спальню, вручила по умопомрачительной нижней рубашке. Белье переливалось невероятным блеском и сиянием, и Галине Михайловне было жаль, что молодые женщины не имеют времени на примерку.

— Никогда не ложитесь со своими мужьями нагишом, — советовала маленькая генеральша. —

Вы для ваших мужчин должны оставаться загадочно прекрасными до конца жизни.

Люба с Надей переглянулись, с трудом удерживаясь, чтобы не захихикать. Представить Галину Михайловну как вечную загадку для Грыжина молодым дамам не удалось.

Горы цветов и коробок с подарками заполонили квартиру. Елена Николаевна, воспользовавшись тем, что гостей принимает свекровь, старалась пристроить букеты в вазы. Вазы закончились. В ход пошли банки, затем ведра. В четыре часа Марфа Ильинична позвала к столу. Не хватало только двоих — Петровича и Ерожина. Старый водитель отправился последним рейсом за своей половиной, а где находился Петр Григорьевич, не знал никто. Надя несколько раз пыталась достать мужа по мобильному, но голос дежурной сообщал, что абонент находится вне зоны достигаемости. Усевшись за стол, увеличенный стараниями Петровича до невероятных размеров, гости пытались определить, где сидят молодые. Понять, что на одного жениха приходится временно две невесты, пожилым людям было сложно. Да и Глеб не мог торжественно восседать на своем почетном месте. Ему приходилось ухаживать за гостями, помогая Вере и генеральше с невесткой. Наконец Петрович привез Лидию Ивановну. Супруга бессменного водителя Аксеновых, тучная и властная женщина, долго раздевалась в прихожей. Петрович усадил жену за стол и, поискав глазами Марфу Ильиничну, хотел получить новое задание. Но старая вдова, поняв его взгляд, грозно приказала:

— Садись рядом с женой и отдыхай. Ты и так, словно мальчик, побегал.

Петрович послушно уселся на стул и затих. Марфа Ильинична внимательно оглядела гостей, подставила свой бокал, чтобы сын его наполнил шампанским и сказала:

— У них теперь все не как у людей. Если бы не я, как басурмане, без свадьбы жизнь начали. Вот и Петра не вижу, а предупреждала — не опоздай.

— А я и не опоздал, — сказал Петр Григорьевич, врываясь в гостиную с двумя букетами белых роз.

Надя облегченно вздохнула и заулыбалась:

— Где ты был? Я уже от страха за тебя еле жива. А тут еще гостей полон дом.

— Потом, Наденька, потом, — шепнул Ерожин и, подойдя к Марфе Ильиничне, поцеловал ей руку.

— То-то же, — промолвила вдова строго, но не выдержала и обняла Ерожина. — Слава богу, голубчик. Я же знаю, что за убийцем бегаешь. Волновалась за тебя. Теперь уж все дома.

Надя от волнения никого не видела. Когда же муж, наконец, объявился, молодая женщина оглядела гостей и воскликнула:

— Сколько орденов!

Увидеть в наше время за столом такое несметное количество боевых наград молодому человеку, знавшему о мировой войне лишь по учебникам, и впрямь удивительно.

— Выпьем за молодых, — подняла бокал Марфа Ильинична.

Гости дружно поддержали. Для них и Ерожин в свои сорок шесть сходил за мальчика, а внучки старой вдовы и вовсе дети. За столом сидели люди другой эпохи.

— А помнишь, Марфа, твою свадьбу со Славой? Фляжка спирта, да котелок картохи, а у них какой стол! — прозвучал фальцет ветерана Митрофанова.

— И слава богу, генерал. Хоть дожили до того дня, когда наши внуки не знают голода, — улыбнулась Марфа Ильинична и запела: «Каким ты был, таким ты и остался». Гости подхватили. Надя и Люба песню не знали, но тоже начали подпевать. Только Сева после глотка вина побледнел, и Вера увела его в спальню.

— Петя, выйди в кабинет, — попросила Ерожина Надя, когда крики «горько» стали звучать пореже и пожилая компания немного подустала.

Петр Григорьевич выскользнул со своего почетного места. В кабинете его ждала Люба со своим молодым мужем.

— Петр, познакомься. Это Глеб, брат Фони, — сказала она, краснея от смущения.

— Вот, значит, как судьба крутанула, — улыбнулся Ерожин и, оглядев здоровенного супруга Любы, крепко пожал ему руку.

— Петр, Глеб давно хотел с вами познакомиться. Я сказала ему, что вы открываете свое сыскное бюро. Мужу очень хочется с вами работать. Если вам нужен сотрудник, мы оба будем рады.

Ерожин еще раз внимательно оглядел Михеева и неожиданно спросил:

— Сколько человек сидело за столом?

— Двадцать семь, товарищ подполковник, — отрапортовал Глеб.

— Какого пола? — прищурился Ерожин.

— Девять персон мужского, включая нас с вами, остальные дамы, — спокойно сообщил муж Любы.

— Сколько ступенек перед подъездом этого дома? — продолжал допрос Петр Григорьевич.

— Шесть. Одна стерта. Перед парадным приподнят порожек, — улыбнулся Михеев. — А на лестничном пролете тридцать две.

— Годится. Беру, — серьезно сказал Петр и вторично пожал Глебу руку. — Вернемся к гостям. Ветеранов нельзя обижать. Они слишком много пережили.

— Петр, еще одну минутку, — попросила Вера. Она только что вошла в кабинет и ждала, пока Ерожин закончит свой экзамен.

— Да, Верочка, конечно. Я к вашим услугам. — Петр Григорьевич присел на тахту и указал Вере место рядом с собой.

— Я, может, не по адресу, но отец и вовсе тут не советчик, а вы можете все, — тихо сказала Вера, усаживаясь на краешек тахты.

— Верочка, всегда рад помочь, ты же знаешь, — ободрил молодую женщину Петр Григорьевич.

— Я не медик, но если человеку за месяц не стало лучше, значит, его лечат не так, — грустно поделилась Вера своими сомнениями.

Ерожин и сам давно об этом думал, но не считал себя вправе вмешиваться.

— Дайте мне день-два. Я должен переговорить об этом с одним человеком, — обнадежил он Кроткину.

За столом народу поубавилось. Когда пожилые

247

люди потихоньку начали расходиться, появился сын Грыжина, Николай. Младший Грыжин прибыл без супруги и сестры и, не раздеваясь, быстро прошел в гостиную. Глеб Михеев и Ерожин помогали дамам найти и надеть их пальто и на странное поведение Николая внимания не обратили. Когда Петр Григорьевич подавал адмиральше Зиминой ее габардиновый плащ, рядом возник Грыжин-старший. Лицо его сделалось пунцовым, а губы побелели. Ерожин испугался:

— Что с тобой, Иван Григорьевич?

— Петя, горе, — простонал Грыжин. — Сонечку убили.

— Кто? Кадков? — крикнул подполковник.

— Нет, Петя, актеришка Шемягин застрелил девочку, — голос генерала дрогнул, и Петр заметил, как плечи старого милиционера опустились и он отвернулся, чтобы скрыть слезы. Никто не знал, в том числе и Петр Ерожин, что непутевая дочь генерала являлась для отца самым дорогим и любимым существом на свете.

дпрь потихоньку начали расходиться, появился сын Бобрина. Ник как Мальчик Трошин при был подвернув правой рук не раздольно-бар по приложился к трели Машенки и прошни вым сам манишкой его бы с тех камок и на сурма поубрал. Горожанка пиннадцать этого

26

В четверг утром Никита Васильевич Бобров явился на Петровку в парадном костюме и сиял улыбкой именинника. В отделе знали, что родился шеф в июне, и его торжественный и веселый лик в начале зимы сослуживцев озадачил. Вопросов на подобную тему подчиненные задавать не решались. Два месяца назад у них и так была гулянка. Начальник выставил ящик шампанского и фрукты по случаю внеочередной звездочки. Бывший замминистра сдержал слово, и после окончания ерожинского дела Никита Васильевич получил полковничьи погоны. Но сей радостный факт давно канул в Лету, и за текучкой напряженных буден забылся.

Таинственное сияние Никиты Васильевича объяснялось причиной сугубо личной. Вчера состоялось заседание районного суда, решением которого полковник Бобров получал свободу. Никита Васильевич долго не решался на развод с опостылевшей Татьяной Георгиевной, срабатывали привычки советской эпохи. Мораль работников органов внутренних дел «блюлась» строго. Целиком прошлое Бобров никогда не поносил, хотя имел от советской власти немало проблем. Но вранье и тошнотворное кривлянье в праведников, необходимое для казенной службы в то время, Никиту Васильевича бесило. Теперь полковник имел возможность открыто переселиться на Масловку к приятной женщине по имени Кира. Ему очень хотелось отметить событие, но открывать личную жизнь отделу Бобров не желал. Он решил пригласить всю команду на обед, сославшись на свое хорошее настроение, умолчав при этом о причине оного.

— Пускай думают, что хотят, но по рюмке за мое здоровье должны выпить, — рассуждал Никита Васильевич, выжидая момент для торжественного приглашения. Но закон «бутерброда» сработал и на этот раз. В лесочке за Кольцевой, в самом начале Киевского шоссе, обнаружился труп мужчины с огнестрельной раной в голове. Труп обнаружился не сам. Дежурному позвонил гражданин и, отказавшись назвать свое имя, подробно объяснил, как добраться до места. Добровольный информатор говорил спокойно, признался, что не желает тратить время на свидетельские походы в органы и потому имя свое не назовет, а убитого обнаружил, отправившись в лесок по прозаической нужде. Вот, пожалуй, и вся информация, полученная от анонима.

Бобров дал команду оперативной группе на выезд, а сам остался в отделе, считая, что и без него управятся. Но ехать все же начальнику пришлось. Следователь Волков сообщил минут через тридцать после выезда, что убитым оказался известный артист кино Егор Александрович Шемягин. Рядом с ним найден пистолет, из которого артист и застрелен.

— Опять заказное, — проворчал Бобров и надел пальто. Ехал начальник отдела на место происшествия совсем не потому, что сомневался в профессиональных возможностях подчиненных. Он понимал, что известное имя жертвы привлечет внимание общественности и его личное неучастие воспримется, как признак лени и равнодушия. А это навредит всем.

Ночью в придорожном лесочке, где лежал застреленный в голову артист, выпал первый снежок, но к утру растаял. Собака дотащила кинолога до обочины Киевского шоссе и, потеряв след, заскулила. Кто укатил от обочины, преступник ли, застреливший кинознаменитость, или тот самый информатор, что отправился в лес по прозаической нужде, теперь уже не понять. Труп давно окоченел и по предварительным соображениям судмедэксперта пролежал в лесу не менее суток. К полному удовольствию Никиты Васильевича место гибели артиста оказалось на редкость безлюдным. Предзимнее время года дает природе недолгий отдых от нашествия горожан. Грибов уже не отыщешь, а на лыжи еще не встанешь. Поэтому ни журналистов, ни толп зевак отгонять от убитого не пришлось. Кроме пистолета и тела, одну существенную улику Волкову удалось добыть. Уликой этой оказалась пачка «Мальборо» с двумя намокшими сигаретами. Пачка оказалась простреленной в самой серединке и валялась за пеньком.

Оставив команду дорабатывать лесок, Никита Васильевич, как водится, не простившись, велел везти его в город. По дороге он связался с паспортным столом и выяснил, где прописан Егор Шемягин. Не заезжая в управление, Бобров прямиком направился на Таганку. Позвонив в дверь дома на Марксистской улице, он опасался встретиться с вдовой, но открыл ему пожилой мужчина. Бобров показал удостоверение и попросил разрешения войти.

Мужчиной оказался отец Егора, Александр Ильич Шемягин. Хозяин не выразил никаких чувств по поводу появления полковника милиции, а молчаливым жестом указал на дверь гостиной. Мать убитого отсутствовала. Как потом узнал Бобров, женщина помогала дочери, сестре артиста, с маленьким ребенком в квартире зятя. Дом Шемягиных никак не походил на салон кинозвезды и выглядел стандартным жилищем московской трудовой интеллигенции. Мать Егора работала старшей медицинской сестрой в госпитале, а отец — помощником мастера цеха на обувной фабрике. Бобров вскоре узнал, что сын редко бывает у родителей, а живет у женщины. Отношения их никак не оформлены, но тянутся уже несколько лет. Бобров не смог выяснить адрес, по которому Шемягин жил де-факто, потому что родители Егора адрес не знали. Знал отец артиста лишь имя женщины, с которой, по его словам, «путался» их сын. Женщину звали Соней, и папаша этой Сони ходил в больших начальниках.

— Кажется, по вашему ведомству шишка, — припоминал Александр Ильич.

Бобров выяснил, что хотел, и наконец сообщил Александру Ильичу горестную весть. Видимой реакции на страшное известие у родителя кинозвезды Бобров не заметил, что даже у старого сыщика вызвало некоторое удивление.

— Он для нас с матерью умер давно, — сурово признался Александр Ильич. — Виноват я сам. Хотел мужика вырастить, а вырастил проститутку.

Полковник не стал уточнять причину подобного отношения отца к сыну, а быстро попрощался и вышел на улицу.

К вечеру лаборатория выдала первые результаты. Боброва они удивили. На пистолете остались отчетливые отпечатки пальцев самого артиста, а в его крови заметная доля спиртного. Версия напрашивалась веселая: напился и застрелился.

Представители богемы нередко экзальтированны и непредсказуемы. Поэтому версию о самоубийстве Бобров полностью отвергать не стал. Но две странности приметил. Первая — как Шемягин попал в лесок? Никита Васильевич рассуждал так: «Если артист приехал на такси, то значит, мысль о самоубийстве он вынашивал заранее. Почему тогда он выбрал именно этот лес? Обычно артистические натуры если и задумывают уйти из мира живых, то стараются сделать это эффектно. А тут ни души и, случись снегопад, труп мог бы остаться до весны незамеченным».

Второй странностью, по мнению Никиты Васильевича, явилась пачка «Мальборо». Если смотреть на дело по-житейски, то ничего удивительного в том, что артист курил американские сигареты, конечно, нет. И вовсе не это озадачило полковника. Ему показалось невероятным желание самоубийцы проверить оружие на меткость огня, перед тем как пустить себе пулю в лоб. На пачке тоже остались отпечатки пальцев Шемягина. Выходит, что он перед смертью упражнялся в меткости... — Бобров подозревал, что люди искусства сильно отличаются от простых смертных, но чтобы уж до такой степени — не верил.

В конце рабочего дня маленькое застолье начальник все же организовал, но выпили не за его здоровье, а за упокой Шемягина. Егор сыграл в сериале роль следователя, и его уход из жизни некоторым образом профессионально касался присутствующих. Недостаток внимания к личному торжеству полковника с лихвой компенсировался в мансарде на Масловке. Кира постаралась с ужином, и они очень мило провели вечер, строя планы на будущую совместную жизнь.

На следующее утро начальнику отдела раскрытия убийств пришлось дать сведения в прессу. Вместе с пресс-секретарем Петровки они сочинили уклончивое сообщение: «Вчера, при невыясненных обстоятельствах, погиб артист Егор Шемягин», и все. Днем журналисты обрывали телефон Боброва. Никита Васильевич спрятался и никому никаких интервью не давал. Полковник ждал только одного звонка. Он хотел услышать голос Сони, дочери таинственной шишки из их ведомства. Но женщина, с которой, по словам Шемягина-старшего, «путался» их сын, не позвонила. Нашлась Соня только в воскресенье и к огорчению Боброва, не сама Соня, ее труп. А огорчило полковника известие, что злополучная Соня ни больше ни меньше, а дочка генерала Грыжина. Нашли ее не работники уголовного розыска, а брат Сони Николай Грыжин. Он заехал за сестрой, о чем они заранее условились, и долго звонил в дверь. Сестра не открывала. У Николая имелся ключ от квартиры, и он, не дождавшись реакции сестры, открыл дверь своим ключом. Софья Ивановна Кадкова, урожденная Грыжина, лежала в своей постели с простреленным сердцем. Никаких следов грабежа или взлома в квартире брат покойной не обнаружил. Не обнаружили их и сотрудники Боброва. Соня была застрелена из того же пистолета, что нашли возле мертвого артиста.

Никита Васильевич прервал свой воскресный отдых и поехал на работу. Он даже не ворчал, что ему помешали полноценно провести выходной. Бобров сохранил к отставному заместителю министра человеческую симпатию и ему было искренне жаль генерала.

Теперь загадочная смерть в подмосковном лесочке получала объяснение. Шемягин застрелил свою подругу и покончил с собой. О чем Николай Грыжин и поведал отцу, заехав с тяжелой вестью на финал семейного торжества в дом Аксенова.

К концу дня в управление прикатил Ерожин. Петр Григорьевич попал на место происшествия, и у него имелась своя версия преступления. Подполковник не верил в самоубийство артиста. Не верил он и в то, что Соню застрелил Шемягин.

— Я же тебе говорил, в Москве бродит освобожденный после тюрьмы Эдик Кадков. Это он ограбил и размолотил мою квартиру, и он же пристрелил Соню. Кадков мстит всем, кто причастен к его аресту. Месть, идея фикс преступника, — доказывал подполковник.

— Как объяснить отпечатки на пистолете?! — спорил Бобров. — У меня факты, у тебя предположения.

— С ходу объяснить не могу, надо работать. Но готов голову положить под топор, что двойное убийство задумано и совершено Кадковым, — не сдавался Петр Григорьевич. Так ничего не доказав Боброву, Ерожин решил возвращаться в Новгород. Он считал, что основные улики надо добывать там.

К полудню следующего дня дело приняло неожиданный оборот, и к словам Ерожина Никита Васильевич вынужден был отнестись серьезнее.

Пистолет, из которого стреляли в пачку «Мальборо», голову Шемягина и в сердце Сони, оказался зарегистрированным и числился он за хозяином частного новгородского ресторана Арно Мясаковичем Бабояном. Когда к обеду баллисты принесли эту новость Боброву, он сразу вспомнил о Петре. Полковник сопоставил слова Петра Григорьевича о том, что его квартиру разгромил бывший пасынок Сони Кадковой, присовокупил туда пистолет из Новгорода и стал набирать мобильный номер Петра. Но Ерожин оказался вне зоны связи. Тогда Бобров послал факс в новгородское Управление внутренних дел и подал заявку на Кадкова в общероссийский розыск.

«Если Ерожин, как всегда, окажется прав, — думал Никита Васильевич, — это преступление принимает общегосударственный масштаб. Среди жертв убийцы и депутат думы, и работник правоохранительных органов, а теперь еще и знаменитый артист». Никита Васильевич позвонил в архив и попросил доставить ему новгородское дело десятилетней давности и досье на Эдуарда Михайловича Кадкова из мест лишения свободы.

27

Петр Григорьевич в воскресенье в Новгород не поехал. Распрощавшись с Бобровым, он вышел на улицу и, усевшись в машину, задумался. В одиночку с Эдиком справиться будет нелегко. Тот проживает невидимкой. Денег у него и раньше хватало — тайничок в новгородской квартире пуст, а теперь еще и доллары подполковника в его кармане. С такими деньжищами можно фамилию и документы менять как перчатки. А Ерожин вынужден жить только зарплатой фонда. Вспомнив о фонде, Петр Григорьевич подумал и о его директоре. Просьба Любы вмешаться в лечебный процесс обоснованна. Слишком долго держат Севу врачи в элитной клинике, а толку нет.

Петр Григорьевич завел двигатель «Сааба» и рванул с места. Он решил ночевать на Фрунзенской и первую половину завтрашнего дня посвятить Севе. Но поехал к Грыжину.

Генерал сидел в своем кресле и, разложив на столе с десяток писем и конвертов, сортировал их по порядку. Покрасневшие глаза и мокрый носовой платок под рукой без слов выдавали состояние хозяина кабинета. Петр Григорьевич вошел и молча уселся рядом. Так они посидели несколько минут.

257

— Спасибо, Петро, что заглянул, — наконец проговорил Иван Григорьевич хриплым голосом. — Плачу я, Петро, редко, но горько.

Ерожин узнал письма и конверты на столе генерала. Это были знаменитые послания Вари, написанные для покойной матери Ивана Григорьевича и выданные за письма сына. Ерожин помнил, что в особые моменты жизни Грыжин доставал эти письма и плакал над ними.

— Григорич, у тебя твой знаменитый армянский коньяк есть? — спросил Ерожин.

— Коньяк есть. Душа алкоголь не принимает, — признался Иван Григорьевич.

— А может, рискнем?

— Давай, если не шутишь, — ответил генерал и вынул из книжного шкафа томик Толстого. Поглядев на заначенную бутылку и отметив, что в ней осталось меньше половины, тяжело поднялся и, вздохнув, вышел. Вернулся генерал с ящиком коньяка «Ани». Ерожин молча покосился на ряды бутылок.

— Не много ли будет? — спросил он.

— Много не мало, — ответил Иван Григорьевич и позвал Варю. Но голос его звучал сипло, и домработница не услышала.

— Чего ты хочешь? Я сам принесу, — предложил Ерожин.

— Тащи из холодильника, чего найдешь. Без закуски сегодня не смогу. Горе ослабило, — ответил генерал и принялся убирать со стола конверты.

Ерожин пошел на кухню и увидел Варю. Женщина сидела на табуретке и, свесив плетьми руки, глядела в окно.

— Чего тебе, сынок? — тихо спросила она Ерожина.

— Нам бы закусить в кабинет, — попросил Петр Григорьевич.

— Сейчас соберу. Слава Богу, ты пришел. А то сидит как сыч, даже не помянул дочку. Генеральша-то с Колей возле нее хлопочут, а Ваня не захотел...

— Вот мы сейчас и помянем, — пообещал Грыжин и вместе с Варей потащил в кабинет тарелки с ветчиной и сыром.

— Вы начинайте, а я горячего приготовлю, — сказала Варя, раскладывая закуску на необъятном письменном столе хозяина.

Две бутылки мужчины выпили молча. Поднимали стаканы, глядели друг другу в глаза и выпивали. Ни генерала, ни Ерожина хмель не брал.

— Как домой-то поедешь? — усмехнулся Грыжин, убирая со стола вторую порожнюю бутылку.

— Если оставишь, не поеду, — ответил Ерожин.

— Места много. Где хочешь, Варя постелит.

— Ну и порядок, — кивнул Петр Григорьевич, доставая из ящика третью бутылку.

— Не поверишь, Петро. Дрянь вырастил девку, — наконец заговорил Грыжин. — И отца не уважала. Помнишь, даже на вечер, когда на пенсию уходил, не соблаговолила. А для меня лучше ее нет... не было, хотел сказать. Никак в сознание не возьму, что так получилось. Актеришка-то безобидный на вид. Пустой человечек, но не злой. Почему на дочку руку поднял?

— Не будем сегодня об этом, но я уверен, Шемягин тут ни при чем, — возразил Ерожин.

— Не будем так не будем. Пускай земля ей станет пухом. — Генерал выпил до дна, поставил стакан на стол и выдвинул ящик.

— Гляди, какой она была маленькой, — сказал Иван Григорьевич, протягивая семейный альбом. С фотографии на подполковника хитрым детским глазом смотрела темная хорошенькая девочка с большим бантом на косичке. Снимок запечатлел красивого ребенка, но Ерожин заметил, что и в детские годы на лице Сони проступали черты будущего характера.

— Славный ребенок, — кисло похвалил Петр.

— Всегда хитра была, дашь по шоколадке ей и Кольке, свою съест и у него выклянчит. Видел ее насквозь и все равно любил. Кольку меньше. Хотя он парень настоящий. Не гляди, что я отец. Объективно сужу. Колька мужик, Сонька дрянь. А сердцу не прикажешь.

Перед тем как лечь спать, Ерожин позвонил на Фрунзенскую набережную и предупредил жену, что останется у Грыжина.

— Конечно, оставайся, милый. Только не напивайся сильно. Дядю Ваню твоего жалко. А что у нас деньги уперли, наплевать. Я их не заработала, тебе они тоже достались чудно. Не переживай, я тебя и без денег люблю, — ответила Надя.

Петр Григорьевич услышал в голосе жены тревогу и грусть. «Чувствует девчонка, — подумал он. — Зверская интуиция у Нади».

Ерожин не поехал ночевать к Аксеновым не только потому, что выпил. Он мог взять такси. Петру Григорьевичу было стыдно смотреть в глаза Нади. И на это у него были причины.

Варя, как и обещала, горячее подала. Старая работница сварила мужикам к ночи наваристые щи. Она знала, что ее суп здорово лечит от спиртного перебора. К этому времени в коньячном ящике генерала половина ячеек оказалась порожней.

Перед сном мужчины обнялись и Грыжин, стараясь не глядеть в лицо Ерожина, тихо сказал:

— Спасибо тебе, сынок.

Петр Григорьевич понял, что и на его ресницах появилась влага. Уж чего-чего, а сентиментальности за собой подполковник раньше не замечал. «Пожалуй, старею», — подумал он, смахивая слезу.

Петр проснулся рано, но Варя уже встала.

— Садись поишь, — пригласила она гостя, гремя посудой. Но Ерожин отказался. Хлебнув крепкого чая — еда после вчерашнего в горло не шла, — он залез под холодный душ и выкатился на улицу. На Фрунзенской в квартире Аксеновых было тихо. Кроме Глеба и Марфы Ильиничны, все спали. Приложившись к ручке генеральши, подполковник пригласил Глеба на кухню:

— Ты хотел у меня работать? — напомнил Ерожин.

— Так точно, — улыбнулся Глеб.

— Сегодня едем в Великий Новгород. Готов начать большую охоту на крупного зверя? — спросил Петр Григорьевич. Глеб был готов.

— Когда едем? — поинтересовался он.

— Ты сейчас садись в машину и пили в Новгород. Там, не доезжая главного моста через Волхов, повернешь налево. Проедешь метров шестьсот по Большой Московской, еще раз повернешь налево и упрешься в маленькое кафе «Русич». У меня на подозрении хозяйка этого кафе, пышная белобрысая стерва. Зовут ее Зойка Куропаткина. Вполне вероятно, что Зойка связана с нашим зверем. Меня в городе знают. Тебя там никто никогда не видел. Следи за каждым ее шагом. Я уверен, что убийца Кадков рядом проявится. Твое дело фиксировать и никакой самодеятельности. С Зойкой действуй по усмотрению. Хочешь, влюбленным прикинься. Есть же молодые мужики, которые любят баб в теле, хочешь, следи издалека. Это твои проблемы. Но я должен знать каждый ее шаг. — Ерожин полез в карман, вынул бумажник и отсчитал десяток купюр.

— Возьми на первое время. Меня увидишь, без знака не подходи. Вот номер моего мобильного телефона и еще два номера криминалиста Суворова. Верхний служебный, второй домашний. К нему можешь обращаться, как ко мне. Все.

— Сейчас Любу разбужу и вперед, — сказал Глеб, поняв, что разговор окончен.

— Зачем наших красавиц тревожить? Записки настрочим, проснутся, прочитают, — посоветовал Ерожин. Михеев собрался быстро. Подполковник за это время едва успел написать Наде несколько слов.

Отследив, как Глеб завел свой старенький «жигуленок», Ерожин взглянул на часы. Стрелки показывали половину восьмого. Петр Григорьевич достал из кармана мобильный телефон и набрал номер Рудика. Секретарь фонда явно еще находился в мире сновидений, но, услыхав голос шефа, моментально проснулся.

— Рудик, сегодня ты мне нужен. Поезжай в фонд и жди. Я или позвоню, или приеду.

— Петр Григорьевич. У нас скопилось много вопросов. Без вашей подписи стоят контракты с австрийцами, — пожаловался секретарь.

— Сегодня все подписи получишь, — пообещал Ерожин. Убрав телефон в карман, подполковник тронул с места и полетел в сторону Садового кольца. Москвичи начали просыпаться, и машин на улице с каждой минутой прибавлялось. На Ленинском проспекте Петр Григорьевич притормозил и стал внимательно оглядывать старинные корпуса Градской больницы. Напрягая память, он пытался найти нужную арку. Память не подвела. Через минуту он вышел из машины у входа в тот самый корпус, где почти месяц провалялся с пулевым ранением. Охрана не хотела впускать постороннего мужчину, но Ерожин ткнул под нос крепкому парню в камуфляжном костюме удостоверение и, получив халат, отправился на поиски своего бывшего отделения. Оно находилось на третьем этаже. Ерожину стали попадаться знакомые лица в белых халатах. Дежурила по отделению молоденькая медсестра Сима. Бывшего пациента девушка не узнала. Это было неудивительно. Сейчас он вовсе не походил на раненого калеку с забинтованной грудью. Остановившись возле столика дежурной, Петр Григорьевич мучительно вспоминал фамилию профессора, потерявшего ногу в Афганистане.

— Профессор у себя? — спросил он у Симы, в надежде, что за время разговора фамилия выплывет, и не ошибся.

— Ермаков в своем кабинете. А вы, собственно, по какому делу? — строгим тоном спросила медсестра.

— По личному. Я его больной, — гордо сообщил Ерожин и направился вглубь отделения. На двери профессорского кабинета висела табличка, прочитав ее, Петр Григорьевич получил и имя-отчество Ермакова. Профессора звали Константин Филиппович. В отличие от Симы, профессор Ерожина узнал сразу.

— Наш герой явился, — улыбнулся он, продолжая помешивать чай в подстаканнике. — Рана беспокоит?

— Вы меня помните?! — обрадовался Петр Григорьевич.

— Как же не помнить? Не к каждому пациенту заместитель министра наведывается, — ответил Ермаков и указал на маленький диванчик напротив своего письменного стола. Подполковник уселся на краешек и обратил внимание на трость, что стояла возле профессорского кресла. «По улице ходит с палкой», — отметил про себя Ерожин. Профессор предложил гостю чай, но подполковник перешел к делу. Он по-военному четко обрисовал картину. Ермаков полез в ящик письменного стола, полистал тетрадь и, что-то отметив карандашом, задумался:

— У нас теперь, как у всякой порядочной больницы, — тут профессор подмигнул Ерожину, — имеется коммерческое отделение. Если ваш подопечный в состоянии понести расходы, у него есть шанс. Но имейте в виду, палаты с джакузи и телевизором не будет.

— Это я понимаю, — заверил Ерожин. — Важно другое.

— Что же это другое, если не секрет? — насторожился Ермаков.

— Важно, чтобы лечить моего друга взялись вы, — пояснил Петр Григорьевич.

— За доверие спасибо, но учтите, я не Бог. — Профессор внезапно поднялся и подошел к Ерожину. — Скиньте куртку и рубашку, — приказал он. Петр Григорьевич молча повиновался. Профессор жесткими пальцами простучал вокруг шрама от пулевого ранения и удовлетворенно сообщил: — Заросло как на дворняге. Давай заодно сердечко послушаем. — Константин Филиппович наклонился и приложил ухо к груди бывшего пациента. — Силен. Как будто и не задело. А ведь сантиметрика не хватило до кондрата!

Вернувшись за стол и еще раз заглянув в тетрадь, профессор сообщил Петру Григорьевичу, что завтра утром готов принять его друга.

Спускаясь вниз, подполковник отметил, что, судя по стрелкам на круглых больничных часах, его визит к профессору занял тридцать пять минут. По дороге к центру уже образовались пробки. В столице начинался час пик. С трудом, за сорок минут, Ерожин пробился к Гнездниковскому переулку. Рудик сидел за своим секретарским столом и при виде Ерожина засиял как солнышко. Петр Григорьевич тоже не смог сдержать улыбки. В его присутствии серьезный секретарь никогда не улыбался. Быстро покончив с бумагами, Ерожин объяснил Рудику, куда и как перевозить Севу. Они вместе отзвонили Вере, и вопрос о дальнейшем лечении Кроткина Петр Григорьевич посчитал решенным.

— У нас в холодильнике жратва есть? — Подполковник внезапно ощутил волчий голод. Рудик вскипятил скоростной чайник. В холодильнике директорского кабинета имелись икра и вобла. Вместо хлеба секретарь отыскал галеты. Запивая странный бутерброд чаем из пакетика, Ерожин отзвонил Ивану Григорьевичу и попросил генерала наведаться в офис. По его мнению, эстонцы подготовительные работы закончили и нуждаются во внимании заказчика.

Выруливая на Ленинградское шоссе, временный директор фонда удовлетворенно подумал, что занять Грыжина ремонтом сейчас очень кстати. Нельзя оставлять пенсионера наедине с его горестными мыслями. На этом гражданская деятельность Ерожина в Москве заканчивалась. Подполковник ехал на войну.

———————

Часть вторая

КРАСНЫЙ МЕХ ЛИСИЦЫ

1

Следователь Сиротин проснулся совершенно больным. Из носа текло, словно из худого крана, глаза слезились, и градусник показывал тридцать семь и восемь. Супруга Владимира Макаровича служила врачом. Ольга Сергеевна утром вела амбулаторный прием и остаться лечить мужа не могла. Она налепила ему горчичники, поставила на тумбочку кружку горячего молока с медом и, пообещав вернуться пораньше, ушла в поликлинику. Дочь Катя еще раньше убежала в школу. Глава семьи остался в тишине пустой квартиры и, маясь под горчичным огнем, думал о том, что проваляться несколько дней на больничном ему сейчас на руку. В половине десятого позвонил Семякин. Всеволод Никанорович болезни своего следователя не очень огорчился:

— Нашел время! — добродушно ворчал он в трубку. — Меня со всех сторон дергают. Журналисты плетут версии о заказном политическом убийстве, а ты в соплях.

По голосу Сиротина начальник управления не

мог заподозрить работника в симуляции, но в его ворчании искреннего огорчения майор не услышал.

«Заказное убийство! Как бы не так», — положив трубку, подумал Владимир Макарович. По его убеждению все, кто мог заказать такое убийство, находились в ту ночь в трех машинах у подъезда убитого. И мотивов для «заказа» депутата у городских воротил майор Сиротин не усматривал. В областном центре слишком прозрачны отношения влиятельных фигур, и все конфликты быстро выплывают наружу. Поэтому майору слова Семякина о заказном убийстве показались бравадой. Удивил лишь тон начальника. Еще в субботу тот паниковал и торопил со следствием, а сейчас по телефону стал подозрительно добреньким.

Владимир Макарович, кряхтя, содрал с себя горчичники, высморкался в большое полотнище разодранной на носовые платки старой простыни и уселся на подушку. Когда следователь сидел, нос закладывало не так быстро.

Недельный тайм-аут по болезни устраивал майора, потому что он попал в затруднительное, можно сказать, чрезвычайно затруднительное положение. Один из лучших преферансистов города, Сиротин держал сейчас в своих руках «мизер», но не решался раскрыть карты. Он не торопил молодую практикантку Назарову, хотя та копалась со сбором «пальчиков» слишком долго, обходил стороной лабораторию и лично криминалиста Суворова. Следователь тянул время. Виктору Иннокентьевичу он открыл только часть правды. Поведав, что анонимный «доброжелатель» сообщил место, где хранится пистолет убийцы, следователь умолчал о главном. По телефону ему назвали и фамилию убийцы. Огласка этой фамилии грозила скандалом не только в самом управлении, но могла стать сенсацией во всем ведомстве. К Суворову Владимир Макарович относился с уважением и вовсе не торопился пятнать имя криминалиста.

Майор, пошарив рукой по тумбочке, нащупал телевизионный пульт. Экран мигнул и засветился. По утрам давали сериалы. Смазливая молодая южанка стояла перед шикарным авто и что-то доказывала пожилому вальяжному господину. Сиротин снова высморкался и отключил звук. Сериалы он не уважал. Душещипательные мелодрамы вызывали у следователя раздражение. «Нам бы их заботы...», — кривился Сиротин, но телевизор не выключил. К сериалам у него имелся специфический интерес. Кроме карт, майор «болел» иномарками. В мексиканских и бразильских лентах попадались любопытные экземпляры. Сам он ездил на «олдсмобиле» и очень гордился уникальностью и редкостью своей машины. Когда в ГИБДД ставили на учет неизвестную модель иностранного производства, Сиротину, зная его пристрастие, звонили. Майор откладывал все дела и ехал смотреть новинку.

Молоко в кружке успело остыть. Владимир Макарович отхлебнул сладковатую масляную жидкость, поморщился и опустил на пол ступни, обутые в вязаные шерстяные носки. Жена и туда умудрилась насыпать горчицы. С трудом отыскав ногами тапки, Сиротин встал и, волоча шлепанцами по-лыжному, добрался до буфета. Рюмка коньяка приятно согрела внутренности. Следователь постоял немного, ощущая действие напитка, навестил туалет и снова улегся.

Звонок в дверь прервал трудные размышления, и Владимир Макарович, выругавшись про себя, поплелся открывать. Визитеров он не ждал и очень удивился, обнаружив перед собой белобрысого мужчину в кожаной куртке со спортивной сумкой через плечо.

— Не узнаешь? — спросил тот, оскалившись.

Сиротин, сощурив покрасневшие от простуды глаза, оглядел незваного гостя с ног до головы:

— Никак знаменитый сыщик из столицы?!

— Так точно. Пенсионер Ерожин собственной персоной, — представился Петр Григорьевич и протянул руку.

— Руки я тебе не дам. И вообще, старайся держаться от меня подальше. Зараза, она и столичных не щадит, — предупредил больной и жестом пригласил Ерожина в квартиру.

— Ты и вправду гриппуешь, — посочувствовал московский гость, наблюдая, как хозяин дома выдувает содержимое носа в белую тряпицу внушительных размеров.

— Как видишь, прихватило капитально. Неделю с соплями на работу таскался и дозрел, — произнес Сиротин, убирая тряпицу под подушку.

Ерожин полез в сумку, достал бутылку виски «Белая лошадь» и спросил:

— Сначала поговорим, потом полечимся, или сперва полечимся, потом поговорим?

— Как хочешь. Я уже рюмку принял, а организм, как ты заметил, ослаблен, — пожаловался Владимир Макарович.

Подполковник огляделся, подошел к серванту и достал два хрустальных стаканчика, затем похозяйски отправился на кухню и, притащив табуретку, установил ее перед постелью больного:

— Не возражаешь, если мы тут небольшой столик соорудим?

— Не возражаю. Ты в холодильнике поройся. Там закуска найдется. У меня аппетита нет. На себя рассчитывай, а мне мандаринку принеси, — простуженно прогундосил Сиротин, отваливаясь на подушку.

Петр Григорьевич быстро справился с нехитрой сервировкой и, подвинув кресло к импровизированному столику, разлил виски.

— Выздоравливай! — улыбнулся он и, чокнувшись с хозяином, залпом опрокинул стаканчик в рот. Владимир Макарович сделал глоток и, поставив стакан на табуретку, отломил дольку цитруса.

— Володя, я решил не темнить. Вывалю все начистоту, а ты решай, — сказал Ерожин, зажевывая виски кружочком сервелата. Сиротин молчал. Петр Григорьевич выдержал небольшую паузу, дождавшись, пока градусы алкоголя соединятся с градусами тела и, аргументируя по привычке каждый тезис, начал свое повествование.

— Хозяин слушал, прикрыв глаза и не выражая никаких эмоций. Ничего нового из рассказа москвича майор не узнал. Пожалуй, лишь насчет ограбления московской квартиры гостя. Когда же Петр Григорьевич обмолвился, что виделся с начальником управления и тот радостно предложил Ерожину поработать, пока следователь Сиротин нездоров, на бледном лице больного проскользнуло нечто вроде улыбки. Владимир Макарович вспомнил добродушный тон Семякина во время телефонного разговора и только сейчас понял причину доброты полковника.

— Я хочу еще раз осмотреть место происшествия, — продолжал Петр Григорьевич. — Хорошо бы узнать, с кем до заключения Кадков поддерживал тесный контакт в городе. Не осталось ли у него здесь близкой женщины? Нет ли родственников? Ты со мной согласен?

Ответа Ерожин не дождался. Он поглядел на желтоватое лицо майора, услышал его сиплое дыхание и понял, что хозяин квартиры спит. Московский следователь не сразу сообразил, что его новгородскому коллеге совершенно безразлично все, кроме карточного застолья по пятницам и иномарок. Что убийца депутата — сын Суворова Гриша, майор не верил. Слишком примитивно выглядели анонимные звонки. Владимир Макарович тянул время и не знал, как поступить. Поняв, что москвич будет делать его работу и делать ее по понятным соображениям ретиво, майор моментально успокоился и заснул.

Петр Григорьевич тихо встал с кресла и, стараясь не шуметь, вернул стаканы и табуретку на свои места, затем спрятал закуску и бутылку в холодильник, на цыпочках прошествовал в прихожую и, выйдя за порог, мягко прихлопнул за собой дверь. «Странный человек Суворов, — думал про себя подполковник, шагая к машине. — Боялся Сиротина, а тот сам в ужасе от сложившейся ситуации и теперь счастлив, что обойдутся без него».

Ерожину доводилось наблюдать по жизни работников безразличных к своему делу, но что можно быть безразличным до такой степени, Петр Григорьевич до встречи с майором Сиротиным представить себе не мог.

———

2

Таня Назарова влюбилась. Влюбилась, как она теперь понимала, первый раз в жизни. Если старший лейтенант Крутиков ей нравился, а после их последнего свидания в квартире тетки Анны Степановны он стал ей по-женски близким человеком, то без подполковника Петра Ерожина Назарова не могла жить. В каждом встречном мужчине Тане чудился облик Петра. Лежа ночью на своей узенькой тахте, девушка больше не могла спать так, как спала раньше. Таня дремала, и в ее памяти возникали его слова, глаза, жесты. Потом внезапно острой болью до сознания доходило, что Петр женат и жену любит. Но эта мысль надолго не задерживалась. На смену ей приходила другая: «Детей у них нет. Сколько мужчин меняли своих подруг, встретив новую любовь?» Назаровой думалось, что это вполне возможно. У них столько общего. Она и он борются с криминалом. Таня станет настоящим помощником Ерожина. Она докажет, что не зря выбрала профессию криминалиста. Такого эксперта, как она, Ерожин больше не встретит...

Осознала Назарова свое чувство еще в Москве, когда они оба вышли из разгромленной квартиры Петра Григорьевича. Ерожин позвонил на

Петровку своему знакомому. Через двадцать минут в чертановской башне работала оперативная группа. Оставив на сотрудников развороченный дом, Ерожин решил срочно возвращаться в Новгород.

— Я тебя отвезу в аэропорт, а сам рвану назад, — сказал он тогда Тане. Но ей уже не нужны были доказательства версии подполковника. Она помнила такой же варварский налет на квартиру старенькой судьи и не нуждалась больше ни в каких доказательствах. Но самое главное, спускаясь к машине вместе с Петром, она поняла, что не может с ним расстаться. Назад они долетели часа за четыре. По дороге почти не разговаривали. Таня видела, в каком напряжении находится Петр Григорьевич, и поражалась силе его характера. Он словно забыл, что ограблен, и, мчась под двести километров в час, спокойно разрабатывал операцию. Это Таня поняла по редким вопросам, что ей задавал Ерожин в пути. Таня вернулась в домик тетки к шести утра. Она уже имела задание и хотела переодеться и приступить к работе прямо утром. Но так получилось, что приступила она к выполнению поручения Ерожина тут же за завтраком. Петр Григорьевич хотел знать прошлые связи Эдика. Просил уточнить, нет ли у него в городе родни. Оказалось, что Анна Степановна Пильщук кладезь информации. Тетка прекрасно помнила громкое дело Кадковых. О нем в то время говорили все. Анна Степановна знала, что в семье начальника потребсоюза много лет работала няней деревенская женщина. Ни для кого из окружающих не было секретом то, что женщина исполняла широкий круг обязанностей, и дочь прислуги Вера сильно смахивала на хозяина. Правда, существовала и другая точка зрения, дескать, в молодости домработница Кадковых прижила ребенка от заезжего солдатика. Но очевидное сходство девочки с Михаилом Алексеевичем Кадковым эту версию понемногу вытеснило. Дарья Ивановна, так звали женщину, дала дочери свою фамилию и никому никогда про ее настоящего отца не говорила. После убийства Михаила Алексеевича его сыном домработница уехала назад в деревню, откуда и была родом. Дочь Вера сейчас живет и работает в Ленинграде (тетушка называла город по-старому).

— Не то автобус водит, не то трамвай, — сказала Анна Степановна, через ситечко наливая себе заварку.

Назарова многое узнала за полчаса, что сидела за столом своей новгородской родственницы.

Выходит, у Кадкова-младшего есть сводная сестра. Она ровесница Кадкова и зовут ее Вера. Тане не терпелось выложить эти удивительные новости Петру Григорьевичу. Ерожин остановился в гостинице «Интурист». Той самой, куда неизвестная по телефону выманила Гришу в день убийства четы Звягинцевых. Таня показала удостоверение, поднялась на третий этаж и постучала в дверь. В номере слышался какой-то шум, но Петр на стук девушки не реагировал. Таня постояла немного и решилась войти. Ерожин полоскался в душе, но приход гостьи отметил:

— Подожди, я через две минуты выйду, — сказал он, приоткрыв дверь ванной комнаты.

Таня уселась в кресло возле незаправленного ложа и покраснела. Странное незнакомое чувство заполнило ее целиком. Она ждала Ерожина. Ждала как женщина и от этого ужасно смущалась. «Думай о деле», — приказывала себе Назарова, но не могла отвести взгляда от белой простыни на диване.

— Отвернись, — попросил Петр Григорьевич, явившись в номер, обернутый в полотенце.

— Стесняетесь, подполковник, — неожиданно для себя самой, игриво проговорила Назарова. — На вас это не похоже.

Петр на минуту замер, потом быстро подошел к Тане и, взяв ее за подбородок, внимательно заглянул девушке в глаза. Полотенце в связи с тем, что руки его были заняты, упало на пол. Но Петр не обратил на это внимания. Видимо, глаза Тани сказали ему больше, чем уста. Потому что он молча обнял гостью и прижал к себе. Таня почувствовала груду влажных мышц и замерла. Она не помнила, как оказалась на тех самых простынях, на которые так смущенно глядела. Не чувствовала, как ее раздели. Она очутилась в железном обруче его рук и растворилась, улетев из реального мира. Она даже не слышала своего голоса, потому что он попросил:

— Не кричи.

— Люблю. Я тебя люблю, — шептала Таня и старалась, как могла, доставить удовольствие мужчине, который ее брал. Ей хотелось дать ему всю себя так, чтобы ему это понравилось. О себе Таня в момент близости вовсе не думала. Ее как бы не было здесь. Оставалось одно ее тело, и задача этого тела заключалась лишь в том, чтобы дарить наслаждение Петру.

— Ну вот, а потом будешь говорить, что я подлый соблазнитель, — улыбнулся Ерожин, когда они уже одетые и серьезные шагали по коридору в буфет.

— Ничего не буду говорить, — упрямо сказала Таня. — Я сама хотела...

Петр Григорьевич взглянул на девушку и заметил сияющие счастливые глаза. Такое же выражение счастья он наблюдал и в глазах Нади. «Ну что я за тип? — корил себя Ерожин. — Почему не могу отказаться от хорошенькой девчонки? — Корить он себя корил, но вины особой за собой как всегда не чувствовал. — Как можно отказать красивой девушке, если та отметила его мужское обаяние, — размышлял подполковник. — Это, наконец, даже не вежливо...»

Выслушав новости Назаровой в гостиничном буфете, подполковник помощницу похвалил:

— Умница. Я по своим каналам наведу справки о Никитиных в Питере. А ты здесь собери как можно больше подробностей про Веру и ее мамашу. Иди к дому Кадкова и подсядь к старушкам. Думаю, что с твоими способностями налаживать контакты мы скоро все будем знать.

— Что ты имеешь в виду, под «способностями налаживать контакты»? — возмутилась Таня.

— Не придирайся к словам. Работай, — улыбнулся Петр и положил свою ладонь на руку девушки.

Таня очень быстро «наладила контакт», но не со старушкой, а со старичком. Дедушка обладал внешностью героя анекдота из серии — «интеллигент в очереди». Пенсне и бородка клинышком имелись, не хватало лишь трости. Тане необычайно повезло: интеллигент-общественник Старозубцев знал все о каждом старожиле города. Старичок прогуливал мелкого шнауцера во дворе известного дома, и Таня, восхитившись собачкой, сама того не зная, затронула в его душе самые чувствительные струны. Через пятнадцать минут пожилой горожанин был совершенно очарован юной любительницей животных. Разговор о роковой квартире начался как бы между делом. Таня узнала даже больше, чем просил Ерожин. Сводная сестра Кадкова Вера жила в Питере и без мужа растила дочку Валю. Деревня, откуда родом домработница Никитина, находится километрах в семидесяти от города в направлении Луги и называется Кресты.

После столь удачного знакомства Таня зашла в управление, чтобы спросить у Суворова, где ей днем найти Петра Григорьевича.

— Петр уехал в Москву. Его срочно вызвали по телефону, — сказал криминалист и, заметив, как вытянулось лицо его практикантки, добавил: — Скоро вернется. Петя между делом временно работает директором какого-то фонда и не может целиком располагать своим временем.

Таня постаралась скрыть разочарование и доложила Суворову о результатах разговора с пожилым интеллигентом. Виктор Иннокентьевич обещал к завтрашнему дню иметь точный адрес самой Никитиной и ее дочери в Санкт-Петербурге.

Остаток дня младший лейтенант не могла найти себе места. Она обошла центр города, заглянула в парикмахерскую и постриглась. Потом побрела по магазинам, где несколько раз мерила разные платья. Так праздно проводить время Назарова не привыкла, но поделать с собой ничего не могла. В ее хорошенькой головке ни одной мысли, кроме воспоминаний о Петре, сегодня не осталось. За ужином, заметив, что племянница сменила прическу и похорошела, Анна Степановна с необычайным рвением продолжила рассказы о родовом древе. Назарова кивала головой и делала вид, что внимательно слушает тетю и ей по-настоящему интересно, кем был четвероюродный дед по линии отца двоюродного брата Анны Степановны. Книжку стихов Сергея Есенина перед сном Таня поставила обратно в книжный шкаф. О Крутикове Назарова больше не грустила.

———————

3

Анчик сидел за своим офисным письменным столом и просматривал счета постоянных клиентов. Банкир вернулся домой под утро, и голова у него работала плохо. Жена Анчика Сильва, маленькая пухленькая армяночка, за завтраком с мужем не разговаривала. Объяснение супруга, что ему было необходимо встретиться в Питере с нужными людьми, Сильву не убедили. От мужа пахло женскими духами, и эти духи Сильва знала. Ими душилась секретарша Марина, и супруга Анчика, изредка посещая кабинет банкира, морщилась от резкого запаха парфюма. Видно, Марина духов не жалела и выливала их на себя в изрядном количестве. Но обида жены стала не самым главным огорчением текущего дня. Анчик считал, что кроме пропавших денег и здоровья, все можно вернуть. Сегодня дело коснулось именно денег. В положенное время не явился дисциплинированный клиент банка Руслан Ходжаев. Он вносил на свой счет еженедельные пять тысяч долларов и делал это всегда аккуратно. Выдавая ему накануне большую сумму валюты в наличных, Анчик не беспокоился. Постоянный доход Ходжаева покрывал полученный кредит за месяц, полтора. Но, вручая ему доллары в этот раз, Анчик не слишком внимательно отнесся к финансовому положению чеченца. И теперь, разглядывая на экране компьютера денежные отношения с Русланом, он был встревожен. Три месяца назад чеченец и так перевел из банка сто пятьдесят тысяч долларов на покупку недвижимости. К моменту нового кредита на его счету оставалось всего десять тысяч. За все три года, что Руслан вел свой бизнес в Новгороде, такое случилось впервые. Банкир заглянул в электронную записную книжку и набрал номер мобильного телефона Ходжаева. Мобиль не реагировал. Тогда Анчик позвонил чеченцу в квартиру. Долгие унылые гудки говорили о том, что и в квартире Руслана нет. При банке Анчик держал свою маленькую секретную службу.

— Мариночка, пригласи ко мне Анвара, — попросил банкир.

Молчаливый горец из Грузии Анвар Чакнава вошел, сел рядом с директором и принялся разглядывать свои лаковые туфли.

— Выясни дорогой, где пропадает наш друг Ходжаев. И если встретишь, скажи, Анчик соскучился, — попросил банкир тоном, каким просят узнать о самочувствии тещи. Анвар кивнул и вышел. Мрачно взглянув на Марину, начальник службы разведки пересек приемную и спустился в свой маленький кабинет. Там он закурил французскую сигару «Крем» и уселся за телефон. Через пятнадцать минут Анвар знал, что ни в одном ресторане или шашлычной, где Ходжаев постоянно обедал или ужинал в течение последней недели, Руслана не видели. И лишь хозяин шашлычной Арно, немного замялся, перед тем как ответить.

Анвар Чакнава медленно встал с кресла, потянулся и, облачившись в длинный черный плащ из тонкой кожи, вышел из здания. Во дворе банковского особняка он уселся в черную спортивную «Мазду» и, прогрев двигатель, не спеша выкатил на улицу. Подрулив к шашлычной, Анвар не сразу покинул водительское кресло, а некоторое время просидел, отслеживая, как входят и выходят посетители. Большинство клиентов ресторанчика составляли кавказцы, и всех их Анвар знал в лицо. Не заметив ничего подозрительного, начальник секретной службы покинул салон «Мазды» и, не запирая иномарки, скрылся в дверях ресторана. Хозяина Анвар застал на кухне. Арно громко и возмущенно отчитывал повара по-армянски. Выпученные глаза хозяина и его нервная жестикуляция говорили о крайнем неудовольствии Арно своим кулинаром. Тот терпеливо выслушивал брань шефа, но сильного испуга на его лице Анвар не обнаружил. В этом ничего удивительного для начальника секретной службы не было. Анвар прекрасно знал, что поваром работает брат Арно, Ашот.

Заметив на кухне гостя, хозяин вытер руки о передник брата, так как до этого дегустировал руками несколько блюд, качество которых и вызвало его раздражение, и повел Анвара в свой кабинетик.

Хозяин шашлычной сразу смекнул, зачем пришел Анвар. Полчаса назад тот говорил с ним по телефону и интересовался чеченцем Ходжаевым. Отсутствие Руслана тревожило и самого хозяина шашлычной. Чеченец одолжил у Арно ствол всего на день, два. А прошла неделя.

— Покушаешь? — предложил гостю Арно, делая вид, что не понимает, зачем тот явился.

— Можно, — согласился Анвар. Сочетать приятное с полезным он считал хорошим тоном.

— Что закажешь? — улыбнулся Арно. Ему было лестно, что такой разборчивый и серьезный клиент, как Анвар, не брезгует кухней его заведения.

— А что обычно заказывал у тебя Руслан Ходжаев? — спросил Анвар, дипломатично переходя к интересующему его вопросу.

— Последний раз я отвозил ему на дом шашлыки «по-карски», — улыбнулся Арно, оценив ход гостя.

— Вот и мне закажи порцию. Надеюсь, не разочаруешь, — улыбнулся в ответ Анвар. — Кстати, почему наш друг Руслан кушал дома? Он что, заболел?

— Нет, просто ужинал с девушкой, — подмигнул Арно и пошел заказывать шашлык для гостя. Заказ Анвара хозяин шашлычной намеревался проконтролировать лично.

Анвар снял свое черное кожаное пальто, повесил его на вешалку рядом со столиком и, усевшись на стул, извлек из кармана металлическую пачку французских сигар. «Ужинал с девушкой, — повторил он про себя слова шашлычника. — Знаем мы его девушку...»

Арно сам подал на стол лепешку с зеленью и, присев с гостем, заверил, что баранина для шашлыка высшего класса. Анвар поблагодарил и, затянувшись сигаркой, продолжил тему:

— Давно не видно нашего Руслана. Он случайно не говорил тебе, что собирается в поездку?

— Ты, Анвар, человек серьезный и трепать лишнего не будешь, — начал Арно и внимательно посмотрел в глаза гостя. Анвар никак не отреагировал на комплимент. Себе он цену знал и в комплиментах не нуждался. Выдержав взгляд хозяина шашлычной, начальник секретной службы стряхнул пепел сигары и, взяв листик кинзы, принялся молча его жевать.

— Я сам беспокоюсь за нашего друга-чеченца, — признался Арно. — Руслан собирался на переговоры, одолжил у меня на пару дней ствол и исчез.

— Зачем Ходжаеву ствол? — удивился Анвар. — Руслан телохранителей держал. У него охрана со стволами...

— И я те же слова ему сказал, — вспомнил свой разговор с чеченцем хозяин шашлычной. — А он говорит, для страховки. Видно, решил в одиночку рисковое дело провернуть, вот и вооружился.

— Если идешь на разговор с партнером, а ствол в кармане, значит, или партнер не знаком тебе, или наоборот знаком слишком хорошо, — предположил Анвар. — Это все?

— Клянусь мамой, больше ничего не знаю. Жду и нервничаю. Нет Руслана, нет моего пистолета. А я предупреждал, оружие у ментов зарегистрировано, — пожаловался Арно и пошел за шашлыком.

Вернувшись в банк, Анвар спустился к себе в кабинет и, соединившись по внутреннему телефону с Анчиком, доложил, что к разговору готов.

— Сиди у себя, Анварчик. Я освобожусь и приглашу тебя. Тут пока два кретина из Питера мне голову морочат, — ответил банкир по-грузински. Анвар улыбнулся. Ему было приятно, что шеф говорит с ним на родном языке.

Анчик сумел освободиться только через час. Выслушав своего начальника секретной службы, он задумался. Руслан взял большую сумму наличных долларов. Видно, хотел сделать выгодную покупку и поэтому одолжил у шашлычника ствол.

— Дело выглядит скверно, — сделал вывод директор банка. — Что ты, Анвар, об этом думаешь?

— Боюсь, что ствол чеченцу не помог, — медленно выговорил горец.

Анчик кивнул головой и неожиданно поинтересовался:

— Ты давно в драме не был?

Анвару местный театр не нравился. Он знал тбилисские премьеры. На сценах Грузии работали прекрасные мастера, и после них Анвару Чакнава в областном театре бывало скучновато.

— Как раз сегодня за обедом, батоно Анчик, я о нашем театре подумал. А был последний раз уж и не припомню когда, — ответил начальник секретной службы.

— Может быть, скоро придется, — усмехнулся банкир и, положив на плечо Анвару руку, похвалил. — Каргия, батоно, что мы оба о театре подумали. Люблю умных мужчин, особенно если они работают со мной.

———————

4

Нателла Проскурина с трудом дожала питерские гастроли.

Подруги несколько раз пытались подбить примадонну на выпивку и затащить в артистическое кафе, но артистка грубо отказывала, и от нее отстали. Вернувшись в субботу из Петербурга, Нателла заперлась в общежитии и все выходные провела в постели. В понедельник театр спектаклей не давал, но из Москвы приехал драматург с пьесой для новой постановки, и труппу вызвали на читку. Проскурина вошла в зал и вместо того, чтобы сесть поближе к сцене, забилась в угол, куда свет прожектора не доставал. После чтения намечалось обсуждение и не исключался маленький банкет. Нателла мельком взглянула на драматурга, когда тот взобрался на сцену и стал щелкать пальцем по микрофону, проверяя его готовность.

— Господи, какой урод, — подумала Проскурина и отвернулась. Драматург и впрямь красотой не блистал. Толстый молодой человек с вислыми плечами и не по возрасту заметным брюшком носил маленькие круглые очки и имел прическу с косицей.

— Действие первое. Картина первая. Смены

декораций в пьесе не нужны, — начал драматург вкрадчивым голосом. — На сцене полумрак. В центре сцены кровать. На кровати Герман и Рита.

Рита: — Ты опять ничего не можешь!

Герман: — Я думаю о работе.

Рита: — Для чего думать о работе в постели?

Нателла не могла себя заставить вслушиваться в текст. После посещения ее гримерной блюстителем порядка настроение примадонны скатилось к нулевой отметке и больше не поднималось. Проскурина не очень жалела брошку, которую пришлось вернуть суровому гостю. Как известно, она не была приучена к дорогой ювелирке, и потеря вещицы не стала для актрисы трагедией. Не страдала артистка и от взятки натурой, которую пришлось заплатить следователю, хотя ей это и было обидно. Нателла скучала.

По-человечески и по-бабьи ей недоставало Ходжаева. Она даже теперь думала, что любила чеченца. Наверное, так и было на самом деле, если учесть сердечные возможности примадонны в области настоящих, а не сценических чувств.

Рита: — Я отдала тебе свое молодое тело!

Герман: — Молодым оно было пятьдесят лет назад.

Рита: — Не смей издеваться над женщиной... — с пафосом кричал драматург.

Текст пьесы тек мимо сознания Проскуриной. Мысли ее занимал Руслан. «Странно, что чеченец решил стать вором. Ходжаев и легально умел зарабатывать, — размышляла Нателла. — Он знал бандюков, но я думала, дел с ними не имел. У него крутился свой бизнес, и лицензия была».

Рита: — Ты импотент! Только я могла расшевелить тебя!

Герман: — Дура! Стоит один раз увидеть тебя голую, и точно станешь импотентом.

Рита: — Погляди на себя в зеркало. Может, тогда поймешь, что там, где у мужчин член, у тебя прыщик!

Герман: — Ах, так! Прощай! Я возвращаюсь в семью. К своим детям!

Рита: — Ты уверен, что они твои?! Тебе же нечем было их сделать...

Драматург выдержал паузу и протер очки.

— Господи! Сколько слов нам придется заучивать, — ужаснулась Проскурина. Для примадонны работа над текстом пьесы всегда казалась утомительной. Она с трудом запоминала свои реплики. В последней постановке, где актриса столь успешно играла несчастную проститутку, диалогов произносилось мало. Их заменяли вздохи и междометия.

Раздались редкие аплодисменты, и Нателла поняла, что читка закончилась.

— Прошу артистов не расходиться, — поклонившись, сообщил драматург. — Обсуждение в буфете. Заодно скромно отметим наше знакомство.

После этих слов сочинителя рукоплескания стали громче, и в них появилась искренность, а в зале произошло оживление. Заскрипели кресла, послышались смех и возгласы. Артисты поднимались с мест и через запасной ход двигались в сторону буфета. Нателла не пошевелилась. Через минуту партер опустел. Осветитель выключил единственный прожектор, высвечивающий круг возле микрофона, и в сумрачном зале осталась гореть синим светом маленькая дежурная лампочка.

— Вот где наша любимая артистка, — услышала примадонна мужской голос с заметным кавказским акцентом. Она оглянулась и увидела сзади себя трех высоких молодых людей в черных пальто и одинаковых кепках.

— Вы, ребята, откуда? Сегодня спектакля нет, — улыбнулась Проскурина. Южный акцент напомнил ей Руслана.

— Нам спектакль не нужен. Если захотим, сами такую постановку устроим, обхохочешься, — ответили из темноты.

— Соскучилась по Руслану, девочка? — спросил другой молодой человек. Нателла лиц не видела, в сумраке зала проступали лишь очертания трех фигур.

— Вы от Русланчика?! — обрадовалась актриса.

— Можно и так сказать, — согласился третий призрак. — Пойдем с нами. Посидим поговорим, Руслана вспомним.

Интонация кавказца не очень понравилась Проскуриной, но возможность узнать новости о судьбе друга заставили Нателлу согласиться. Она поднялась с кресла и пошла за незнакомцами. Они все вместе спустились по пустынной лестнице спящего театра, вышли на улицу, и Проскурина увидела черный джип. Нателле открыли заднюю дверцу, и она очутилась между двух кавказцев. Ехали они не очень долго. Но артистка сидела посередине и толком, куда ее везут, разобрать не могла. Когда перед ней снова открыли дверцу, Нателла вышла и очутилась в глухом дворике старинного купеческого особняка. Кроме джипа, доставившего сюда компанию, во дворе стояло еще несколько шикарных иномарок и среди них спортивная «Мазда». Примадонну провели через охрану из двух здоровенных парней и впустили в маленький кабинетик. Нателла вошла. Дверь сзади захлопнулась, и артистка осталась одна. Она увидела письменный стол темного дерева, перед ним кресло и рядом три стула. На полированной поверхности стола лежала металлическая коробка с французскими сигарками «Крем». Нателла постояла, затем вернулась к двери. Выйти из кабинета она не смогла. Дверь оказалась на замке. Проскурина уселась в кресло и стала ждать. Часов Нателла не носила и, сколько времени прошло, не знала. Наконец она услышала, как кто-то отпирает кабинет. Она вскочила с кресла, но один из двоих мужчин, что вошли, ее остановил:

— Сиди, дорогая. Мы тоже сядем.

Проскурина послушалась. Один из вошедших был роста небольшого и имел заметную плешь. Второй, высокий и молодой, в черном кожаном пальто, был очень красив. Ближе оказался тот, что поменьше. Он устроился на стул рядом с артисткой и молча ее разглядывал. Красавец занял место поодаль.

— Ты и вправду симпатичная девушка, — сказал плешивый, закончив рассматривать Проскурину. — Не зря наш Руслан так тебя любит.

Нателла ничего не ответила. Ей становилось страшно. Проскурина не могла понять, что от нее хотят эти южане.

— Не бойся, девочка. Мы настоящие друзья Русланчика и никогда не обидим его любимую девушку, если она сама не предала друга, — заметив испуг Нателлы, ласковым голосом пообещал плешивый.

— Я же отдала брошку.

— Какую брошку? Кому отдала? Говори, — ободрил артистку красавец.

— Следователю отдала! — ответила Проскурина.

— При чем тут следователь? — насторожился плешивый. — Давай, дорогая, все по порядку.

— Что по порядку? — не поняла примадонна.

— Все, что было. Про следователя. Когда было. Все по порядку. Ты знаешь, где Руслан?

— Руслан в тюрьме. — Проскурину удивило, что друзья Ходжаева не в курсе его ареста.

— Анвар, ты что-нибудь понимаешь?! — поинтересовался плешивый у красавца. Анвар развел руками.

— И я не понимаю. По порядку, девочка, еще раз тебя прошу.

— Наверно, Руслана арестовали за цацки, — предположила артистка.

— Что ты говоришь, девочка! Руслан не вор. Руслан бизнесмен, — возмутился плешивый.

— Я сама удивилась. А он говорит, ворованная.

Мужчины переглянулись и затараторили между собой на незнакомом Нателле языке. Это не была речь чеченцев. Нателла чеченского не понимала, но профессиональный актерский слух характер речи фиксировал.

— Давай все по порядку. Еще раз тебя прошу, — повторил южанин по-русски.

— Руслан мне брошку подарил. Прямо перед гастролями, — начала Нателла. Красавец ее остановил:

— Что за брошка, какая брошка, сколько стоит брошка? Скажи, а потом дальше говори.

— Следователь сказал, ворованная, — покраснела Проскурина.

— О следователе потом. Брошку опиши, — от нетерпения плешивый заерзал на стуле.

— Посередине белый камень. Руслан сказал, бриллиант. По бокам красные рубины. На свету смотришь, глазам больно, — старательно вспоминала Проскурина подарок друга.

— Сколько стоила брошь, Руслан не говорил? — поинтересовался красавец Анвар.

— Говорил, «Мерседес» можно купить, — повторила Проскурина слова Руслана.

— Приврал, — предположил по-грузински плешивый.

— Возможно, но фуфло своей девушке бы не всучил. Руслан мужик широкий. Пусть дальше говорит.

Через полчаса мужчины выведали у Проскуриной все. Анвар старательно записал имя следователя. Нателла не выдержала и расплакалась:

— Он у меня брошку забрал и еще заставил с ним трахаться. Если бы Руслан не был в тюрьме, он бы его убил, — проговорила она сквозь слезы.

— Разберемся, — пообещал плешивый. — Анвар, отвези артистку домой. Купи ей покушать, денег дай, а я пока по своим каналам пройдусь.

Заместителю мэра позвоню. Зря, что ли, его зятю кредит дали? Мы этого следователя из-под земли достанем.

Нателлу вывели в тот же двор, только теперь вместо джипа раскрылась дверца спортивной «Мазды», и она уселась рядом с красавчиком Анваром. Начальник секретной службы банка пожелание шефа исполнил. По пути он завез Проскурину в магазин и накупил большой пакет деликатесов. Возле общежития Анвар вышел, галантно раскрыв перед Нателлой дверцу своего авто, и вместе с провизией всунул в ее руку сто долларов.

— Спасибо, — улыбнулась примадонна, растирая расплывшуюся от слез тушь носовым платочком. Сто долларов, если их поменять в обменном пункте, составляли зарплату молодой артистки областного театра за два месяца.

5

Зойка проснулась поздно. Работать за стойкой ей сегодня не полагалось, и Куропаткина провалялась в постели до двенадцати. Глеб думал, что она вообще сегодня на улице не появится, но около часа буфетчица вышла из своей квартиры. Запирая дверь, она озиралась по сторонам, оглядывая двор. Михеев отметил, что Зойка приоделась и напялила сапоги на высоких каблуках. В них ее полненькие ножки выглядели по-поросячьи комично. Выйдя из подворотни, Куропаткина засеменила к центру. Она спустилась вниз к Волхову, миновала древнее обиталище новгородских князей и по пешеходному мосту переправилась на правый берег. Глеб шел сзади, пристроившись к группе туристов. Но у кремля экскурсовод остановилась и начала громким специфическим голосом сообщать исторические подробности. Глеб, проходя мимо, услышал, что новгородские земли в те далекие времена простирались аж до Урала. Дальше Михеев слушать не мог, он опасался упустить буфетчицу из поля зрения. Зоя прошла по рядам торговцев сувенирами. Заглянула в маленькое бистро возле автобусной стоянки, где немного потрепалась с тощей молодящейся коллегой и, влив в себя пятьдесят граммов коньяка, проследовала на центральную магистраль.

Михеев мельком взглянул на табличку с названием «Газон». «Странно они прозвали свой «Бродвей», — подумал Глеб. Он не знал, что в Новгороде улицам вернули исторические имена, и еще совсем недавно улица «Газон» значилась как Горьковская. Пока следопыт удивлялся странному названию, Зоя исчезла. Ни кафе, ни каких-либо других общественных заведений поблизости Михеев не обнаружил. Он оглядел близлежащие офисы и магазины. Тут все было дорогое и по соображениям Михеева для буфетчицы недоступное. На всякий случай он свернул на боковую улицу и заглянул в шикарный салон «Меха». Куропаткина оказалась там. Зойка мерила лисью шубу. Она вертелась возле зеркал в примерочной и пыталась оглядеть себя со всех сторон. Глеб успел отметить глазом охотника, что шуба сшита из красноватых с седым отливом лисиц, каких в тайге давно нет, а выводят их только в питомниках. Не желая привлекать внимания, он вышел из магазина и, пройдясь до конца дома, остановился возле городской афиши. Ветер дул ледяной, и казалось странным, почему лужи на асфальте не замерзают. Чтобы согреться, Михеев поднял воротник и засунул руки в карманы. Торчать на улице пришлось долго. Зойка выплыла из зеркальных витрин минут через сорок. В руках она держала огромный сверток.

«Неужели купила?» — удивился Глеб. Сколько бы ни воровала Зоя у своего хозяина, на такую шубу наворовать ей бы не удалось. Михеев поглядел на часы. Куропаткина сделала свою дорогую покупку около часа дня. Глеб записал это в свой блокнот и последовал за буфетчицей, стараясь не попадаться ей на глаза. Его огромная фигура вовсе не способствовала работе филера, поэтому приходилось быть изобретательным. Михеев то прятался за фонарные столбы, то вертелся возле машин, что стояли вдоль тротуара, изображая владельца одной из них. Но Куропаткина не оглядывалась. Ей, видно, не могла прийти в голову мысль о слежке.

Гулять с огромным свертком Зойке показалось не с руки, и она вновь пересекла Волхов и вернулась домой.

Под наблюдательный пункт Глеб накануне присмотрел чердачок. Двухэтажный дом находился наискосок от Зойкиной подворотни. Здесь было значительно теплее, чем на улице, и можно было присесть и даже прилечь. По некоторым признакам чердачок пользовали и до него. Старенький матрас и яичная скорлупа на полу говорили о том, что тут до него спали и ели бездомные горожане. Глеб провел в этом логове единственную ночь, что обитал в городе. Приехал он вчера после обеда. Отправившись из Москвы сразу после разговора с Ерожиным, Михеев за шесть часов благополучно добрался до Новгорода и без труда разыскал кафе «Русич». Петр Григорьевич объяснял толково, а Глебу, привыкшему к незнакомым городам за время своих морских ходок, выйти на цель по наводке Ерожина труда не составляло. Вчера Куропаткина до позднего вечера сидела за стойкой. Глеб прочитал на вывеске режим работы кафе и позволил себе не торчать у дверей все время, а прогуляться вокруг, чтобы лучше ориентироваться в дальнейшем. Домой Куропаткина вернулась около полуночи. Поняв, что его подопечная вошла в свое жилище, Михеев подождал, пока в окнах Зойкиной квартиры зажжется свет, и после этого досконально обследовал двор и близлежащие дома. Вся улица, где проживала Куропаткина, состояла из двухэтажных домиков, словно близнецы похожих друг на друга. Во время войны большая часть старинных новгородских построек погибла. Великий Новгород восстанавливали пленные немцы. Они и застроили его своими типовыми особнячками.

Глеб хотел обосноваться на чердаке дома напротив, но там висели крепкие замки. Тогда он забрался в особнячок, стоявший поодаль. Там чердак хоть и имел висячий замок, но этот замок легко отмыкался гвоздем. Наискосок из чердачного окошка прекрасно просматривалась подворотня Куропаткиной, и Глеб устроил себе тут наблюдательный пост.

Дождавшись, когда Куропаткина со свертком скрылась в квартире, следопыт забрался на свой чердак и, усевшись на деревянный ящик, выглянул в оконце. Михеев решил, что ждать буфетчицу придется долго. Он не знал привычек Куропаткиной проводить свободное время. «Зоя вполне могла, — думал Глеб, — завалиться на весь остаток дня спать». Но сыщик ошибся. Буфетчица в заношенном халате и в бигуди минут через двадцать вышла, огляделась и заметила во дворе соседа. Мужик в голубой майке остервенело выбивал половик. Зойке это не понравилось, и она шмыгнула назад.

Еще через минут десять у ее дверей нарисовался гость. Бомж Виткин долго стучал и звонил. Наконец буфетчица открыла. Оглядев бомжа с ног до головы, Зойка разразилась злобной бранью, после чего дверь перед его носом захлопнула. Бомж постоял, порылся в карманах, достал чинарик, прикуривая, долго палил спички, затем повернулся и, выйдя из подворотни, молча поплелся по улице.

Через полчаса Зойка с пакетом в руках снова выскочила во двор. Внимательно обозрев все вокруг и не заметив ничего подозрительного, она прямиком направилась к помойным контейнерам. Опустив ношу в мусорный бак, она еще раз огляделась и, кутаясь в широкий халат, торопливо засеменила к себе. Глеб проследил, как она, сердито хлопнув дверью, скрылась в квартире, и вскочил со своего ящика. Он хотел спуститься вниз, но две пожилых мамаши беседовали на площадке второго этажа, и Михеев затаился.

— А Нинкин мужик совсем до горячки допился, — сообщила та, что, уперев руки в бока, стояла к Михееву спиной.

— Еще бы, столько жрать водки, — согласилась вторая, в грязном переднике и шлепанцах на босу ногу.

— А Нинке наплевать. У ей хахель на ликероводочном. Она с ним тоже попивает...

Михеев начинал злиться. Стоя возле дыры, ведущей на лестницу, он не видел Зойкиной подворотни и боялся буфетчицу прозевать. Но и содержимое пакета, что Куропаткина вынесла со столькими предосторожностями, сыщик желал проверить. Наконец бабки разошлись. Михеев, стараясь не топать, бегом спустился по лестнице и быстрым шагом двинулся к контейнерам. Из окна он точно отметил место, куда Куропаткина бросила свой пакет, и сразу его обнаружил. Схватив, пакет, Михеев рванул обратно на чердак. Он хотел заняться исследованием находки, но в это время Куропаткина снова вышла. Если бы Глеб не заглянул на секунду в шикарный меховой магазин и не пронаблюдал там, как буфетчица намеривала на себя лису, сейчас бы он Зойку не узнал. Куропаткина выплыла в шикарной шубе и, постукивая каблучками сапог, двинулась той же дорогой, что и полтора часа назад. Перейдя по пешеходному мосту реку, Зойка повторяла свой прошлый маршрут. Она снова заглянула в кафе-бистро возле стоянки туристических автобусов. Ее наряд произвел на худющую коллегу за стойкой такое впечатление, что та на минуту лишилась дара речи. Затем начались восклицания, поцелуйчики и бессмысленный смех. После чего обе выпили по стаканчику коньяка, и Куропаткина двинулась дальше. Скоро Глеб понял, что Зойка обходит знакомых дам, ожидая реакции на свою шубу. Завистливые восторги приятельниц Куропаткину радовали, и везде дело заканчивалось небольшим возлиянием. Дольше всего буфетчица задержалась в баре гостиницы «Интурист». Там глядеть на ее обнову сбежались несколько официанток. Через некоторое время к ним присоединились две других дамы, как решил Глеб, тоже сотрудницы отеля, но не имеющие отношения к блоку питания. Дамы уселись за отдельный столик и устроили нечто вроде пира. Из «Интуриста» Зоя вышла в начале седьмого и направилась к местному театру. Проходя угловое здание Управления внутренних дел, Куропаткина заметно прибавила шагу и сбавила его, лишь подойдя к кассам театра. Потоптавшись у касс, Зойка купила билет. Глеб задумался, как ему поступить. Одиноко мерзнуть на улице, ожидая конца спектакля, было и противно, и подозрительно. Рядом с домом областного правительства слоняющийся субъект мог вызвать подозрения работников милиции. А Ерожин просил Глеба не расшифровывать цели своего визита в город. Кроме того, Михеев не успел официально поступить на службу в частное сыскное бюро Петра Григорьевича и соответствующего документа не имел. Наконец Глеб решился взять себе билет тоже, хотя за него и пришлось выложить сто рублей. Ни название пьесы, ни имя драматурга Казимира Щербатого Михееву ничего не говорили. Каково же было удивление молодого человека, когда он обнаружил на сцене полуголую девицу, которая лениво сопротивлялась насилию похотливого негодяя. Михеев понял, что краснеет. Он даже подумывал, не сбежать ли из зала, но Куропаткина невозмутимо восседала в третьем ряду, и Глеб взял себя в руки.

Выйдя из театра, буфетчица стала поглядывать на свои наручные часики. Михеев было подумал, что женщина кому-то назначила ночное свидание. Но догадка не подтвердилась. Ровно в половине одиннадцатого Зойка остановилась у телефона-автомата, долго копалась в своей сумочке, после чего извлекла бумажку и набрала номер. Беседовала Куропаткина не больше минуты, но разговор для нее оказался волнительным, потому что, положив трубку, Зоя еще некоторое время топталась рядом с аппаратом, переваривая свой звонок. По улыбающемуся лицу буфетчицы Михеев понял, что Зойка разговором довольна. Глеб записал время. Говорила Куропаткина с неизвестным абонентом в одиннадцать тридцать две. Продолжая улыбаться, она быстро засеменила к дому. На пешеходном мосту через Волхов ветер свирепствовал вовсю.

— Хорошо этой кукле в лисьей шубе, — злился Михеев, коченея в своем пальтишке. Проводив Куропаткину до ее подворотни, начинающий сыщик отправился на свой наблюдательный пост. Поднявшись наверх и оглядев дверцу, ведущую на чердак, следопыт отметил, что замок болтается не так, как он его оставил. Глеб бесшумно приоткрыл дверь и вступил в темноту. В глубине, там, где валялся старенький матрас, отчетливо слышался храп спящего человека. Глеб достал из кармана зажигалку и в свете ее пламени увидел гостя Зойки Куропаткиной, которого она днем не пустила на порог и площадно обругала. Тот спал в шикарном костюме, приоткрыв рот и разметав руки. Рядом валялся пустой Зойкин пакет, извлеченный Глебом из помойки, и грязная одежда бомжа Виткина.

6

Анатолий Афанасьевич Больников тоскливо глядел в окно своего кабинета. Заместитель мэра города не любовался видами новгородского кремля, хотя опавшие листья вековых деревьев открывали древние стены и башни во всем их величии. Сегодня в служебном графике Анатолия Афанасьевича по расписанию предстоял самый скучный день — день приема граждан по личным вопросам. Больников глянул на часы и, вздохнув, нажал кнопку:

— Много сегодня? — спросил он секретаршу Раю.

— Человек пятнадцать, — ответила женщина и с сочувствием посмотрела на шефа.

— Пусть посидят, у меня голова раскалывается, — попросил Больников.

— Может, кофейку? — предложила Рая.

— Ой, умница, — обрадовался чиновник возможности еще немного побездельничать. Он вышел из-за стола, потянулся, сцепив пальцы над головой так, что хрустнули суставы, и прошелся по кабинету. Календарь с видами города остановил внимание заместителя городского головы, и он принялся изучать дни предстоящей недели. К сожалению, праздников не ожидалось. Вот следующая семидневка сулила некоторое разнообразие. В городе готовилась конференция банкиров Северо-Западного региона. Заместитель мэра по плану должен был присутствовать на открытии и закрытии. Речь готовил сам мэр, а Больников, кроме представительских и мелких административных забот, особой нагрузки для себя не ждал. Если учесть, что и открытие, и закрытие предусматривает нечто вроде банкета, то и время это можно провести приятно. Бизнесмены толк в винах и закусках знают.

Рая, кроме кофе, пристроила на поднос вазочку с бисквитами. Анатолий Афанасьевич очень любил бисквиты и с благодарностью подумал о секретарше. В отличие от привычной формулы «секретарша — любовница», заместитель мэра с Раей не спал. Да и внешность рябая сорокалетняя женщина имела вовсе не располагающую к сексу. Но Больников был примерным семьянином и, кроме страсти к охоте на боровую дичь, никаких азартных увлечений не имел. Анатолий Афанасьевич обожал родственников. Постоянная их опека и являлась главным хобби заместителя мэра. Секретарша Рая доводилась шефу свояченицей.

Чиновник отхлебнул из чашечки и, отломив половинку бисквита, приготовился уложить кусок в рот, но ему помешали. В кабинет ворвался зять Больникова, Кирилл. Галстук молодого человека съехал набок, волосы, всегда аккуратно зачесанные назад, торчали дыбом, а глаза выражали крайнюю обиду и недоумение.

— Что случилось, Кирилл? Почему ты в таком виде, малыш? Клавонька здорова?! — забеспокоился тесть. Разумеется, первой при виде взлохмаченного зятя пришла мысль о дочери.

— При чем тут Клава? — закричал молодой человек. — Мне сегодня расплачиваться за товар, а банк отказал в кредите!

— Как — отказал? — не поверил Анатолий Афанасьевич. — Я лично договорился с Анчиком.

— Ты, папаня, может, и договорился, но денег мне сегодня не дали. А если я не расплачусь за товар, моей фирме крышка, — пожаловался Кирилл, чуть не плача.

— Ты ничего не путаешь, малыш? К директору заходил? — спросил Больников, поднимая телефонную трубку.

— Заходил. Он мне и сказал, что не даст, — сообщил зять.

— Почему не даст, тоже сказал? — Больников хотел набрать номер, но воздержался.

— Сказал, что вы арестовали его друга и даже не сообщили об этом, — ответил Кирилл.

— Какого друга? Я не в курсе никаких арестов деловых ребят в нашем городе, — Больников вспомнил вчерашнюю встречу в бизнес-клубе с уголовным авторитетом Храпом. Если бы в городе что-либо подобное приключилось, Храп обязательно бы рассказал. Да и начальник управления не имел привычки втихаря подобные аресты производить.

— Чеченца Руслана Ходжаева взяли, — пояснил Кирилл. — Руслан — друг Анчика, и банкир очень зол.

— Сиди, малыш, и жди, — приказал Больников зятю и, вызвав по селектору машину, вышел из кабинета. Проходя мимо секретарши, он бросил:

— Сегодня прием отменяется. Я в Управление внутренних дел по срочному вопросу.

Стараясь не смотреть в лица пожилых людей, томящихся в очереди, Больников поспешно миновал приемную. Особенно зажался чиновник при виде общественника-интеллигента Старозубцева. Тот восседал первым и грозно поблескивал своим пенсне. Заместитель мэра юркнул в лифт и через минуту сидел рядом с водителем в своей персональной «Волге». Здание Управления внутренних дел находилось через три дома от мэрии. Но Больников предполагал после разговора с Всеволодом Никаноровичем отправиться прямо в банк, и без машины это могло занять достаточно времени.

Семякина в управлении не оказалось. По словам его заместителя Васильчикова, полковник ушел к Сметанину в налоговую инспекцию. Инспекция располагалась в доме областного правительства, в том же здании, где кабинет заместителя мэра. Больникову пришлось вернуться назад. Сметанин и Семякин беседовали в буфете. Разговор шел о новом «тульском» ружье. Сметанин намеревался приобрести винчестер, последнюю разработку завода, и советовался на эту тему с Семякиным. Полковник считался в городе непревзойденным знатоком охотничьего оружия. Больников не без интереса подключился к разговору. Сошлись заядлые охотники, и тема оказалась захватывающей для всех. За увлекательной беседой Анатолий Афанасьевич чуть не забыл главного вопроса, по которому искал Всеволода Никаноровича.

— Скажи, на каком основании вы арестовали бизнесмена Ходжаева? — наконец вспомнил Больников.

— Какого Ходжаева? Чеченца? — удивился полковник.

— Да, Руслана Ходжаева, — подтвердил заместитель мэра.

— Ничего не знаю об этом, — растерялся Семякин. Он подумал, что его подчиненные совсем распустились и берут известных людей, даже не согласовав вопрос с ним. Все трое зашли в кабинет Сметанина, и полковник связался по телефону со звоим заместителем Васильчиковым.

— У тебя неверная информация, — сказал Семякин Больникову, положив трубку и обтерев лоб платком: — Ходжаева никто не арестовывал. Ордера на его арест никто не подписывал. Это утка.

Распрощавшись с руководителями карательных ведомств, Больников вернулся к себе. Кирилл, как зверь в клетке, расхаживал по кабинету из угла в угол. Увидев тестя, молодой человек бросился ему навстречу:

— Ну, папаня, как?

Больников молча уселся за свой стол и набрал номер банка.

— Анчик, здравствуй, дорогой. Там у тебя какое-то недоразумение с кредитом для фирмы «Запад». Разберись пожалуйста. Да, насчет твоего друга Ходжаева. Он на свободе. Я только что говорил с начальником управления. Руслана никто не арестовывал, и как я понял, таких намерений у наших милиционеров нет. — Больников положил трубку, на минуту задумался и, заметив вопрошающий взгляд зятя, сказал Кириллу: — Езжай, малыш, в банк. С кредитом все в порядке.

Оставшись в одиночестве, заместитель мэра допил остывший кофе, быстро заглотил отломанный бисквит и вызвал секретаршу.

— Кто-нибудь на прием остался?

— Иван Андреевич Старозубцев, — развела руками Рая, демонстрируя свое бессилие помочь чиновному родственнику.

— Вот настырный старикашка, — безнадежно вздохнул заместитель городского головы. — Черт с ними, зови. — И, усевшись за свой письменный стол, скривился, как от съеденного лимона.

————————

7

До таблички с указателем поворота на деревню «Кресты» Ерожин с Таней домчались за тридцать пять минут. Петра Григорьевича известие о том, что отыскалась няня Кадкова и его сводная сестра Вера, заинтересовало. За домом Веры в Санкт-Петербурге с его подачи Бобров установил наблюдение. Подполковник подозревал, что Эдик имеет место, где его примут и дадут время отсидеться. Теперь это место обретало реальные адреса. Свернув с бетонки, Ерожин притормозил. Ухабы и лужи, сквозь которые тянулись разбитые колеи проселка, водительского энтузиазма не вызывали. Низкая посадка шведской машины вовсе не предполагала кросса по пересеченной местности.

— Что будем делать? — спросил Ерожин у Тани, с завистью отследив, как медленно и торжественно сзади по асфальту прокатили джип «Чероки» и «Лендровер». — Вот бы сейчас сменить наш «Сааб» на эти внедорожники...

Вопрос девушке подполковник задал для порядка. Он понимал, что младший лейтенант вряд ли поможет советом. Решать предстояло ему.

— Не знаю, — честно отозвалась Назарова. Их встреча после возвращения Петра из Москвы проистекала вовсе не так, как мечталось девушке. Ерожин внимательно выслушал ее доклад, похвалил за работу, но ни словом, ни жестом не выразил никаких чувств, помимо профессионального удовлетворения. Таня сдерживалась, как могла, чтобы не броситься москвичу на шею.

— Ладно, рискнем, — наконец решился Ерожин и, включив вторую передачу, повел иномарку по российскому бездорожью. «Сааб» буксовал, выбрасывая из-под колес потоки жидкой грязи, дрожал своим дорогим корпусом, но пер. Километр они проползли, хотя после каждой лужи Петр Григорьевич мысленно благодарил Бога, пока они передвигались по полю. Дальше проселок сворачивал в лесок. Перед поворотом Ерожин остановил машину.

— Надо взглянуть, что нас ждет впереди, — сказал он Тане и вышел. Ходить пешком по раскисшей глине, имея на ногах нормальные городские ботинки, требовало не меньшей отваги, чем езда по ухабам на иномарке. Петр Григорьевич передвигался не по самой дороге, состоящей из жидкой глиняной каши, а сбоку, по дерну. Когда-то тут растили рожь, но после развала колхозного быта поля поросли сорными травами. Жухлые заросли этих трав от холода и ночных заморозков полегли, образовав труднопроходимый ковер ржавого цвета. Ботинки Петра Григорьевича мгновенно промокли, но он самоотверженно дошагал до лесочка. В лесу проселок превратился в одну сплошную лужу. Ерожин обследовал путь, двигаясь в придорожном ельнике вдоль нее и грустно размышляя о ее глубине. Утешали только два факта.

Первый, что лесок скоро кончался, и дальше дорога поднималась на бугор, и по сравнению с тем, что они уже одолели, казалась вполне сносной. Вторым фактом явился след от легковой машины. Его Ерожин отметил еще при повороте с бетонки. Этот след и сыграл главную роль в его смелом решении вести «Сааб» по болоту.

«Проскочим лесок, пробьемся», — сделал вывод подполковник и вернулся к машине. Ответив на вопрошающий взгляд Тани многозначительным «угу», Ерожин завел двигатель и, еще раз мысленно обратившись к Всевышнему, тронул с места. Половина лесной лужи осталась позади. Водитель уже готовил благодарственную реплику Господу Богу, но и милости Творца имеют границы. Правое колесо машины провалилось в глубокую, невидимую под водой, яму, и мотор заглох.

— Приехали, — констатировал подполковник. Он посмотрел в глаза попутчицы и, к своему удивлению, ужаса в них не увидел. Таня даже обрадовалась. В другое время и в другой компании она могла бы проявить испуг или неудовольствие. Но застрять с любимым в лесной луже, что может быть заманчивее?

Однако Петр Григорьевич романтических намерений попутчицы не разделял. Он прикинул, что если вылезет из своей водительской двери, окажется по колено в ледяной грязной воде. Откинув спинку сиденья, подполковник перекочевал назад, выбрался через заднюю дверь и, посоветовав Назаровой не высовывать нос наружу, отправился за подмогой. Выбор у него оставался небольшой: или возвращаться на трассу и ловить мощный грузовик с тросом, или подняться на бугор и оглядеть пейзаж в надежде найти что-либо поближе.

— Вернуться я всегда успею, — резонно заметил про себя Петр Григорьевич и поплелся на бугор. Его башмаки уже не просто намокли, а еще и обросли внушительным слоем глины, превратившись в нечто вроде водолазного свинца. Поднимать ноги в таких башмаках с каждым шагом становилось труднее. Петр старался на ходу стереть глину жесткой ботвой прошлогодних сорняков и упрямо двигал вперед. Старания его были вознаграждены полностью. За бугром, не более чем в полукилометре от его вершины, виднелась одноэтажная постройка из силикатного кирпича, огороженная полуразрушенным бетонным забором. За забором просматривались врытые в землю, почерневшие от времени цистерны. Ерожин не слыл эстетом, но его часто удивляла способность русских людей строить ужасающе мерзкие производственные здания, вписывая их в великолепный ландшафт родной природы. Но сейчас ему было не до критических размышлений. Наоборот, Ерожин испытал радость от зрелища. Особенно порадовал глаз москвича силуэт «Кировца». Трактор не походил на заброшенный металлолом и дремал возле крыльца кирпичного строения. Петр Григорьевич, ободренный увиденным, напролом зашагал к цели. Трава пыталась удержать, путала ноги, но подполковник все препятствия героически преодолел. В кирпичном домике, служившем раньше колхозной автомастерской, сидели три мужика. Двое пили пиво. А третий вертел в руках инструмент, и это занятие поглощало его внимание полностью.

— Ребята, выручайте. Влип, — с порога, вместо приветствия, взмолился Ерожин.

— Гена, опять к тебе клиент! — радостно воскликнул улыбчивый однозубый мужичок, восседавший на грязном ящике. Геной оказался сутулый субъект непонятного возраста и масти. Волосы мужика можно было назвать бурыми, если вообще их цвет поддавался определению.

— И ты на белом «Мерседесе»? — ухмыльнулся Гена, показав ряд белоснежных зубов. Улыбка Гены, в отличие от однозубого товарища, сияла по-голливудски.

— Нет, я на «Саабе», — оскалился в ответ Петр Григорьевич.

— Тогда встанет дороже, — пообещал однозубый. Третий мужик оставался к происходящим событиям безучастным. Он сидел на мешке с углем и молча разглядывал трещину на гаечном ключе.

— Сколько? — спросил Ерожин, желая ускорить процесс предварительных переговоров.

Мужики переглянулись. Гена почесал бурый хохол и набрал в легкие воздуха:

— По литру на нос. Так Санек?

«Так Санек?» относилось к безучастному товарищу.

— Варить надо, — ответил тот, не отводя взгляда от гаечного ключа.

— Ты чего его спрашиваешь?! Санька у нас не пьет, — возмутился однозубый.

— Вот и пусть на трезвую голову соображает, — возразил Гена. Петр Григорьевич торговаться не стал, но пожелал расплачиваться по факту проделанной работы.

— Это мы разом, — согласился Гена и вместе с улыбчивым напарником вышел к трактору. К изумлению Ерожина, «Кировец» завелся с полуоборота. Потрещав с минуту мотоциклетным движком, он взревел и, молотя грязь гусеницами, выполз за ворота. Ерожин и однозубый встали на подножки по бокам кабины. Где застревают городские легковушки, тракторист превосходно знал и дополнительных разъяснений не требовал. Через пять минут «Кировец», не глуша двигателя, развернулся возле притопленной иномарки. Не обращая внимание на холод, однозубый затянул трос под капот «Сааба» и некоторое время поколдовал под грязной водой руками. Покончив с тросом, он вышел из лужи и скомандовал трактористу:

— Давай, бля, Гена, потихонечку… — Матерная прибавка лично к трактористу отношения не имела, а применялась для смачности, подчеркивая остроту момента.

Петр Григорьевич ухмыльнулся и через заднее сиденье проник на водительское место, хотя рулить в луже было бессмысленно. Он подождал, пока «Сааб» медленно выплывет из ямы, выбрался из кабины положенным образом и полез в карман за гонораром.

— Тут на два литра, — недовольно скривился Гена.

— Так вы же сказали, что ваш Санек не пьет? — напомнил Петр Григорьевич.

— Мы, бля, за него выпьем, — заверил однозубый.

Ерожин торговаться не стал. Расплачиваясь, как бы между делом, он поинтересовался «Мерседесом», который, по словам мужиков, недавно застрял на этом же месте.

— Как раз третьего дня. По стекла засел, — ответил однозубый.

— Не третьего, а позавчерась, — поправил Гена.

— Позавчерась мы, бля, брагу пили, а третьего дня водяру, потому что с «мерса» три сотни взяли, — настаивал напарник тракториста.

Ерожин попробовал настроить мужиков описать владельца «Мерседеса», но они запомнили лишь название водки, что пили за его деньги.

— Обыкновенный мужик, только гроши у него куры не клюют, — напряг память Гена, усаживаясь в кабину своего «Кировца». Мужики спешили в магазин и к беседе расположения не имели.

— Назад поедешь, держись, бля, той елки, посоветовал однозубый водителю на прощание и добавил: — А если опять засядешь, нас в МТСе найдешь. По литру на нос и всех, бля, делов.

— Спасибо, ребята! — крикнул Ерожин вдогонку. Но рев «Кировца» его слова заглушил. Подполковник попробовал завести двигатель, но свечи намокли, и пришлось ждать, пока они просохнут. Таня, сидя в заглохшей машине, начала замерзать. Петр набрал лапника и быстро разжег костер.

— Любопытно, кто по этой дорожке на «мерседесах» катается, — размышлял вслух Петр Григорьевич.

— Тебе со мной не понравилось? — спросила Таня, стоя у костра и прижимаясь к Ерожину спиной.

— Ты очень хорошая и красивая, — ответил Петр, обнимая девушку за плечи. — Но давай попробуем сделаться друзьями.

— Руки за голову! И без фокусов, голубки, — услышал Ерожин и оглянулся. Сзади них справа и слева стояли двое в масках. Дула коротких автоматов смотрели точно в спину Петра. Пока он оглядывался, перед ними появились еще двое. Теперь автоматы целили в грудь и Тани, и Петра.

— Ой, я без оружия, — шепнула Таня.

— Делай, что они говорят, потом разберемся, — посоветовал Ерожин, поднимая руки. Таня последовала его примеру. Через минуту пленники оказались на задних сиденьях двух джипов. Ерожина усадили в джип «Чероки». Мечта подполковника сменить «Сааб» на внедорожник сбывалась.

————————

8

Виктор Иннокентьевич Суворов уже несколько раз поднимался в кабинет Сиротина, дергал запертую дверь и возвращался в лабораторию. Криминалист нервничал не потому, что следователя Сиротина не заставал на месте. Майор лежал дома, и в управлении его не ждали. Суворов волновался и не мог понять, куда делся Ерожин. Кабинет Сиротина на время болезни хозяина Семякин предоставил москвичу. Сам полковник тоже отсутствовал. Его заместитель Васильчиков получил из столицы срочный факс. Нужно было немедленно решать вопрос с арестом владельца пистолета Арно Бабояна. Суворов упросил Васильчикова не принимать решения, не посоветовавшись с Петром Григорьевичем.

Криминалист знал, что подполковник и Татьяна Назарова с утра поехали в деревню Кресты. Но время двигалось к концу рабочего дня, а Ерожин не возвращался. Виктор Иннокентьевич не успел рассказать Петру о факсе из Москвы. Петр Григорьевич пока не знал, что из пистолета, зарегистрированного в Новгородском областном управлении, застрелена Соня и ее артист.

Суворов набрал номер мобильного телефона Ерожина. Но тот не отвечал. Криминалист не слишком верил в телепатию, но сегодня на душе у него скребли кошки.

«Что, если вооруженный Эдик окажется в деревне», — подумал Суворов и отправился к Васильчикову. На этот раз он застал и шефа. Полковник вернулся в свой кабинет и, узрев криминалиста, набросился на него:

— Где нашего москвича черти носят? Тут столько всего навалилось, а его нет!

— Сам жду и уже начал беспокоиться. Что, если они нос к носу встретятся с Кадковым?! Эдик может быть вооружен, — поделился Суворов своими опасениями с шефом.

— С Кадковым на этом свете уже никто не встретится, — усмехнулся Всеволод Никанорович.

— Вы о чем? — не понял Суворов.

— Труп Кадкова сегодня обнаружен в Тосно. Медик Ленинградского областного управления, при первичном осмотре, предположил, что ваш Эдик уже неделю назад покойник. Нашли только сейчас.

Суворов молча смотрел на Семякина, пытаясь осмыслить новую информацию. Если Эдик неделю мертв, кто же застрелил в Москве Соню? Ерожин уверен, что это сделал Кадков. Неужели нюх подвел Петра Григорьевича?

— Что замолчал? — остановил размышления Суворова начальник. — Не можешь переварить?

— Да, переварить не просто, — признался Суворов.

— Так, где наш Пинкертон? — не унимался Всеволод Никанорович.

— С утра укатил в деревню Кресты беседовать с няней Эдика. Жду его с обеда, — ответил Суворов.

— А на чем он туда укатил? — ехидно спросил Семякин.

— На своей машине, — ответил Суворов и сразу понял смысл ехидной интонации шефа.

— Сидит он там на своей шведской красотке по уши в дерьме. Бери УАЗ и айда выручать друга, — улыбнулся полковник. — Притащишь, отзвони мне домой. На обратном пути арестуйте армяшку. Пусть расскажет о своем пистолетике, как он в Москве очутился?

Дважды повторять Суворову было не нужно. Через три минуты он уже трясся на оперативном вездеходе управления по бетонке Новгород — Луга. В темноте они чуть не проехали нужного поворота.

— Нам бы не застрять, — проворчал старший лейтенант Степанов, подключая передний мост машины. — Тут только на иномарках раскатывать... — добавил он и, вспомнив о тросе, выругался и подумал: — Не порвался бы. Тростишко старый, а «Сааб» тяжелый.

До елового лесочка доехали без проблем. Машина молотила грязь всеми четырьмя колесами и шустро бежала по разъезженным колеям. Перед лужей Степанов газанул. УАЗ взревел двигателем и, словно моторная лодка, гоня волну, двинулся вперед. Выбираясь из лужи, водитель с трудом успел притормозить. Свет фар уперся в забрызганный грязью «Сааб» Ерожина. Черная иномарка без габаритных огней торчала прямо на дороге. Милиционеры обошли брошенную машину вокруг. Покричали, Степанов несколько раз просигналил гудком. Но ни Ерожин, ни Таня не откликнулись. Суворов прошелся по полю. Кругом тьма и тишина. И лишь когда он забрался на бугор, то заметил два горящих окошка в полукилометре от брошенной машины. Вернувшись на трассу, они проехали немного вперед и обнаружили проселок, ведущий в сторону огоньков. В старой колхозной мастерской глубоким пьяным сном спали тракторист Гена и его однозубый напарник. На столе рядом с пустыми бутылками лежал гаечный ключ с мастерски заваренной трещиной. Непьющий Санек свой рабочий день закончил продуктивно. Испорченный инструмент вернулся в строй.

———

9

Анвар Чакнава никогда не рассказывал о себе. Даже люди, считавшие его своим другом, не знали, женат ли горец, есть ли у него девушка? Единственным человеком, обладающим некоторой информацией о красавце грузине, был банкир Анчик. Остальные Анвара побаивались. Никаких видимых причин для этого не имелось. Анвар ни разу не повысил голос в споре, никому не сказал обидных слов, а уж тем более не хватался за кинжал. Но ни один из знавших Анвара, даже на веселой дружеской пирушке, подшутить над грузином не смел. Поэтому, когда Анвар встал с кресла, все затихли.

— Мы собрались на даче Анчика, чтобы вершить суд, — спокойно начал Чакнава. Его проницательные глаза встретились с глазами каждого из присутствующих. За огромным овальным столом сидели самые уважаемые и богатые кавказцы, занятые в местном бизнесе. — Собрались вершить суд над человеком, — продолжал Анвар, — который оскорбил девушку нашего друга, отнял у нее его подарок и надругался над ней. Но это не все. Наш друг Руслан Ходжаев неделю назад исчез. Мы с Анчиком подозреваем, что человек, которого мы собрались судить, ограбил и убил Руслана. Какие будут соображения? — закончил Анвар и, еще раз оглядев присутствующих, опустился в свое кресло.

— А где этот мерзавец? — спросил хозяин шашлычной Арно Бабоян.

— Он в наших руках, — ответил Анчик. Собравшиеся заговорили разом. Арно переговаривался с директором мебельного магазина Антронником по-армянски. Анчик с владельцем автобусного парка Хусаиновым по-азербайджански. Слышалась грузинская и чеченская речь. На полированной столешнице никаких напитков, кроме минеральной воды «Боржоми», не имелось. Присутствующие пили воду, вытирали вспотевшие лбы носовыми платками и говорили, говорили — над столом стоял разноязыкий гул. Наконец Анчик встал, и голоса стихли.

— Мы посовещались между собой, теперь пусть каждый скажет свое слово, — предложил банкир.

— Если убил, пусть умрет, — высказался директор мебельного магазина.

— Я за, — поддержал владелец автобусного парка.

— Мы не бандиты. Убить человека легко, но надо доказать его вину, — раздался голос хозяина шашлычной.

— Это само собой, — согласился банкир. — Если его вину докажем, каким будет твое слово, Арно?

— Тогда он заслужил смерть, — ответил хозяин шашлычной.

Все присутствующие сошлись на том, что, если подозреваемый убил Ходжаева, он достоин смерти. Других мнений за столом не прозвучало.

— Я рекомендую поручить следствие Анвару Чакнава, — выслушав всех, предложил Анчик.

— Я не чеченец, а задета честь чеченца, — возразил Анвар.

Директор туристической компании Кадыр Басманов и владелец трех бензоколонок Назим Сулемов были чеченцами.

— Мы верим тебе, Анвар. При чем тут национальность? — Чеченец может отдать жизнь за друга, и не важно, кто этот друг — негр или эскимос, — под одобрительные возгласы присутствующих заявил директор туристической компании.

— У меня много русских друзей, поэтому я не поехал воевать против русских. Конечно, брат по вере мне ближе, но и друг иной веры мне как брат, — поддержал земляка владелец бензоколонок, и вопрос был решен.

— Сколько времени тебе, Анвар, понадобится, чтобы закончить следствие? — спросил Хусаинов.

— Сутки, — ответил Чакнава. Мужчины встали и пожали друг другу руки.

— Что будем делать с девушкой-милиционершей? — спросил Анчик у своего начальника секретной службы, когда они остались одни.

Анвар достал железную пачку французских сигар «Крем» и, не спеша, прикурил от плоской платиновой зажигалки:

— Я предлагаю, если она не соучастница негодяя, все ей честно рассказать и отпустить.

— Не боишься, что она поднимет шум? — поинтересовался банкир.

— Она не знает, кто мы. Не знает, где она находится. Пускай поднимет, — ответил Анвар и вздрогнул. В его пиджаке зазвонил мобильный телефон: — Извини, Анчик, непривычный сигнал. Это телефон Ерожина. Я его подзарядил и положил в карман. С непривычки испугался.

— Ты умеешь пугаться? — не поверил банкир.

— Конечно. Я ведь еще живой, — ответил Анвар, и на его красивом лице появилось нечто вроде улыбки.

— Не знал, — Анчик искренне удивился. Он был уверен, что начальник его секретной службы не имеет нервов.

Телефон продолжал звонить. Мужчины переглянулись. Анвар достал из кармана трубку и, подмигнув шефу, нажал разговорную кнопку.

— Петя, я целый день не могу до тебя дозвониться! Что случилось? — послышался взволнованный женский голос.

— Я не Петя. А кто ты? — спросил Анвар.

— Я жена, — растерянно отозвались в трубке.

— Сколько тебе лет, жена? — продолжал вопрошать горец.

— Мне двадцать два. А с кем я говорю? — голос женщины звучал испуганно.

— Ты откуда звонишь? — поинтересовался Анвар.

— Из Москвы, — ответили в трубке.

— Слушай меня и не перебивай. Твой муж негодяй. Возможно, ты его потеряешь. Но ты должна знать, что потеряла не мужчину, а подонка. Петр Ерожин ограбил женщину, изнасиловал ее, пугая удостоверением милиционера. И мы его будем судить.

В трубке молчали. Потом заговорили совсем другим голосом, суровым и взрослым:

— Я тебе не верю. Ты, Кадков, сам негодяй и убийца. Если с Петром что-нибудь случится, я тебя найду и убью своими руками.

— Кадков? При чем тут какой-то Кадков? — удивился Анвар. — У меня совсем другое имя. Если не веришь и ты такая смелая, приезжай в Новгород. Мы устроим твоему мужу и обиженной им женщине очную ставку. Ты сама все увидишь и поймешь.

— Как мне вас найти? — спросила жена Ерожина после небольшой паузы.

— Я сам тебя найду. Садись на автостанции в ночной автобус до Новгорода, только не путай с Нижним. У нас здесь Великий Новгород.

— Я приеду, — пообещали в трубке.

— Зачем ты все это затеял? — встревоженно спросил банкир, когда Анвар закончил разговор.

— Ты, Анчик, подумай! Мы сделаем эту молодую и смелую женщину вдовой. Она будет верить, что потеряла настоящего джигита, и станет горевать до конца жизни. А если увидит, что ее муж негодяй и мерзавец, найдет себе хорошего человека. Ей всего двадцать два.

— Странный вы народ горцы, — покачал головой банкир и тоже вздрогнул. Хотя теперь телефон звонил в его кармане, и простенькая мелодия звонка Анчику была знакома. Звонил владелец автобусного парка, Хусаинов:

— Слушай, Анчик, плохая новость. Арно возле его шашлычной взяли.

— Кто взял? — не сообразил банкир.

— ОМОН. Надели наручники и впихнули в воронок, как убийцу, — пояснил Хусаинов.

— Сегодня уже поздно. Завтра наведу в мэрии справки, — пообещал Анчик и направился к бару.

— Давай, Анвар, по десять капель. Уж очень день сегодня тяжелый. Никак не кончится.

— Не могу, батоно. Мне еще с милиционершей разговор предстоит, — ответил Анвар и, достав из кармана черную маску, напялил ее себе на лицо.

————————

10

Таня Назарова сидела на тахте в маленькой темной комнатушке. Слабый свет проникал через стеклянный кружок, вставленный в железную дверь. Девушка замерла, прислушиваясь к каждому шороху. Она пыталась сообразить, кто их с Петром захватил, но ничего придумать не могла. Перед тем как запереть Назарову, ее обыскали и отобрали все, в том числе и часы. Поэтому она не знала точно, сколько времени находится в заточении. Ей казалось, что прошла вечность. На самом деле она находилась в темной каморке два с половиной часа. Таня, не отрываясь, смотрела на железную дверь, смотрела со страхом и надеждой. Со страхом, потому что боялась похитителей, с надеждой, потому что ждала — за ней придут и ее выпустят. Один раз дверь уже открывалась. Вошел человек в маске и поставил на столик тарелку с едой и стакан сока. Таня к еде не прикоснулась, а сок выпила. Ей давно хотелось пить. Голод она чувствовала днем, дожидаясь Петра в застрявшей машине. Но как только появились эти страшные люди с автоматами, о еде Таня думать перестала.

Она не знала, где держат Ерожина. Их везли на разных джипах, и еще Тане завязали глаза. Сидя в машине с завязанными глазами, Назарова слышала звуки улицы, гудки автомобилей, но потом звуки исчезли. Похоже, что их снова вывезли на трассу. Младший лейтенант не успела настолько хорошо освоиться в городе, чтобы на слух определять местность. Единственно, чем помог Назаровой слух, так это определить по отрывистым приказам похитителей южный акцент их речи. Петр за минуту, пока их не разлучили, пытался, как мог, успокоить Таню. По его мнению, если бы их хотели убить, то лучшего места, чем лесок на пути к деревне Кресты, для этого не сыскать. Значит, они нужны похитителям живые.

— Не переживай, Танька, выкрутимся, — сказал Ерожин на прощание и улыбнулся. Рядом с ним Назаровой было не так страшно. Потом на дороге она находилась в шоке. А вот теперь, когда она осталась одна в темной комнате, дурные мысли лезли в голову с удивительным упорством. Таня стала вспоминать публикации в прессе, где говорилось о похищении людей. За них чеченцы требовали огромный выкуп или увозили к себе, как рабов. По телевизору иногда показывали изможденных и измученных страдальцев, которым удавалось чудом бежать из плена. Мужчины рассказывали о каторжном труде и издевательствах. Участь девушки представлялась Тане еще ужаснее. Но оптимизм не оставлял младшего лейтенанта. Назарова верила в Петра. «Он найдет выход. Спасется сам и спасет меня», — думала она и старалась не паниковать. Но услышав, как щелкнул замок от поворота ключа, зажалась и окаменела от страха.

— Почему не покушала? — спросил вошедший будничным, вполне доброжелательным тоном. Черная маска скрывала его лицо, но Назарова, несмотря на страх, отметила, что мужчина строен и не стар.

— Ты напрасно боишься. Если ты не сообщница этого негодяя, тебя не только отпустят, но и отвезут домой на машине, — пообещал мужчина в маске. — Ты можешь называть меня Иван. Нехорошо, что я знаю твое имя, а ты мое нет. Своего настоящего имени я пока сказать не могу.

Таня забилась в конец тахты и продолжала молчать. «Иван» уселся рядом, немного подождал, словно собираясь с мыслями, потом снял маску.

— Здесь темно, моего лица ты все равно как следует не разглядишь, а говорить с тобой в этой штуке мне противно.

Таня взглянула на «Ивана» и отметила, что он хорош собой. Похититель оказался прав — в сумраке комнатушки отчетливо разглядеть черты человека возможности не было, но общий облик читался.

— Теперь не так страшно? — спросил он. Таня не ответила, хотя без маски молодой кавказец производил не такое зловещее впечатление. О южном происхождении «Ивана» Таня по легкому акценту догадалась сразу.

— Мы не бандиты, а бизнесмены, — представился «Иван». — Но сейчас такое время, что мы должны сами себя защищать.

— Не помню, чтобы мы с Петром Григорьевичем на вас нападали, — не выдержала Таня.

— Ты или не знаешь, с кем связалась, или такая же, как твой Петр Григорьевич, — предположил «бизнесмен».

— Петр замечательный человек и талантливый сыщик, — сердито ответила Назарова. Она не помнила, что именно эти же слова сказал в адрес Ерожина ее шеф Суворов.

— Он талантливый аферист и грязный тип, — продолжал настаивать молодой кавказец.

— Если вы намерены оскорблять моего друга, я не стану с вами разговаривать, — зло отрезала Назарова.

— Хорошо. Я изложу голые факты. А ты сама решишь, благородно поступал твой друг, или он поступал, как настоящий подонок.

Таня молчала.

— Можно я закурю? — спросил «Иван».

— Подобные джентльменские штучки в данной ситуации смехотворны, — фыркнула Таня. — Курите, если вам так хочется.

— Спасибо, — поблагодарил кавказец и извлек из кармана металлическую пачку французских сигар. Прикуривая от зажигалки, «Иван» отвернулся, чтобы свет пламени не осветил его лица.

— Ты младший лейтенант милиции. Специалист с высшим образованием, поэтому скидку на твой женский мозг я делать не буду, — предупредил кавказец, затягиваясь своей сигарой.

— Вы еще и нахал, — не сдержалась Таня. — Ваши намеки на женский мозг, мягко говоря, не тактичны. Если спрашиваете у дамы разрешение закурить, так хоть старайтесь и дальше соблюдать видимость приличия.

— Прошу прощения, Таня, я не хотел тебя обидеть. Дело, о котором я буду говорить, мужское, — пояснил «Иван».

— В юридической практике не бывает мужских или женских дел. Бывают дела уголовные или гражданские, — возразила Таня. Но ее отношение к незнакомцу понемногу менялось. В «Иване» чувствовалось настоящее, а не показное благородство, и женщине это не могло не импонировать.

— Приятно иметь дело с образованным человеком, — удовлетворенно отметил «Иван». — Но в жизни поступки делятся на достойные и подлые.

— На это мне возразить нечего, — согласилась Назарова. Кавказец затушил сигарку, встал с тахты, сосредоточился и начал свой рассказ:

— В городе живет красивая девушка. Ее возлюбленный наш друг. Неделю назад, может быть, немного больше, друг исчезает. Накануне он делает своей возлюбленной очень дорогой подарок — брошь с бриллиантом. Девушка ждет друга, но он не приходит. Вместо него приходит другой человек. Этот человек представляется следователем милиции, врет девушке, что ее друг вор и посажен в тюрьму, требует, чтобы она вернула подарок. По его словам, брошка с бриллиантом ворованная.

Испуганная девушка отдает следователю брошку, но ему этого мало. Он принуждает ее под страхом ареста вступить с ним в интимную связь. Зовут этого негодяя Петр Григорьевич Ерожин.

— Это ложь! — крикнула Таня. — Петр Григорьевич приехал в город, чтобы раскрыть серию тяжких преступлений. Я помогаю ему в этом и уверена, что ни с какой девушкой Петр не встречался...

— Зачем кричать? — удивился кавказец. — Возлюбленная нашего друга жива. Завтра мы устроим им встречу, и она опознает негодяя. По-вашему, это называется очная ставка.

— И что дальше?

— Дальше мы приговорим Ерожина к смерти, и он умрет, — невозмутимо пояснил «Иван».

— А если девушка спутала? Почему вы верите только одной стороне?

— Женщина, имевшая близкие отношения с мужчиной, всегда сможет назвать его характерные особенности, о которых другие не знают, — уверенно заявил кавказец. — Это и станет неопровержимым доказательством его вины.

Таня неожиданно покраснела. Она сразу поставила себя на место этой неизвестной: «Пожалуй, кавказец прав». Женщина, имевшая близость с мужчиной, может знать то, чего не знают другие. Назарова, например, знала, что на груди Ерожина есть шрам от пулевого ранения.

— Я вижу, что ты искренне уверена в невиновности своего друга и не участвовала с ним в этом злодействе, — примирительно проговорил «Иван».

— Я?! — изумилась Таня самой возможности такой постановки вопроса.

— Да, ты. Откуда мы знаем, что связывает пожилого мерзавца из Москвы с молодой девушкой из Новгорода?! Но теперь я вижу, что ты ни при чем, и готов тебя освободить. Сейчас наш человек завяжет тебе глаза и отвезет домой. Предосторожность эта для нас необходима. Ты сама понимаешь... — сказал «Иван», направляясь к двери.

— Я отсюда никуда не поеду, — твердо заявила Таня.

— Почему? — удивился кавказец.

— Не поеду одна. Или вы нас отпустите обоих, или я остаюсь, — объяснила Назарова.

— В каком качестве мы должны тебя здесь удерживать? — поинтересовался «Иван». — Ты лицо официальное, младший лейтенант милиции. Мы с властью не воюем. Но тех, кто обижает нас, не прощаем.

— Раз вы затеяли самосуд, я останусь в качестве защиты. Несправедливо обвиняемого бросить наедине с обвинителями. Хочу присутствовать на очной ставке, — убежденно сказала Таня.

— Раз желаешь, оставайся. Только не говори, что мы тебя удерживали силой, — усмехнулся «Иван».

— Не беспокойся, не скажу, — ответила Таня, от возмущения переходя на «ты».

— Договорились, — сказал кавказец. — Сейчас я посоветуюсь, где ты проведешь ночь.

— Я могу провести ее и здесь, если мне дадут одеяло, — ответила Назарова.

— Для гостя мы найдем другую комнату, — улыбнулся «Иван» и вышел. Вернулся он минут через десять в маске и с черной повязкой в руках. Таня догадалась, что повязка предназначается ей. Завязав Назаровой глаза, «Иван» взял девушку за руку и вывел из комнатушки. Они немного прошли вправо, потом поднялись по лестнице, куда-то свернули. Когда повязку с Тани сняли, она зажмурилась от яркого света. Через минуту глаза девушки привыкли к нормальному освещению, и она поняла, что находится в уютной спальне. Сбоку Таня увидела две роскошные кровати. В изголовье каждой тумбочка с лампами-вазами из фарфора. В углу великолепное трюмо с тройным зеркалом и инкрустацией на деревянных деталях. Девушка подошла и обнаружила на нем свою женскую сумочку с часами, документами и кошельком в полной сохранности. Еще Таня увидела занавешенное тяжелыми шторами окно. И возле окна на гнутых резных ножках овальный стол. На столе стояла ваза с фруктами, а на тарелке — сыр, зелень и ветчина. Назарова раздвинула тяжелую портьеру. Снаружи окно прикрывали ставни.

«Предусмотрительные у меня хозяева», — подумала «гостья» и заметила справа приоткрытую дверь. Она заглянула туда и очутилась в туалетной комнате с душем и огромным зеркалом.

Дверь туалетной запиралась на золоченую бронзовую задвижку изнутри. Назарова старательно заперлась и с удовольствием приняла горячий душ. Воспользовавшись махровой простыней, заменявшей полотенце, она вытерлась и, одевшись, вернулась в спальню. Хотя обвинительный рассказ кавказца не выходил у нее из головы, голод взял свое, и Таня смолотила все закуски, что нашла на тарелке. Завершив трапезу сочной грушей, она уселась возле трюмо и задумалась. Сначала жуткое обвинение в адрес Ерожина Татьяна восприняла как клевету и вопиющую несправедливость. Теперь, успокоившись, умытая и утолившая голод, Назарова не была столь категорична. Если проанализировать ее отношения с Петром, то можно сказать, что девушка попала под обаяние личности москвича, влюбилась до потери сознания и как следствие утеряла объективность. Какой смысл незнакомой подружке пропавшего кавказца наговаривать на Ерожина?! Да и откуда она вообще могла узнать о его существовании?

Если «Иван» не выдумал всю эту историю, а выдумать такое нелегко, дыма без огня не бывает. И с чего она взяла, что Ерожин хороший человек? Со слов Суворова? Но Виктор Иннокентьевич не видел своего друга десять лет. За десять лет многое могло измениться...

Таня подошла к кровати. Она решила от страха лечь не раздеваясь, но, откинув покрывало и заметив белоснежное белье с золотым вензелем «А», передумала. Перед тем как погасить свет, Назарова взглянула на часы. Стрелки показывали начало одиннадцатого. Таня забралась под одеяло и закрыла глаза. «Если даже обвинение в адрес Петра подтвердится, она сделает все возможное, чтобы отговорить кавказцев от самосуда и передать дело в нужные инстанции». — С этими мыслями младший лейтенант уснула. Ей снились тревожные сны, но Таня их не запомнила. Проснулась оттого, что в комнате кто-то был. Она моментально прокрутила в памяти события вчерашнего дня и с ужасом открыла глаза, ожидая увидеть рядом кавказца в маске. Но увидела девушку в кожаном пальто и с дорожной сумкой в руках. Глаза ее закрывала черная лента. Незнакомка замерла посередине комнаты. Затем она осторожно поставила сумку на пол и сняла с глаз повязку.

— Вы кто? — спросила Таня из-под одеяла.

— Я Надя, — ответила девушка.

Таня приподнялась в постели. Внешность Нади

ее поразила. Такой удивительной блондинки с темными бархатными глазами она никогда не встречала.

Надя тем временем скинула пальто и огляделась:

— Это ваш муж встретил меня с автобуса? — спросила она.

— Во-первых, я не замужем, а во-вторых, я никого в этом доме не знаю. Меня привезли сюда, как и вас, с завязанными глазами, — ответила Таня, вставая. Она взяла свои часы и взглянула на циферблат. — Неужели я так крепко спала до утра? — удивилась она своим возможностям. «Надя, Надя», — повторяла Назарова про себя и вдруг поняла, что перед ней жена Петра Григорьевича Ерожина.

— Вас что, прямо из Москвы с закрытыми глазами доставили? — спросила она, одеваясь.

— Я сама приехала, — ответила Надя.

— И не побоялись?! Вам же муж не велел высовывать нос, прятал вас от бандита Кадкова, — притворно удивилась Таня.

— Кадкова больше нет. Он умер, — ответила Надя и в свою очередь спросила:

— А вы кто?

— Младший лейтенант милиции, эксперт-криминалист Татьяна Назарова, — представилась Таня и протянула Наде руку.

———————

11

Глеб Михеев сидел на чердаке по соседству с домом Зойки Куропаткиной. Рядом на матрасе храпел бомж Виткин. Михеев не сомневался, что старый алкоголик переоделся в костюм, который выбросила буфетчица. Сам по себе факт, что женщина выносит на помойку дорогой мужской костюм, мог иметь множество объяснений. К примеру, он изменил и она со злой ревности тащит на помойку все, что может напомнить об измене. Но в данном случае такое объяснение не подходило. Куропаткина не имела постоянного сожителя, а страдать от ревности к случайным мужчинам смешно. Но главное, Ерожин подозревал женщину в ее связях с преступником. И тут возникало множество версий ее поступка. Подозрительным казался Глебу и поход Зойки в дорогой меховой магазин. Судя по той одежде, в которой она принимала гостей в кафе, миллионершей Куропаткина не казалась. И вдруг лисья шуба, что по цене тянула на годовую зарплату буфетчицы.

Спать сидя неудобно. Глеб покосился в ту сторону, откуда раздавался храп бомжа.

«Дрыхнет, сволочь, на моем месте», — завистливо подумал Михеев и не смог сдержать улыбку. Скорее всего, это он зарился на матрас Виткина.

«Долго жить в таких условиях нельзя. Надо мыться и стирать одежду, иначе загребут самого, как бродягу», — сделал вывод начинающий сыщик и решил завтра же найти Ерожина и посоветоваться с ним на этот счет.

Неожиданно бомж зашевелился, сказал сам себе что-то невнятное и надолго закашлялся. Кашель пробудил бомжа окончательно. Виткин, кряхтя, поднялся, беззлобно выругался и покинул матрас. Нетвердо ступая по неровному полу чердака, он проследовал мимо Михеева и исчез на лестнице. Куда собрался алкоголик в такое время, Михеев представить себе не мог. Но долго размышлять на эту тему Глеб не стал, а занял освободившееся место и моментально уснул. Разбудил его шелест шин — рядом остановилась машина. Михеев взглянул на часы. Циферблат на его моряцких «котлах» светился, и Глеб понял, что время без десяти три. Сонный сыщик вскочил с матраса и прильнул к окну. Недалеко от Зойкиной подворотни притормозила белая иномарка. Из нее вышел высокий мужчина в долгополом черном пальто и, подозрительно оглядевшись по сторонам, направился к двери буфетчицы. Сон Михеева как рукой сняло. Молодой человек проследил, как ночной гость осторожно постучал в окно Куропаткиной. Через минуту хозяйка дверь открыла. Мужчина в черном пальто вошел в квартиру, но света в Зойкиных окнах не зажглось. Глеб быстро спустился со своего чердака и, стараясь оставаться в тени, подошел к машине. Белая иномарка оказалась «Мерседесом». Михеев обошел автомобиль со всех сторон, запомнил номер и, спрятавшись за забор, стал ждать хозяина. Молодой сыщик не получил инструкций на тот случай, если столкнется со «зверем», ради которого Ерожин его и задействовал. Михеев не сомневался, что в гостях у буфетчицы Кадков, но не знал, что предпринять. Он не боялся Кадкова и мог сейчас вполне его захватить. Тот даже не успел бы пикнуть, не только достать оружие. Преступника Глеб не боялся, он боялся сделать глупость и испортить Петру Григорьевичу «охоту».

Пока Михеев раздумывал, подозрительный субъект в долгополом пальто с большим свертком в руках вышел из подворотни, открыл багажник, положил в него сверток, сел в машину и медленно покатил по улице в сторону моста Александра Невского. Михеев, было, подумал, что ночной гость «замочил» буфетчицу и запихнул в багажник ее труп. Но с такой легкостью даже сам Глеб одной рукой не смог бы поднять здоровенную бабу. Когда красные огоньки габаритов скрылись из вида, Глеб побежал. На пустынных улицах ночного города тускло горели фонари. Лужи на асфальте подмерзли и хрустели под ногами. Глеб искал телефон. Он испробовал уже два автомата, но оба не работали. Тогда молодой человек спустился вниз к реке и, перебежав пешеходный мост, очутился в центре. Автомат возле «Интуриста» оказался исправным. Михеев набрал номер мобильного телефона Петра Григорьевича. Ерожин долго не отвечал. Наконец связь включилась.

— Петр Григорьевич, он в городе! — крикнул Михеев и в ответ услышал незнакомый голос с легким южным акцентом:

— Кто в городе? Что ты людям спать не даешь?

— Кадков в городе, — крикнул по инерции Глеб и, опомнившись, спросил: — С кем я говорю? Где Петр Григорьевич?

— Опять этот Кадков. Спит твой Петр Григорьевич, — ответили в трубке. Михеев попробовал набрать номер повторно, но голос телефонистки сообщил, что телефон или отключен, или абонент находится в недоступной для связи зоне. Тогда Глеб, несмотря на ночное время, решился позвонить другу Петра Григорьевича, Суворову.

К телефону подошли довольно быстро.

— Я слушаю, — ответил бодрый женский голос.

— Извините за поздний звонок, но мне срочно надо поговорить с Виктором Иннокентьевичем, — сказал Глеб. Он еще не отдышался после бегов и говорил отрывисто.

— Звонок ваш не поздний, а скорее ранний. Но вы меня не разбудили. Виктор Иннокентьевич пока на работе. А вы собственно кто? — спросила женщина.

— Я помощник Петра Григорьевича Ерожина, — представился Глеб.

— Попробуйте позвонить мужу на работу. Хотя сомневаюсь, что он на месте, — ответили в трубке. Глеб еще раз извинился и набрал служебный номер Виктора Иннокентьевича. Суворов не отвечал.

Угловое здание областного Управления внутренних дел находилось в трех шагах от «Интуриста». Но Глеб не был уверен, что надо туда идти.

Он помнил просьбу Ерожина, до времени себя не расшифровывать. Пока он размышлял, как поступить, возле автомата возникла дежурная машина с российским гербом, и у Глеба потребовали документы.

Михеев протянул свой паспорт. Милиционер, в погонах старшего лейтенанта, внимательно изучил многочисленные штампы прописок подозрительного бугая, оглядел его мятую куртку со следами чердачной лежки и предложил следовать за ним в машину. Не меньше часа Глеба катали по улицам. Наряд не закончил своего дежурства, и милиционеры медленно разъезжали по городу, заглядывая во все злачные закоулки. Проехали они и возле дома Зойки. На Большой Московской машина остановилась. Через минуту в заднем отсеке, отделенном от блюстителей порядка железной сеткой, появился второй пассажир. Михеев оглядел своего невольного попутчика и узнал в нем бомжа Виткина.

«Господи, избавишь ли ты меня когда-нибудь от этого чучела», — подумал он и услышал хриплый голос бомжа:

— Сынок, закурить не будет?

Глеб полез в карман и извлек пачку «Беломора».

— Я вам, мать вашу, сейчас покурю, — пригрозил милиционер в погонах старшего лейтенанта, и машина медленно двинулась дальше.

————

12

Анчик в розовом атласном халате сидел за дубовым столом своей дачной кухни и, прихлебывая из маленькой чашечки густую кофейную жидкость, глядел в потолок. Анвар к кофе не притронулся. Горец замер в кресле, обхватив руками голову, и слушал. На столе, кроме двух кофейных чашек, лежал маленький магнитофон. Друзья вместе с завтраком для двух молодых особ, столь странным образом оказавшихся на даче банкира, внесли к ним в комнату этот небольшой, но весьма чуткий ящичек и теперь изучали разговор Тани Назаровой и Нади Ерожиной. Кавказцев вовсе не интересовали женские проблемы, и ради житейского любопытства они никогда бы не позволили себе столь негалантного поступка. Но речь шла о жизни человека, которого предстояло судить.

Анвар три часа пытался выжать из Ерожина признание. Но москвич и не думал его делать. Или он был первоклассным актером, каких горец еще не видел, или тут было что-то другое.

— Откуда ты можешь знать про своего мужа все? — слышал Анвар с кассеты голос Тани и думал, что Ерожина вовсе не страшила очная ставка с девушкой, которую он шантажировал и насиловал. В той ситуации, в которой оказался подполковник, такое поведение не могло быть разумным.

— Я этого не говорила. Мне и не надо знать о нем все. Но есть вещи, в которых я уверена, — звучал ответ Нади.

Тем более было не разумно, размышлял Анвар, утверждать, что Ерожин с Русланом Ходжаевым незнаком и имени такого никогда не слыхал.

— Все женщины, которые любят, уверены, что любимый мужчина не способен изменить, — доказывал голос Тани. Продолжая прослушивать пленку, Анвар вспоминал беседу с москвичом.

Горец знал разных мужчин. Он видел трусов, готовых ползать на коленях и лизать руки, чтобы им сохранили жизнь, или просто не побили. Видел показных храбрецов. Видел храбрецов настоящих. Ерожин оказался из новых, неведомых горцу типов. Вел русский себя спокойно, словно понимая, что попал в игру к неразумным детям и надо терпеливо ждать, пока тем не надоест их игра.

— Я и не говорила этого. Петр бабник. Мне будет очень больно узнать, что он переспал с другой, но я этого не исключаю, — голос Нади дрогнул, но она мысль свою закончила: — Я не могу поверить, что Петр способен на низость. Вот тут меня никто не переубедит.

Анчик допил свой кофе и выключил магнитофон:

— Зря ты привез сюда его супругу. Милиционершу пришлось прихватить, ну а эту зачем? Я не люблю подпускать женщин к мужским играм.

— Анчик, моя жена бросилась в пропасть и погибла. Кроме тебя, этого никто здесь не знает.

Но почему она это сделала, не знаешь и ты. Я не могу этого открыть никому. Когда я услышал любящий голос этой женщины, я сказал себе: Анвар, если ты хочешь спать спокойно, делай свое дело открыто. Вот почему я позвал эту молодую женщину в твой дом.

— Поступай как хочешь, но скорей кончай свое расследование, — попросил банкир и пошел одеваться.

— Сосо уже поехал за Нателлой. Через час все будет кончено,— сказал Анвар вслед шефу.

Банкир остановился:

— Анвар, для меня главное выяснить, где мой клиент Руслан Ходжаев. Суды не моя специальность...

Оставшись в одиночестве, горец взял со стола магнитофон, положил его себе на колени, перемотал и включил снова. Имелись в записи места, которые начальник секретного отдела хотел услышать еще раз. В начале кассеты слов не было. Был слышен стук подноса о столешницу. Это Анвар поставил на столик поднос с завтраком. Затем послышались шаги. Это шаги самого Анвара. Первые слова сказала Надя:

— Мы должны это съесть?

— Боишься отравы?

— Нет, просто не хочу угощаться у людей, которые говорят гадости о моем муже.

— Не хочешь, не ешь. Они мстят за своего друга.

— Петр на такое не способен.

— Оставим пока этот разговор. Лучше скажи, откуда ты узнала, что Кадков умер?

— Я перед тем как сюда ехать, позвонила дяде

Ване Грыжину. Когда я вчера связалась с Петей по мобильнику и услышала чужого мужика, то подумала, что трубку взял Кадков, и Петр у него. Узнав, что Кадков погиб, я поняла, что тут какая-то ошибка. И сразу поехала. История, которую мне рассказал кавказец, из области абсурда. Я своего мужа знаю.

— Откуда ты про своего мужа можешь знать все?

Анвар перемотал немного назад и снова включил кассету.

— Откуда ты узнала, что Кадков умер? — это спрашивает милиционерша, уточнил Анвар для себя.

— Я перед тем как сюда ехать, позвонила дяде Ване Грыжину. Думала, что трубку взял Кадков. — Это отвечает его жена, — прошептал Анвар, выключил магнитофон и стал вспоминать свой телефонный разговор с женой Ерожина. Она тогда сказала мне: «Я не верю тебе. Ты, Кадков, сам негодяй и убийца». Потом она меня пугала: «Если с Петром что-нибудь случится, я тебя найду и убью своими руками».

«Такими ручками только и убивать...» — улыбнулся про себя горец.

— Потом эту фамилию назвал другой человек, который звонил по мобильному москвичу. Он ночью кричал: «Кадков в городе!»

Анвар вынул кассету из магнитофона, спрятал в карман и посмотрел на часы: «Пора собираться». До очной ставки оставалось сорок минут.

Анчик уже сидел в машине. Анвар устроился за рулем своей «Мазды». Он ждал, пока усадят в

«Лендровер» жену москвича и милиционершу. Сторож дачи открыл ворота. Анвар выехал первым. Он знал дорогу, и Анчик пристроился на двухместной «БМВ» следом. Замыкал колонну «Лендровер» Хусаинова с женщинами.

Начальник секретной службы заранее продумал всю операцию. Джип «Чероки» уже вывез Ерожина к месту встречи. Очную ставку проведут в лесу. Лес горец выбрал, чтобы запутать Таню и Надю. Женская зрительная память не зафиксирует разницы между лесными пейзажами. В лесок с трассы по мягкому песчаному грунту сворачивал небольшой проселок. Опознание произойдет на тропинке. Нателлу и Ерожина пустят навстречу друг другу. Вдоль тропинки Анвар поставит ребят с автоматами. Если Ерожин побежит, они его застрелят.

До намеченного места всего семь километров. Анвар ехал не спеша. Времени в запасе оставалось немного, но и езды до лесочка минут пять. Вот и проселок. Анвар включил мигалку и медленно свернул с асфальта. Метров через триста, за деревьями, без листвы лесок прозрачен, горец заметил джип «Чероки».

— Посмотрим, как поведет себя москвич, когда Нателла его узнает. Придется ему припомнить Руслана, — рассуждал Анвар, вылезая из машины.

Автоматчики курили возле дерева. Четверо рослых ребят из охраны банка и трое телохранителей Ходжаева, которых подключил Анвар, весело делились вчерашними похождениями. Они посетили московское ночное варьете, давшее в областном центре одно представление. Парни обсуждали девочек-стриптизерш и при виде горца смолкли. Анвар велел им надеть маски и занять места за елочками. Все нормальные автотранспортные средства банка уже задействованы, поэтому за Нателлой Сосо поехал на инкассаторской машине.

Желто-зеленый лимузин с пуленепробиваемыми стеклами свернул на проселок. Анвар жестом остановил машину, открыл бронированную дверь и помог примадонне вылезти. После этого махнул рукой в строну джипа «Чероки». Это был знак начала операции.

Петр Ерожин и Нателла Проскурина, как и задумал горец, направились навстречу друг другу. Анвар встал за елку в самой середине тропинки. Когда Ерожин и Нателла подошли друг к другу на расстояние двух шагов, в лесу прогремела автоматная очередь. Ерожин прыгнул к актрисе, схватил ее за плечи, и, повалив на тропинку, прикрыл собой.

— Всем лечь! Руки за голову! — раздался из громкоговорителя простуженный голос майора Сиротина: — Лес окружен новгородским отрядом ОМОНа. При попытке сопротивления будет открыт огонь на поражение.

— Давай знакомиться. Неудобно лежать на даме и не знать ее имени, — сказал Ерожин.

— Проскурина Нателла, — пискнула артистка из-под него.

— А я Петр Ерожин, — усмехнулся подполковник, поднимаясь с земли. — Это из-за вас меня томили всю ночь? Кажется, вы хорошенькая. Хоть это приятно...

Из леса к нему бежали Суворов и Глеб. Подполковник за руку поднял актрису. Та смотрела на него изумленными глазами и ничего не могла понять.

— Это не Ерожин! — крикнула Проскурина и пустила слезу.

— Чего ревешь, тебя ведь не убили, — улыбнулся Петр, пожимая руки Суворову и Глебу.

— Ты в порядке? — спросил Виктор Иннокентьевич, оглядывая друга.

— Как видишь, и еще познакомился с симпатичной женщиной, правда, говорят, что я ее изнасиловал, но стал склеротиком. Не помню, — ответил подполковник и подмигнул Михееву. В это время с криком: «Петя, ты живой!» — на нем повисла жена.

— Господи! А ты здесь как оказалась? — раскрыл рот Ерожин.

— С ними что будем делать? — указав рукой в сторону леса, спросил, возникший невесть откуда, майор Сиротин.

Петр Григорьевич снял с себя Надю, оглядел спины инициаторов очной ставки, которые стояли под прицелом омоновцев, обхватив стволы деревьев и подойдя сзади к Анвару, сказал:

— Вот с этим мне надо будет поговорить. Остальных по домам. Спектакль закончен без жертв, всем спасибо. И еще мне было бы очень приятно узнать у Нателлы Проскуриной подробнее о ее встрече с «Петром Ерожиным».

— Петр Григорьевич, я сегодня ночью видел Кадкова, — сообщил Глеб, выбрав момент, когда Ерожин получил передышку от всеобщего внимания.

— Где? — насторожился подполковник.

— Он на белом «Мерседесе» навестил буфетчицу, — доложил помощник и коротко рассказал о ночном госте Зои. Ерожину все это не понравилось:

— Сиротин, давай группу и вперед на Кировскую.

— Во-первых, Кировскую переименовали в улицу Михайлова. Во-вторых, у меня нет ордера на арест и обыск, — развел руками Сиротин и высморкался в огромный платок.

— Думаю, что арестовывать там некого, — предположил подполковник.

— Владимир Макарович, давай команду на улицу Михайлова. Нет времени ордера выписывать. Ты же знаешь, Кадков во всероссийском розыске, — торопил следователя криминалист Суворов.

Таня стояла в сторонке и виновато смотрела на Петра. Ерожин улыбнулся ей и крикнул:

— Ты чего там жмешься, Танюха. Я же сказал, выкрутимся.

Таня смущенно подошла и, стараясь не встречаться взглядом с Надей, тихо сказала Ерожину:

— Я очень рада, что все так закончилось.

Сиротин нервничал. Он мял в руках платок и морщил лоб:

— Знаете, господа, я еще на больничном. Ерожин временно исполняет мои обязанности, пусть и принимает решение.

— Согласен. Тогда объяви это сотрудникам и езжай болеть домой, — сказал Ерожин и обнял майора: — Спасибо тебе, Володя.

— Это наша работа, — шмыгнул носом Сиротин и пошел к своей машине. Через минуту громкоговоритель разнес над лесом его сообщение: — На время моей болезни руководство отделом временно продолжает осуществлять подполковник Ерожин. Задержанных отпустить, проверив документы на оружие.

— Витя, собирай ребят и к Зойке, — сказал Петр Суворову. Криминалист, прихрамывая, отправился готовить выезд.

— Вы меня арестуете? — спросил Анвар. Он до сих пор не мог понять, как Ерожин его узнал, да еще со спины. Ведь в присутствии москвича Анвар маски не снимал.

— Знаешь, Шерлок Холмс, я частный сыщик и никого не арестовываю. Давай сделаем так — собери всех, кто может что-нибудь сказать о вашем друге Ходжаеве. Я освобожусь, мы встретимся и поговорим, — предложил Ерожин.

— Одного из таких вчера взяли, — ответил горец.

— Как его имя? — быстро спросил подполковник.

— Арно Бабоян. Хозяин шашлычной, — ответил Анвар, протягивая Ерожину визитку: — Встретимся в банке, адрес на карточке. — И, опустив голову, побрел к своей «Мазде».

— Пинкертон, Нателлу до дому не забудь подвезти и мой выводок до города! — крикнул Ерожин ему вслед и плюхнулся на заднее сиденье оперативной машины.

— Теперь слушай новости, — начал Суворов, когда водитель вырулил на трассу.

— Кадкова нашли мертвым в Тосно. По словам областного ленинградского судмедэксперта, тот валялся в качестве трупа неделю. Выходит, что твоя версия убийства Сони и артиста не выписывается. Это раз. Арно, о котором говорил кавказец, отдал свой пистолет Ходжаеву. Из этого пистолета и застрелены Соня и Шемягин. Ходжаева в городе неделю не видно. О том, что твой помощник встретил сегодня ночью призрака Эдика Кадкова на белом «Мерседесе», ты уже знаешь сам. Добавлю лишь одну деталь — этот «Мерседес» принадлежит Ходжаеву. Вот, в общих чертах, все новости.

— Как Глеб оказался с тобой в лесу? — спросил Ерожин, оставив без видимой реакции сообщение Суворова.

— Он ночью бегал по городу, пытаясь до тебя дозвониться. Выглядел он подозрительно, и наши его прихватили. Покатали и привезли в «отстойник». Я вчера туда же приволок тракториста Гену и его друга. Глеб провел остаток ночи с ними в приятной компании. Твои спасители валялись пьяные в стельку. Утром, когда мы их откачали, «герои» вспомнили — поспешая на своем «Кировце» за водкой, они встретили два джипа и за ними спортивную иномарку. Модели машин алкаши назвать не смогли. Для пьяниц это дело слишком мудреное. Шикарную автоколонну засекли на посту, при выезде на Лугу. Инспектора уточнили: первым шел черный джип «Чероки», вторым — «Лендровер» и следом спортивная «Мазда». Я позвонил Сиротину. Он все иномарки в городе знает. Ну а остальное тебе и так понятно. Кстати, разговорить тракториста сумел Глеб. Смышленый у тебя парень.

— Дураков не держим, — улыбнулся Ерожин и спросил: — «Сааб» где?

350

— Лимузин твой мы к управлению приволокли. Всю ночь провозились. Сейчас он там во дворе, — сообщил криминалист.

Они уже въехали в город, и водитель, старший лейтенант Степанов, включил сирену.

— Что я забыл тебе сказать, так это о странном звонке поздно вечером, — вспомнил Виктор Иннокентьевич. — Я дежурил, дома не ночевал, жена подошла. Женский голос спросил Гришу. Наташа сказала, что сын в отъезде. «В тюряге твой сынок, а не в отъезде», — ответила ей баба в трубке и рассмеялась. По словам Глеба, а он следил за Зойкой грамотно, именно Куропаткина в это время выдала звонок из автомата.

— Вот зачем приезжал к ней Кадков! — воскликнул Ерожин, потирая руки.

— Думаешь, чтобы удостовериться, что подброшенные им улики сработали? — предположил криминалист.

— А зачем же еще ему светиться в городе?! — уверенно сказал Петр Григорьевич. — Вот почему я тебя просил Гришу пока не вызывать. Теперь понял?

Виктор Иннокентьевич понял, но сейчас он думал о Зое. Со слов Глеба, криминалист знал, что буфетчица сегодня в кафе.

— Вчера гуляла, а сегодня ее смена, — сообщил Суворов.

— Давай подскочим, все равно мимо пилим, — не возражал Ерожин и, поглядев в окно, добавил: — Мы на месте.

У кафе «Русич» оперативная группа долго не задержалась. Кафе не работало, на дверях висел замок. Остановились возле Зойкиной арки. На звонок реакции не последовало.

— Придется ломать, — подполковник и не надеялся застать буфетчицу в живых. Когда оперативники, выломав дверь, вошли в квартиру, Зоя лежала на полу. Язык у нее вывалился, лицо покрылось синеватыми пятнами, халат расстегнулся, обнажив мощные женские прелести буфетчицы. Перед смертью Зою сильно тошнило, и запах в квартире стоял отвратный. Медэксперт Горнов потрогал ее руку и покачал головой:

— Давно остыла. Часов пятнадцать лежит. Знаешь, Петр Григорьевич, я, конечно, могу ошибаться, надо делать вскрытие, но не так давно в городе покончил самоубийством старый ветеринар Галицкий. Так вот, клиническая картинка тут очень похожая. Те же пятна и так далее. А яд у него был шведский.

— Самоубийство доказано? — спросил подполковник.

— Следователь сомневалась.

— А кто работал? Я знаю?

— Брюханова Томочка Ивановна, — ответил Горнов.

За десять лет в управление пришло много новых людей, но старого следователя Тамару Ивановну Брюханову Ерожин помнил и уважал за дотошность.

— Любопытно, — согласился Ерожин. — Будем ждать твоих результатов. — И еще раз оглядел квартиру: — Поработай, Витя. Тут наш зверь наверняка наследил, — сказал он Виктору Иннокентьевичу и вышел на улицу. Петру хотелось подышать свежим воздухом. Вспомнив, что Надя в городе, Ерожин улыбнулся и полез в карман за мобильным телефоном. Но в кармане трубки не оказалось. Не оказалось там ни бумажника с документами, ни пистолета. Петр Григорьевич остановился и быстро вспомнил, что вещи его отобрали при захвате.

— Забыли вернуть. Слишком конфузно закончилась их следственная акция, — улыбнулся подполковник.

Шагая по пешеходному мосту через Волхов, Ерожин ощутил нечто вроде тревоги. «Наверное, отсутствие бумажника с документами и мобильной трубки причина этого беспокойства», — подумал он и прибавил шагу. Визитка с адресом банка в кармане нашлась. Выйдя на бывшую Горьковскую, он повернул направо и заглянул в визитку. Странного названия улицы — «Разважа», Ерожин не помнил. Навстречу шла полненькая женщина средних лет. За руку она вела мальчика-дошкольника, рядом вышагивала девочка-подросток. Ерожин извинился и показал женщине визитку.

— Давно не был в городе, что за новая улица? — спросил он. Толстуха посмотрела на визитку, потом на Петра Григорьевича. На лице ее появилась многозначительная улыбка. Ерожин ждал ответа и не понимал смысла странной мимики прохожей гражданки.

— Не узнаешь, Петя? Ты и впрямь давно в родной город не приезжал.., — проговорила мамаша, продолжая улыбаться.

Петр Григорьевич пристально вгляделся в черты дамы и вдруг понял, что перед ним его последняя новгородская пассия, роман с которой случился прямо перед отъездом в Москву.

— Лариса?! — предположил Ерожин и подумал: «Господи, неужели это та стройная девушка с золотистым телом?»

— Узнал! — обрадовалась толстушка и, раскрыв руки для объятия, шагнула к подполковнику. Ерожин невольно отодвинулся и, услышав щелчок, заметил, как улыбка Ларисы превращается в гримасу, и она медленно оседает на асфальт. Петр оглянулся и увидел Кадкова. Тот стоял в пяти шагах с газетой в руке. Из-под газеты виднелся пистолет с глушителем. Ерожин прыгнул вперед, ударил Кадкова по рукам, но не удержал равновесия и полетел на тротуар. Эдик отпрянул и огромными скачками побежал за угол. Только газета, что выбил из рук Эдика Ерожин, осталась на асфальте. Петр с трудом поднялся, спрятал в карман газету и вернулся к Ларисе. Женщина лежала на спине и смотрела в небо. Рядом, онемев от ужаса, замерли ее дети. Петр Григорьевич наклонил ухо к губам Ларисы. Она дышала. Подполковник размышлял не больше секунды. Он вылетел на проезжую часть и, завидев приближавшуюся машину, перегородил ей дорогу. Черная «Волга» с визгом затормозила и, вильнув, уткнулась в бортик тротуара. Не дав возмущенному водителю высказать те русские слова, которые теперь называются ненормативной лексикой, Петр Григорьевич крикнул:

— Я подполковник милиции Ерожин. Здесь раненая. Ее надо срочно в больницу!

Через минуту они с водителем погрузили Ларису и детей на заднее сиденье и помчались в городскую больницу. Сдавая женщину врачам, Ерожин почувствовал в ноге, немного выше колена, острую боль. Он потрогал больное место. Рука оказалась в крови.

— У тебя самого пулевое ранение, — сказал старенький хирург, осматривая рану Петра. — Радуйся, что сквозное и кость не задета.

— Когда же он успел выстрелить второй раз? — не мог вспомнить Ерожин и, морщась под пальцами врача, спросил: — Что с Ларисой?

— Сейчас сделаем рентген и поглядим, — спокойно ответил хирург. — Ты ей кто? Муж?

— Нет, старый знакомый, — ответил Ерожин и понял, что краснеет. Получив укол и перевязку, Петр Григорьевич записал справочный телефон приемного покоя и, хромая, вышел на улицу. Сообразив, что остался без денег, документов и мобильного телефона, постоял возле дверей и вернулся. Звонить из регистратуры ему долго не давали.

— У нас тут служебный телефон. Не для посторонних, — раздраженно твердила сухопарая сестра с угрюмым мужским лицом.

— Тогда везите меня к Управлению внутренних дел в своей машине, — разозлился Ерожин. Сестра пробурчала что-то себе под нос и выставила аппарат за оконце.

Ерожин связался с полковником Семякиным. Выслушав Петра, Всеволод Никанорович не хотел верить, что Кадков, которого нет в живых, стрелял в центре города. Но распоряжение о перехвате белого «Мерседеса» дал и поднял ОМОН охотиться на Эдика по фотографии.

Через семь минут Ерожина от больницы забрали. Еще через десять он был по адресу, который хотел узнать у Ларисы, показывая ей визитку. Дети раненой остались в приемной. Дочка знала служебный номер отца и до мужа Ларисы дозвонились.

Оказалось, что улица со странным названием «Разважа» — часть все той же Горьковской. Петра Григорьевича сразу провели в кабинет директора банка. Первое, что он увидел на столе, были его вещи.

— Извини, друг, что так получилось, — виновато сказал Анчик, после того как Петр уселся в кресло. Кроме директора, в кабинете сидел Анвар и артистка Нателла.

— Хорошо, что не пристрелили, — ответил Ерожин, стараясь не морщиться от боли. Рана ныла, и забинтованная мышца противно подергивалась.

— Я ничего не выдумала. Он сам сказал: «Я следователь Ерожин», — оправдывалась Нателла.

— Я уверен, что он так и сказал, — кисло улыбнулся Петр Григорьевич и обратился к Анвару: — Давай как сыщик сыщику. Все, что известно о вашем друге Ходжаеве.

Анвар на мгновение задумался и начал выдавать факты.

Ерожина очень заинтересовало известие о том, при каких обстоятельствах хозяин шашлычной Арно одолжил свой пистолет Ходжаеву. Выслушав внимательно всю историю, Петр Григорьевич взял свой мобильный телефон и позвонил Семякину:

— Всеволод Никанорович, кто опознал Кадкова?

— Его трудно было опознать. Лицо покойника

изуродовано. При нем нашли документы. Справку об освобождении, ну все, что может иметь вышедший на свободу осужденный, — ответил начальник управления.

— Я так и подозревал, — сказал Ерожин и, поблагодарив полковника, спросил Нателлу: — Ты могла бы опознать тело друга, если бы не видела лица?

Актриса смутилась и залилась румянцем.

— Ничего стыдного в отношениях между мужчиной и женщиной нет, — со знанием дела успокоил Ерожин примадонну.

— Можно я скажу это только вам, — попросила Проскурина.

— Давай. Надеюсь, господа нас поймут, — согласился Петр.

Нателла подошла к полковнику и шепнула ему что-то на ухо.

— Это естественно. Ведь Ходжаев мусульманин, — удивился Ерожин смущению актрисы.

Анвар с Анчиком понимающе переглянулись. Ерожин попросил листок бумаги и начал что-то записывать. Затем снова повернулся к Проскуриной:

— Прости, мне понятно, что вспоминать встречу с «Ерожиным» тебе не радостно, но может, и у него ты заметила особые приметы? Этим ты бы очень помогла делу.

Нателла задумалась. По лицу актрисы Ерожин видел, что она восстанавливает в памяти эпизод встречи.

— Надо бы посмотреть ее на сцене, — решил подполковник. Уж больно точно Нателла передавала гамму чувств.

— У него спина в шрамах, — наконец вспомнила Проскурина.

Ерожин поблагодарил и снова что-то записал на листке. Потом оглядел присутствующих и сказал:

— Я найду вашего товарища, скорее всего, найду то, что от него осталось. Но я частный сыщик, и мои услуги платные.

— Назови цену, — спокойно попросил банкир.

— Какую сумму вы ссудили Ходжаеву перед его исчезновением, — поинтересовался Ерожин.

— Пятьдесят штук зеленых, — мгновенно ответил Анчик.

— Половину валюты я забираю себе. Это в том случае, если доллары найду и двадцать пять тысяч рублей на расходы сейчас, — оценил свою работу Ерожин.

Банкир задумался, поговорил с Анваром по-грузински и направился к сейфу.

— Расписка мне не нужна, — сказал Анчик, отсчитывая Ерожину деньги. — Вот ваши рубли, баксы, как договорились.

Ерожин встал, пожал мужчинам руки, а Нателлу предупредил, что она может в ближайшее время понадобится для опознания тела Ходжаева. Проскурина кивнула и полезла в сумочку за платком. В ее красивых голубых глазах появились настоящие слезы. Плакать на зрителя примадонне предстояло вечером. Сегодня она опять играла свой любимый спектакль — историю невинной проститутки.

13

От банка Ерожин за пятнадцать минут добрался пешком до управления. В другое время он бы дошагал и за пять, но нога болела, наступать на нее становилось все больнее. Поднявшись в кабинет Сиротина, Петр первым делом отзвонил в больницу. Ларисе сделали операцию, и она уже пришла в сознание. Рана, к счастью, оказалась для жизни не опасной. Затем он по внутреннему позвонил в лабораторию. Суворов во всю корпел над собранным у Куропаткиной материалом, и просил часа два его не трогать. Таня трудилась с шефом. Она взяла трубку и сообщила Петру, что его жена гуляет с Глебом по городу и они придут в управление вместе. Подняться к Ерожину Назарова под предлогом работы отказалась.

Подполковник уселся в сиротинское кресло и, достав из кармана газету Кадкова, принялся ее изучать. Газетка была интересная. Бесплатное питерское рекламное издание знакомило граждан с рынком недвижимости. Петр Григорьевич осмотрел все четыре страницы и заметил на полях одной из них странную запись: «Средний 21-124». Запись была сделана карандашом, и смысл ее Петру не открывался. Если речь шла об оружии, то двадцать первый калибр мог принадлежать лишь охотничьему ружью. Но приписка «Средний» и добавка «21-24» становилась бессмыслицей. Для телефона цифр было маловато, а слово «средний» вообще к телефонным номерам иметь отношение не могло. Только адрес кое-как с натяжкой расшифровывал странный текст. Но в этом случае «Средний» требовал добавки. Например, Средний переулок. В Новгороде раньше такого не было, но за годы отсутствия Петра Григорьевича тут столько всего переименовали, что надо было обращаться к специалисту. Размышления Ерожина прервал звонок внутреннего телефона. Семякин просил зайти к нему в кабинет.

Всеволод Никанорович сидел в кресле и читал местную прессу:

— Слушай, Ерожин, «мерседесик» Ходжаева нашли. Твой Бобров из Москвы звонил. Машина шла через столичную Кольцевую и свернула на Симферопольское шоссе. За рулем оказался житель Ставрополя. Он этот «Мерседес» купил у Ходжаева. Бумаги в порядке. Оформлена сделка у нас.

— Надо срочно показать купцу фото Кадкова, — сказал Ерожин. — Засветил Эдик машинку, а даром бросить обидно. Пожадничал, дурачок.

— Верно мыслишь, московский гость. Показали уже. Опознал купец Кадкова. Поздравляю. Ты по-прежнему нюха не потерял. А я уж засомневался, грешным делом, — сказал полковник.

— Вот вам и покойник, — усмехнулся Ерожин.

— А кто же в Тосно валялся? — прищурившись, спросил Всеволод Никанорович.

— Думаю, что Ходжаев. Завтра везите Нателлу Проскурину. Она опознает друга, — посоветовал Ерожин.

— Опознавать там нечего. Лица на нем в прямом смысле нет, — покачал головой Семякин.

— Она его и не по лицу опознает, — заверил Петр Григорьевич бывшего начальника.

— Ладно, свозим актерку. А с тобой не соскучишься, — улыбнулся полковник.

— Скажите, где в Тосно нашли труп? — спросил Ерожин.

— В кузове КамАЗа валялся. На автобазе. Водила из отгула вышел, стал машину мыть и в кузове обнаружил покойника, — рассказал Семякин.

— Что ж, он всю неделю в кузове валялся? — допытывался Петр Григорьевич.

— Выходит, так. Медик сказал, что смерть наступила за неделю до обнаружения тела.

— А вскрытие? — не унимался Ерожин.

— Кто будет грязному зеку вскрытие делать? Сейчас все на денежки меряется. За вскрытие надо платить.

— Понятно. Демократия.

— Так точно, московский гость. Ты к Кремлю ближе. Сказал бы им по-нашему, — усмехнулся Всеволод Никанорович. — — Слыхал, твоя жинка прилетела?

— Быстро до вас новости доходят, — покачал головой Ерожин.

— Город маленький, друг друга люди знают, — согласился Семякин.

— Тут улицы все переименовали. Газон, Разважа, Михайлова. Нет ли среди новых названий Среднего переулка?

— Такого не слыхал. Да вот свежая карта на стене. Гляди. Все переименованные у меня выделены. Сам путаюсь, — признался Всеволод Никанорович.

Ерожин углубился в карту, но Среднего переулка не нашел. Покидая кабинет полковника, Петр Григорьевич чуть не упал.

— Ты часом не пьян? — удивился Семякин.

— Хуже. Прострелен, — морщась от боли, попытался острить москвич. Полковник предложил отвезти сыщика в больницу.

— Ты с ранами не шути. Помрешь тут. Что в Москве подумают?

— Мой хирург сказал, что на мне, как на дворняге, заживает, — похвалился Петр Григорьевич и захромал в свой временный кабинет.

— Господи, что с тобой?! — вскрикнула Надя, увидев хромающего мужа. Ерожин не ожидал увидеть жену и не успел снять гримасу:

— Ничего особенного. Зашибся маленько.

— Дайте я посмотрю, — сказал Глеб и, не дожидаясь согласия, схватил Ерожина, положил на диванчик и задрал штанину.

— Да ты просто насильник! — попытался отшутиться Петр.

Через пять минут в кабинете от народа некуда было ступить. Суворов разыскал медэксперта. Надя с Таней содрали с Петра Григорьевича бинты. Горнов осмотрел рану, обсыпав ее стрептоцидом, перебинтовал:

— Покой тебе, подполковник, нужен. Неделю как минимум полупостельного режима. Это огнестрельное ранение, а не царапина.

— В гостиницу не пойдешь. Ко мне переберетесь, — приказал Суворов.

— Хорошенькая жизнь начнется. Что твоя Наташа скажет?

— Ничего не скажет. Будут за тобой две жены ухаживать, прошлая и настоящая, — настаивал Виктор Иннокентьевич.

— Я должен Кадкова словить, иначе он меня словит, — Ерожин приподнялся и, усевшись на диван, оглядел присутствующих. — Лучше скажите, где находится Средний переулок?

В кабинете воцарилось молчание. Наконец Таня неуверенно проговорила: — В Питере есть проспект с таким названием. А насчет переулка, не знаю.

— Молодец! — закричал Ерожин. — Ай да Танюха!

Все с удивлением уставились на москвича.

Ерожин проковылял к телефону и, поглядев на часы, набрал служебный номер Боброва:

— Никита, выручай. Выясни, кто живет в Питере по адресу: Средний проспект, дом 21, квартира 124. И еще мне нужен питерский адрес певицы Саши Кленовой. Отчества я не знаю. Возможно, это псевдоним. Очень прошу, позвони мне срочно. Витя, какой номер у Сиротина?

Ерожин продиктовал Боброву телефон новгородского кабинета и вернулся на диван:

— Чую, что-то будет! А теперь я должен говорить со своими работниками.

— Кто же твои работники? — поинтересовался Суворов.

— Глеб Михеев, без него мы на убийство Зойки так быстро бы не вышли. И Танюха отработала со мной на славу. Тебя, Суворов, я не считаю. Ты на казенной службе, а у меня частное бюро. И сегодня впервые заказчик оплатил работу, так что гуляем.

— А я кто у тебя? Может, оформишь в штат? — улыбнулась Надя.

— Сначала узнаю, как ты здесь очутилась. Почему нарушила договор? — строго поглядел на жену Ерожин.

— Мне дядя Ваня Грыжин сказал, что Кадкова больше нет. Вот я и решила тебя проведать. А то уведут, — и Надя выразительно посмотрела на Назарову. Та густо покраснела. Все затихли. Спас телефонный звонок. Звонил Бобров.

Ерожин подскочил к телефону, схватил со стола шариковую ручку и быстро что-то записал.

— Все, пилим в Питер! — закричал Петр.

— Куда ты с такой ногой попилишь, — резонно заметил Суворов.

— Глеба за руль, мы с Надькой сзади — и вперед! — крикнул Ерожин и, зажав зубы, вскочил с дивана. — Теперь кто кого! Мы должны успеть раньше. Охота продолжается!

———————

14

Петр Григорьевич давно не ездил в машине в качестве пассажира. Пристроив голову на колени Нади, он делал вид, что задремал. Механик и моторист Михеев прекрасно вел «Сааб». Лимузин мягко катил по подсохшему шоссе. Глеб не гнал, придерживая стрелку спидометра у отметки «сто двадцать». Небольшой снежок, выпавший накануне ночью, за день растаял. К вечеру слабый морозец высушил асфальт, и трасса к удовольствию водителей стала сухая и чистая. Надя гладила мужа по голове и шептала нежные слова. Она за последние сутки пережила столько, сколько ей пришлось пережить за всю жизнь. Решившись на поездку к незнакомым, как она думала, бандитам, Надя за себя ни минуты не боялась. Она почувствовала, что мужу грозит смертельная опасность, и она обязана его спасти, но не знала, как это будет делать. И теперь, когда все закончилось и Петр живой и рядом, она была счастлива. И еще она была счастлива оттого, что чувствовала, несмотря на ворчание, Петр ее приездом доволен. Когда он последний раз был в Москве и пришел на Фрунзенскую утром, пока Надя спала, молодая женщина испугалась, что теряет мужа. Его нечленораздельная записка сомнений не развеяла, — мог и разбудить. Теперь она видела, что ошиблась. Хотя отношения их с младшим лейтенантом Назаровой Надю насторожили. Убеждая ее и себя в том, что Ерожин мог совершить подлый поступок, в Татьяне говорила обида. На что обиделась девушка, Надя не поняла. Поняла лишь, что тут присутствует что-то личное. Петру тоже пришлось пережить немало. Но муж умел держать себя в руках. Уже три раза Кадков нанес свои удары по Ерожину и один раз по его сыну. Надя, не двигаясь, глядела вперед на бегущую под колеса дорогу и радовалась, что муж спит.

Но Петр Григорьевич и не думал спать. Он в мыслях был далеко в прошлом. Ерожин вспоминал Соню. Вспоминал потому, что сейчас ему это было необходимо. В тот роковой день, когда он оправдал вдову Кадкова и посадил в тюрьму Эдика, начался недолгий роман с генеральской дочкой. Петр Григорьевич прокручивал снова и снова разговор с Соней в день убийства:

«Куда ты положила пистолет? — В ящик».

Почему он тогда пошел напролом? Ведь только дурак мог надеяться столь легко получить признание.

Соня застрелила мужа и призналась с первого вопроса.

«Что будем делать?» — спросил тогда Ерожин. Она ответила: «Не знаю».

Ерожин помнил, как повалил Соню на кровать, как раздел. Он даже помнил упругость ее бедер и запах ее тела. Соня умела отдавать себя. Она делала это немного небрежно и как бы нехотя. После близости с дочкой Грыжина у Петра всегда оставалось ощущение, что он недополучил ее. Соня

Кадкова была и развратна, и целомудренна в одно и то же время. Даже слово «целомудренна» к ней не совсем подходило. Она была развратна, оставаясь ханжой.

Ерожин помнил их первый разговор до мельчайших подробностей, помнил причину, почему Соня выстрелила в Кадкова: «Возвращаюсь, он по телефону говорит. Я стою у двери, он меня не видит. Кадков говорил со своей ленинградской любовницей. Певицей Сашей Кленовой».

Соня никогда не называла эту фамилию Ерожину. Однажды они в Москве, лежа на кровати, после долгой и жадной близости, смотрели по телевизору концерт. И вдруг Соня вскочила с постели и, ударив по экрану тапочкой, переключила программу. Пела Саша Кленова. Так Ерожин узнал имя соперницы Сони.

Ерожин был в московской кавартире и видел, как Соня с маленьким кровавым пятнышком на груди лежит мертвая. Это была уже совсем другая женщина, увядшая, с оплывшей грудью и сморщенными сосками. Но лежала в кровати она точно так же, как лежал десять лет назад застреленный ею муж.

Кадков не мог знать, в какой позе нашли его отца. Во время обыска он в квартиру не заходил, а на другой день его взяли. Значит, он выведал у Сони перед смертью все подробности.

Ерожин почувствовал, что Надя хочет сменить позу. Ее коленки устали, и он приподнял голову.

— Спи, милый. Мне удобно, не бойся, — прошептала Надя и, немного подвинувшись, снова уложила его голову к себе на колени.

— Ты там, за рулем, не уснул? — спросил Ерожин Глеба. — Могу километров на пятьдесят тебя сменить.

— Отдыхайте, Петр Григорьевич. Я вовсе не устал и машина классная. Идет как по попутному ветру. Сижу и кайфую.

— Ну тогда кайфуй дальше, — сказал Ерожин и прикрыл глаза. Он представил себе, как Эдик Кадков позвонил в дверь. Соня ждала портниху и открыла сразу. Наверное, она узнала Эдика, побледнела и поняла, что пришел конец. Как Эдик допрашивал свою бывшую мачеху, Ерожин представить себе не мог. Кадков изощренный садист. Такое придумать с актрисой мог только настоящий художник своего дела. Нателле повезло, что осталась жива. Кадков специально подарил ей жизнь, чтобы проучить Ерожина.

«Он и про меня знает все, — думал подполковник и понимал, какую ненависть вызывает у мстительного убийцы. Эдик уверен, что десяти лет сладкой жизни его лишил следователь. — Ему, конечно, мало, что он меня ограбил, «посадил в тюрьму» моего сына. Кадков приговорил меня к смерти, поэтому и стрелял. Спасибо Ларисе. Странная штука судьба. Женщина узнала меня и получила мою пулю. А я бы прошел мимо и никогда бы в жизни не признал свою старую любовь». А вот Эдика Ерожин узнал сразу, хотя видел его всего несколько раз более десяти лет назад. Дело по убийству Кадкова заканчивал Сиротин. Петр Григорьевич уехал в Москву.

Эдик сильно изменился. Он даже не постарел, а стал другим человеком. Тот был самодовольный кот, любящий красиво пожить и пустить пыль в глаза. А сегодня Ерожин видел фанатика. Наверное, навязчивая идея мести нарушила его психику. Теперь это просто машина с двумя программами. Мстить и хватать. Ерожин еще тогда понял, что Эдик озлоблен. Рядом богатый папочка, а он получает крохи. Теперь Эдик богат. У него награбленные деньги, драгоценности отца, но ему, конечно, мало.

— Петр Григорьевич, мы в Питере, — сказал Глеб, завидев знак Санкт-Петербурга.

— Езжай до конца Московского проспекта. Дальше покажу. Остановимся в нашей гостинице. В ведомственной будет подешевле, — ответил Петр Григорьевич и уселся рядом с Надей.

— Ты немного поспал? — спросила жена.

— Я прекрасно отдохнул на твоих чудных коленочках, — улыбнулся Ерожин и поцеловал Надю в губы.

15

Приняв душ и почистив одежду, Глеб почувствовал себя человеком. При моряцкой привычке к чистоте, когда палуба должна быть надраена до блеска, а сам отмыт и выбрит, быт грязного бомжа радовать не может. В ведомственной гостинице МВД Ерожин устроил Михееву отдельный номер. Просыпался Глеб рано, моряк и охотник, он нутром чувствовал утро, даже когда солнце вставало поздно. Покончив с туалетом, Михеев, пока Ерожин с Надей спали, хотел пройтись по городу. Но в дверь постучали. Петр Григорьевич, тоже одетый и побритый, прихрамывая, подошел к креслу и, усевшись, сказал:

— Боюсь за Надю. Не знаю, куда деть жену, пока мы будем играться в наши игры.

— С вашей ногой лучше много не ходить. Поручите мне, что нужно сделать в городе, а сами управляйте отсюда. Чем не штаб? И жена под присмотром, — предложил Глеб.

— Ладно, подумаем. Пока иди в город и купи себе мобильник. Без связи нам нельзя. И карту города прикупи. Вернешься, позавтракаем и обсудим наши действия, — сказал Ерожин и отсчитал Глебу деньги.

— Телефон так дорого стоит? — удивился Глеб.

— Он стоит половину. Другая — та, — улыбнулся Ерожин.

Отпустив Михеева, Петр Григорьеви... за телефон. Новости из столицы подполк... порадовали.

Хирург Ермаков сделал Севе еще одну опера... цию, и Кроткин через сутки ожил.

— Кряхтит, но встает, требует прессу и уже думает о деле. Тебе привет. Можешь считать «Сааб» фонда своей машиной. Сева считает, что ты ее отработал, — весело сообщила супруга Кроткина. Голос у нее настолько изменился, что Ерожин не сразу узнал Веру.

Грыжин тоже от горя немного оправился:

— Эстонцы заканчивают ремонт. Я, «курат», скоро стану заправским чухонцем. Пока ездил с ними по магазинам стройматериалов, немного выучил их тарабарщину. «Тере» и «айте», это поихнему «привет» и «спасибо». Неплохие ребята, твои эстонцы. Не халтурят. Офис у нас, Петро, получается мировой, — доложил генерал.

— Закончат офис, пошли их в мою квартиру. Там после Кадкова работы много, — попросил Ерожин.

— Ладно, выручу. Нельзя же всю жизнь молодую жену отдельно держать, — понимающе усмехнулся Грыжин. — Она и так мне звонила. К тебе рвалась. Я с дуру и сказал, что Кадков подох. Я не сам. Бобров с толку сбил. Давай, возвращайся скорее.

— Я тут тоже время зря не теряю. Первый контракт с новгородским банкиром заключил. Подъемные на расходы имею, — похвастался Петр.

— Заканчивай с этим выродком, да башку зря не подставляй. Бобров сказал, что ты адресок в Питере надыбал. Не лезь в одиночку. Если нужна помощь, не стесняйся. У меня в управлении друзья хорошие. Они в курсе. Запиши телефоны, — пробасил генерал.

Ерожин записал номера. Но звонить за помощью не стал. Петр Григорьевич считал дело Кадкова своим личным. Покончив с Москвой, подполковник позвонил в Самару.

Алексей Ростовцев очень обрадовался его звонку:

— Не волнуйтесь, Петр. Ваш сын не скучает. Он работает со мной на фирме и скоро будет хорошим специалистом в нашем деле. Между прочим, и зарплату приличную получает. Хотите с ним поговорить?

— Нет, передайте Грише привет от двух папочек и скажите, что дома все в порядке. Подозрение в его причастности к убийству само собой растаяло, но приезжать пока рано.

«Надо бы лично познакомиться с этим Алексеем. Похоже, мужик что надо», — подумал подполковник, вышел из номера Глеба и, довольно насвистывая, захромал по коридору к себе. Надя проснулась и принимала душ. Обе постели жена аккуратно застелила. Ерожин прилег сверху на покрывало и прикрыл глаза. Точного плана у Петра пока не было. Но начать жизнь в Питере он хотел с одного визита.

Мелодично запел мобильный телефон. Ерожин достал из кармана трубку и узнал голос Глеба:

— Как слышите, Петр Григорьевич?

— Слышу, молодец. Теперь мы со связью. Приходи завтракать, — улыбнулся Ерожин. Ему все больше нравился Михеев. «Нормальный выбор сделала сестричка жены».

Глеб, кроме телефона и карты города, приволок трость:

— Вот вам мой подарок. Хромайте на здоровье.

Ерожин прошелся по номеру с палкой и понял, что так передвигаться ему значительно легче.

— Как тебе нравится твой муж-дедушка? — усмехнувшись, спросил Петр у Нади, когда она, одетая и причесанная, вышла из ванной.

— Нравится. Больше шансов, что за другой юбкой не побежишь. Хотя ты и с палкой можешь рога наставить. Что-то мне твой младший лейтенант не понравилась... — ответила супруга.

— Опять из меня Синюю бороду представляют, а я чист, как херувим, — заверил Ерожин и поспешил сменить тему: — Что мне с тобой теперь делать, Надюха? Сидела бы у родителей.

— Нет уж. Ты оформляешь меня к себе в бюро. И я ни на шаг от тебя не отхожу, — твердо заявила Надя и, оглядев удивленных мужчин, добавила: — Я мужа на неделю отпустила. Так одни его расстрелять хотели, другой пулю в ногу всадил. Ты как ребенок, тебе одному нельзя.

Позавтракав в гостиничном буфете, супруги и Глеб вышли на улицу. В Питере дул ветер, снежная крупа колола щеки, и было ниже нуля.

— Типичная погодка для северной столицы, — сказал Ерожин, устраиваясь рядом с водителем. Глеб открыл Наде заднюю дверь и уселся за руль:

— Куда едем?

Подполковник полез в карман, достал карту и, заглянув в нее, распорядился:

— Пили до Триумфальной арки, потом по Лиговскому.

Пересекая бесконечные трамвайные пути и подпрыгивая на битом асфальте, Ерожин подумал, что даже мягкая подвеска «Сааба» на дорогах северной столицы долго не выдержит. Дом, к которому они, в конце концов, подъехали, отличался от большинства питерских строений, прекрасных с точки зрения архитектуры, но грязных и запущенных, своим добротным и опрятным видом. Это был современный двенадцатиэтажный дом из светлого кирпича. По дорогим машинам, стоящим у подъезда, нетрудно было догадаться, что обитатели его не бедствуют.

— Подождите меня, — попросил Петр Григорьевич и, поморщившись, вышел.

— Палку возьми, — напомнила Надя.

— Обойдусь, иду к даме. Не желаю выглядеть калекой, — подмигнул жене Ерожин и захромал к парадному. Оглядев сложный домофон, Петр Григорьевич нашел кнопку консьержа и позвонил. Через минуту дверь открыл опрятный старичок в очках и вопросительно глянул на незнакомого гражданина.

Ерожин полез в карман, достал удостоверение и, показав его дедушке, вошел в подъезд.

— Мне надо повидать Александру Николаевну Кленову, — сказал он.

— Они еще спят. Время — десяти нет. А они артистка, — предупредил дед, поглядев на будильник в своей каморке.

— Спят, значит, разбудим, — бесцеремонно ответил Ерожин.

— Пожалуйте на седьмой. С властью не поспоришь, — покачал головой страж подъезда и скрылся в своем закутке.

Ерожин поднялся на седьмой этаж, осмотрел широкий холл перед квартирами и, отыскав нужную дверь, позвонил. В глубине квартиры раздался топот, затем громкий лай собаки и детские голоса.

— Кого там еще черт несет?! — услышал Петр Григорьевич низкое контральто одновременно со звуком отмыкающегося замка.

— Подполковник милиции Петр Ерожин, — отрекомендовался Петр Григорьевич, увидев перед собой высокую даму в халате из вишневого бархата.

— Что, налог за собаку не уплатила?! — спросила дама, оглядывая Ерожина с ног до головы.

— Собака ни при чем. Мне надо поговорить с Александрой Николаевной.

— Говорите, если не шутите. Александра Николаевна, это я, — не очень приветливо представилась хозяйка квартиры.

— Может быть, я войду? — улыбнулся Ерожин.

— А ты ничего, мужик. Лет сорок? Или хорошо сохранился? — прикинула Александра Николаевна, впуская гостя. Петр Григорьевич попал в гостиную. Собака продолжала лаять, но Ерожин ее не видел.

— Я Мусю заперла, — поняв взгляд подполковника, пояснила певица. — Она злюка и может сожрать.

Ерожин уселся в мягкое старинное кресло, Кленова присела напротив:

— Кофе не предлагаю. Рано. Я только с постели и пока не проживу час, ничего не соображаю и сама готова кусаться.

— Обойдусь без кофе. Я занимаюсь делом очень опасного типа. Он убил уже нескольких человек, и хочу предупредить, что и ваша жизнь под угрозой, — без предисловий начал Петр Григорьевич.

— Моя жизнь под угрозой с рождения, — без всякого волнения ответила Александра Николаевна.

— Может быть, если я назову фамилию этого типа, вы отнесетесь к моим словам серьезно? — Ерожина начинала злить самоуверенность Кленовой.

— Назовите, но боюсь, что с подобными господами знакомств не вожу. Вот администраторы, антрепренеры, дело другое. Они хоть и убийцы, но убивают не сразу, сперва наобещают с три короба, а потом пьют кровь, — усмехнулась певица.

— Его зовут Эдуард Михайлович Кадков.

Певица откинула голову на подголовник кресла и громко расхохоталась.

Ерожин не мог скрыть удивления на реакцию дамы.

— Мишка, Алешка, дуйте сюда! — громко позвала Александра Николаевна, и в гостиной появились два подростка, как две капли воды похожие друг на друга. — Извольте знакомиться. Это два моих личных убийцы и зовут одного Михаил Михайлович Кадков, а другого — Алексей Михайлович Кадков. А вы меня пугаете Эдуардом Михайловичем Кадковым!

— Близнецы — сыновья Михаила Алексеевича? — Петр Григорьевич от неожиданности встал с кресла.

— Вы очень догадливый, что для милиционера даже удивительно, — съязвила хозяйка. — Когда я, молоденькой певичкой с шестирублевой ставкой, выродила на свет разом этих кровопийц, думала, наложу на себя руки. А вот ничего, жива. Показались и марш в свою комнату, — отправила подростков строгая родительница.

— Я вижу, вы женщина сильная, но имейте в виду, я не пугаю вас, а предупреждаю. Эдик наверняка уверен, что его папочка вас озолотил. Он зверь, и ваша самоуверенность может вам стоить дорого. — Ерожин встал с кресла. — Навестить вас я считал своим долгом.

— Я не такая дура и приму к сведению ваши слова. Но как я могу уберечься? Допустим, дома Муся меня в обиду не даст. А за стенами? Нанять телохранителя мне не по карману. Концерты теперь часто не продашь, — уже совсем другим тоном заговорила певица. Ерожин понял, что перед ним сильная, но усталая женщина, и, в дверях, целуя ей руку, посоветовал:

— Возьмите близнецов и на недельку махните из города. Береженого Бог бережет.

— А вы за неделю управитесь? — недоверчиво поинтересовалась Кленова.

— Должен, — ответил Ерожин и захромал к лифту.

———

16

Если все дороги Санкт-Петербурга, за исключением Невского проспекта, мягко говоря, нуждались в ремонте, то Средний проспект состоял из сплошных ям и ухабин. Таких дорог не только в родном Новгороде Петр Григорьевич не видел, но и в самых заштатных городках отечества. Тянулся проспект по Васильевскому острову километров на десять. Пока Глеб рулил к нужному дому, Ерожин боялся, что подвеска «Сааба» развалится. Но сам дом оказался вполне приличным. Это была новостройка. Судя по плакату над подъездом, часть квартир оставались свободными и фирма, построившая девятиэтажку, искала покупателей.

Они остановились так, чтобы подъезд был виден хорошо, а их машина в глаза не бросалась. Большой пустырь, образовавшийся вокруг строительной площадки, оставался огорожен бетонным забором. Только часть этого забора со стороны проспекта убрали, чтобы жильцы могли свободно подъезжать к парадному.

«Хорошо, что подморозило», — подумал Ерожин. Он представил себе раскисшую грязь, по которой владельцы новых квартир вынуждены были пробираться в свое жилище, и невольно им посочувствовал.

В Питере начался будний день. Из дверей дома выходили редко. Ерожин огляделся и, устроив поудобнее ноющую ногу, затих. Надя, забравшись на заднее сиденье, уткнулась в учебник английского языка и тихо бубнила, зазубривая новые слова. Петру Григорьевичу так и не удалось оставить ее в гостинице. Присутствие жены, с одной стороны, радовало подполковника. Ему было приятно, что Надя так самоотверженно решила его сопровождать. С другой, соседство женщины во время работы было непривычно и потому стесняло. Ерожин никогда не мог до конца предположить, как станут разворачиваться события. Например, он заметил, как через минуту, после того как они заняли свой наблюдательный пост, метров за двести от них остановилась серая «Волга». Никто из машины не вышел. А пассажиры там были. Видеть парадное из «Волги» не могли, но могли видеть их. У Петра Григорьевича мелькнула догадка, и он улыбнулся про себя: «Не доверяет мне генерал. Все-таки сам позвонил своим дружкам. Пусть страхуют, лишь бы не мешали».

Тем временем на пустыре появился очкарик в кепке с ушами. Очкарик выгуливал добермана. Пес сделал несколько кругов, задирая ногу на все, что торчало над поверхностью стройплощадки-двора, затем засеменил, скрючился и уселся для серьезного дела. Очкарик внимательно отследил весь процесс, ради которого он и выгуливал своего четвероногого друга, и, когда доберман, освободившись, снова помчал кругами, удовлетворенно протер очки и зашагал прочь. Минут через десять пустырь посетили алкоголики. Перед тем как сделать очередной глоток, пьяница отмерял пальцем невидимую черту, выпивал и передавал бутылку компаньону. Долго алкаши не задержались. Минут двадцать вообще никакой жизни не наблюдалось. Жизнь кипела на самом проспекте. Там брели озабоченные пешеходы, подпрыгивали на ухабах машины, гремели трамваи. Наконец и на пустыре появился новый объект. Тревожно оглядываясь по сторонам, за забор заскочила дамочка. Решив, что ее никто не видит, она задрала пальто и принялась что-то поправлять в своем женском хозяйстве.

— Наглядимся мы здесь всякого, — сказал Глеб, отворачиваясь.

— Что такое, мальчики? — заинтересовалась Надя, оторвавшись от своего учебника.

— Ничего особенного. Просто большой город, — ответил Ерожин.

Дамочка успела вернуться на проспект, и Надя, не поняв, что обсуждали мужчины, снова забубнила слова.

Прошел еще час. Петр Григорьевич решил включить радио, очень захотелось спать. Но в это время из дверей вышла девушка. Она была совсем юная и, судя по шикарной шубе, из весьма обеспеченной семьи.

— Это она, — прошептал Глеб.

— Кто она? — не понял Ерожин.

— Это шуба Зойки, — ответил Глеб. Михеев не мог ошибиться. Охотник из вологодских лесов отличал мех. Шуба, которую приобрела Куропаткина в Новгороде, сшита из тех же лис, что и на девчонке.

— Валя Никитина, — сообразил Ерожин. — Он купил квартиру на внучку Дарьи Ивановны, а я думал, на дочь...

Девушка никуда не шла. Она остановилась возле подъезда, посмотрела на часы, потом стала глядеть в сторону проспекта. Внезапно выражение лица у нее изменилось. Девушка явно кого-то увидела. Ерожин посмотрел туда же и заметил зеленую «Шкоду», которая с визгом притормозила возле проема в бетонном заборе и сворачивала с проспекта к дому. Ямы и неровно уложенные плиты заставили водителя двигаться очень медленно.

— Живо вылезайте и, как любовная парочка, идите мимо девчонки. Если она захочет сесть в зеленую машину, удержите ее, — железным голосом приказал Ерожин. Глеб среагировал мгновенно. Он вышел и, открыв заднюю дверцу, подал руку Наде. «Шкода» медленно приближалась к подъезду. Ерожин, не замечая боли в ноге, переполз на водительское место. Чешская легковушка еще не успела притормозить возле девушки, как Петр завел двигатель и, воткнув передачу, утопил педаль газа в пол. «Сааб» взревел, с визгом взял с места и полетел на «Шкоду». Девушка только собралась шагнуть к машине, как Ерожин в лоб вмял свой лимузин в зеленую иномарку. Он успел заметить ужас в темных глазах водителя и отключился. За рулем зеленой «Шкоды» сидел Эдик Кадков. Глеб оттащил в сторону обладательницу лисьей шубы и увидел, как Надя побледнела и медленно пошла к «Саабу».

В это время из серой «Волги», что стояла поодаль, выскочили четверо мужчин и, на ходу выхватывая оружие, помчались к ним. Трое из них пытались оторвать дверцы «Шкоды», но их заклинило. Кадков лежал, навалившись грудью на руль, и не шевелился. Сквозь разбитое лобовое стекло его левая рука неестественно вывалилась на капот, оголив запястье. На нем, поблескивая серебряным браслетом, продолжали мерно отсчитывать время швейцарские часы «Ориент» покойного депутата Новгородской областной думы.

Водительскую дверь «Сааба» тоже заклинило. Михеев напрягся и двумя руками дернул за ручку. Замок хрустнул, освободив сжатый металл, и дверца распахнулась. Петр Григорьевич сидел, откинув голову на подголовник «Сааба», из губы у него текла кровь. Глеб с одним из оперативников вынули Ерожина из машины и посадили на землю. Надя прижалась щекой к виску Петра и услышала, как он застонал.

— Сейчас будет «скорая», — пообещали Наде. Но она не слышала. Она гладила белобрысый бобрик мужа и быстро-быстро приговаривала:

— Ну зачем, зачем ты так сделал?

Москва — Кохила   *январь — апрель, 2001*

Литературно-художественное издание

Анисимов Андрей Юрьевич

БЛИЗНЕЦЫ.
Проценты кровью

Роман

Зав. редакцией *А. Кобринская*
Редактор *Г. Космачева*
Технический редактор *Т. Тимошина*
Корректор *И. Мокина*
Компьютерная верстка *А. Попова*

ООО «Издательство Астрель»
129085, г. Москва, пр-д Ольминского, д. 3а

ООО «Издательство АСТ»
667000, Республика Тыва, г. Кызыл,
ул. Кочетова, д. 28

Наши электронные адреса:
www.ast.ru
E-mail: astpub@aha.ru

Отпечатано с готовых диапозитивов в типографии
ФГУП «Издательство «Самарский Дом печати».
443080, г. Самара, пр. К. Маркса, 201.
Качество печати соответствует качеству предоставленных диапозитивов.